풍수 ⑤

나남

김 종 록 (金鍾祿)
1963년 운장산에서 나서 마이산과 전주에서 성장했다.
전북대 국문학과와 성균관대 한국철학과 대학원을 마쳤으며
청오 지창룡 박사에게 풍수사상을, 동원 남탁우 선생에게
《주역》을 배웠다. 한국인의 얼을 소설화하는 데 주력한 작가는
이 소설을 쓰기 위해 백두산에서 한라산까지는 물론,
만주벌판, 알타이, 홍안령, 바이칼, 히말라야, 카일라스, 세도나 등을
장기간 여행했고, 동서양 고전과 천문학, 물리학을 공부했다.
저서로《바이칼》,《장영실은 하늘을 보았다》,《내 안의 우주목》등
다수가 있다.

김종록 소설 풍수 5

2006년 9월 5일 발행
2006년 9월 5일 2쇄

저자 ··· 김종록
발행자 ··· 趙相浩
발행처 ··· (주)나남출판
주소 ··· 413-756 경기도 파주시 교하읍
          출판도시 518-4
전화 ··· 031) 955-4600(代)
FAX ··· 031) 955-4555
등록 ··· 제 1-71호(79.5.12)
홈페이지 ··· www.nanam.net
전자우편 ··· post@nanam.net

ISBN 89-300-0581-0
ISBN 89-300-0576-4 (전5권)

책값은 뒤표지에 있습니다.

김종록 소설
풍수 ❺
인간의 대지

나남
nanam

차례

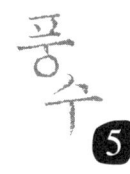

풍수 5
인간의 대지

18. 집단무의식의 원형질 … 9
강 박사는 죽은 윤서가 남긴 파일을 정리한다. 그 속은 세속도시와 대자연 사이에 낙원을 세우려는 계획과 빛나는 아포리즘으로 채워져 있는데…. 9·11테러를 계기로 영적 세계에 눈을 뜬 미국인 억만장자 앨빈이 한국에 세우려는 이상향이 점점 실체를 드러낸다.

19. 혼자 가는 길 … 61
스승을 묻은 득량은 상실감을 뒤로한 채 공부를 시작한다. 비밀의 문을 열려고 애쓰는 구도자의 고독은 더해만 가고, 가문을 뒤흔들고 자신을 풍수의 길로 이끈 무안 승달산의 호승예불혈 정혈을 찾는 것은 쉽지 않은데….

20. 풍운의 땅 … 108
태을이 죽은 지 10년 후, 득량은 자배기에 담긴 별로 영성을 체험하며 정진하다 백두산에 올라 운명처럼 하지인을 만난다. 한편, 조영수는 아내와 자식이 있음을 속이고 최민숙과 결혼해 달콤한 생활에 젖지만….

21. 불멸의 혼 … 163
해방, 조선의 산하는 다시 일어선다. 산에서 떨어져 죽을 뻔한 득량을 조 풍수의 큰아들 조민수가 구해줘 정씨가문과 조씨가문의 긴 악연을 마무리한다. 한편 득량이 제자로 받아들인 지청오는 동작동의 국립묘지 터를 잡으면서 국사가 된다. 지청오는 이승만과 박정희와의 인연을 어떻게 풀어갈 것인가.

22. 천하명당은 어디에 … 240
앨빈과 정한수, 강 박사는 정득량 재단을 설립하고 이상향을 구체화한다. 정치나 이념, 종교, 가족을 넘어선 세계정신과 우주정신이 서린 공간, 세계평화도시로서의 이상향은 실현될까? 정득량의 삶과 사상을 체득한 세 사람의 인생은 크게 변하는데….

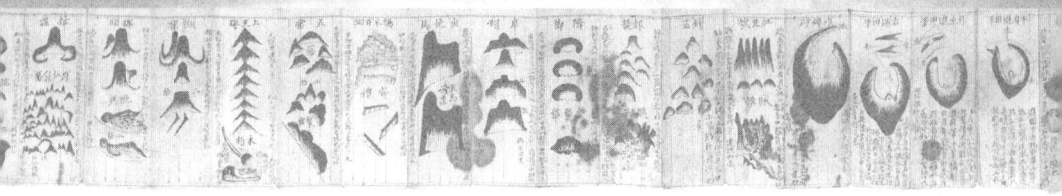

풍수의 등장인물

···**진 태 을** 구한말 전설적 풍수. 묘를 파보지 않아도 땅속의 조화를 알고, 순간순간 내뱉는 말들은 그대로 예언이 된다. 정도령의 출현을 믿는 정 참판의 무안 승달산 호승예불혈 사건을 계기로 정득량을 제자로 맞은 후 바람의 얼굴과 물의 마음을 찾아 풍수답사를 떠나 우리 강산 곳곳에서 동기감응의 한국적 체험을 같이한다.

···**정 참 판** 자신의 후손 가운데 왕이 나기를 바라는 마음으로 천하대명당을 찾는 야심가. 수십 년의 노력 덕분에 명풍수 미후랑인이 남긴 천하대명당 무안 승달산 호승예불혈의 지도가 그의 손에 들어온다.

···**정 득 량** 정 참판의 둘째 손자로 경성제국대 법학부에 재학중인 수재. 정 참판이 묻힌 천하대명당 때문에 미치광이가 된다. 전설적 풍수 진태을이 명당에 얽힌 계략을 밝혀낸 후 그를 스승으로 모신다. 풍수의 삶을 시작한 우리의 주인공 득량은 바람의 얼굴과 물의 마음을 보기 위해 고군분투하는데….

···**조 판 기** 정 참판댁 풍수였으나 천하대명당에 눈이 멀어 군왕지지를 훔친다. 결국 초주검이 되어 쫓겨났으나 아무도 모르는 또 하나의 비밀을 명당에 묻어놓고 조씨 집안에 훈풍이 불기를 기다린다.

···**조 영 수** 명당도둑 조판기의 둘째 아들. 구한말과 6·25 등 난세에 풍수를 이용해 날이 갈수록 부를 축적한다. 훔친 명당의 바람 때문일까? 철저히 은자로 살다 간 득량과 완벽한 대조를 이루며 소설 《풍수》의 또 다른 중심축이 된다.

···**하 지 인** 정득량을 사랑하지만 태을의 반대로 이어지지 못하고 평생 그리움을 안고 사는 신여성. 그녀가 키우는 아들 하득중은 과연 득량에게 이르는 무지개 돌다리가 될까?

···**지 청 오** 은자의 삶을 택한 득량을 대신해 현대의 국사가 된다. 국립묘지의 터를 잡고, 청계천 복개공사를 반대하며, 이승만, 박정희 대통령을 비롯한 역대 정치인과 삼성가 등 재계인사들의 묘를 소점한 실존인물로 이야기에 생동감을 더한다.

···**정 윤 서** 정득량의 증손자로 미국 유학중 바다에서 자살하는 사람을 구하려다 젊은 나이에 생을 마감한 비운의 청년. 그가 남긴 파일에는 낙원은 없다고 단언하고 세속도시와 대자연 사이에 낙원을 세우려는 계획이 담겨 있는데….

···**앨 빈** 뉴욕의 성자라 불리는 억만장자. 9·11테러를 온몸으로 겪은 후 인위적인 고통이 없는 이상향, 무릉도원을 꿈꾼다. 정치나 각종 종교로부터 중립적이고 진화된 영혼만으로 구성된 마을이 죽은 윤서가 남긴 파일과 강 박사, 윤서의 아버지 정 교수의 도움으로 현실화된다.

···**강 박 사** 죽은 정득량이 남긴 자료를 바탕으로 그의 삶을 복원하는 이 소설의 화자격인 인물. 명풍수 진태을의 외손자이자 동양철학 박사다.

18
집단무의식의 원형질

앨빈의 꿈

서울시청 앞 P호텔 북쪽 객실.
강 박사는 정한수 교수, 앨빈과 함께 자료들을 정리하고 있었다.
"너무 갑작스럽고 극적인 죽음이어서 저도 당혹스러웠습니다. 멀고 먼 여로의 종장에 쫓기듯 돌아와서 고향마을 앞산에 앉아 숨을 거뒀으니까요."
강 박사는 진태을의 죽음이 믿어지지 않았다. 정한수 교수의 조부 정득량은 당시 얼마나 황당하고 억장이 무너져 내렸을까.
"그 뒤의 기록들은 단편적이지?"
정한수 교수가 다른 노트 복사본을 넘겨보며 물었다. 옆에 앉은 뉴욕의 성자 앨빈은 깊은 감동에서 헤어나지 못하는 듯 묵상에 잠겼다.
창 밖 서쪽에는 고색창연한 덕수궁이 보이고 일본의 본(本)자 형태를 떤 시청건물 앞 서울광장에는 붉은 옷을 입은 인파로 출렁거렸다. 새벽에 있을 월드컵 축구경기를 응원하기 위해 몰려든 사람들이었다. 아직 날도 저물지 않았는데 벌써부터 광장이 흔들리고 거리가 붉은 물감으로 물들어가고 있었다. 열 시간 가량이나 남아 있는 시간 동안 시민들은 노래 부르고 춤을 추었다. 현대판 영무축제이자 동맹축제에 세계가 놀랐다.

동양철학을 전공한 강 박사는 이 역동적 축제의 물결을 샤머니즘의 발로로 보았다. 이 신바람은 그가 즐겨 찾는 시베리아 바이칼이 원류라고 했다. 이 신바람은 인류 최초로 세계사를 만들었다. 대륙을 질풍처럼 달려 아시아와 유럽을 통합한 칭기즈칸도, 만주벌판을 지배한 광개토대왕도, 중국대륙을 다스린 누르하치도 모두 이 신바람을 활용했다.

"저런 열정을 지닌 사람들이 어쩌면 이렇게 아름답고 섬세한 생태학을 발전시켰을까. 나는 풍수 그림이나 그 해석을 보면 꿈을 꾸고 있는 것만 같아. 애니메이션 영화를 보고 있는 느낌이야."

은발의 앨빈은 창 밖으로 시선을 주었다가 그렇게 말하며 사진첩을 뒤적였다. 그것은 정득량의 일생을 엿볼 수 있는 영상 편력이었다.

"여기 좀 봐. 세 분 모두 개성이 아주 뚜렷해. 스승다운 진태을 선생, 도사냄새가 풍기는 박 처사, 그리고 수려한 외모의 자네 조부 정득량 선생."

금강산 구룡폭포를 배경으로 찍은 흑백사진이었다. 필시 김 기사가 찍었을 것이었다. 김 기사는 엉뚱하고 본말을 잊곤 하는 사람이었지만 그래도 그가 있어서 이런 사진이 남았다. 정작 그의 사진은 없어서 그의 모습을 볼 수 없는 게 유감이었다.

금강산 사진 이후로는 진태을의 모습을 찾아볼 수 없었다. 정득량 혼자이거나 그때그때 다른 동행이 나타날 뿐이었다. 정득량이 해방 이전까지 백두산과 홍안령 넘어 바이칼에 다녀왔음을 사진은 말하고 있었다. 만주벌판과 중국내륙, 히말라야까지 다녀왔다는데 아쉽게도 사진은 없었다. 자손들의 증언과 단편적인 글들로 미루어 짐작할 수 있을 뿐이었다. 재력과 정력이 충분히 뒷받침됐었기 때문에 산의 조종(祖宗)이라는 곤륜산에 다녀왔을 법도 했다.

"할아버지는 시안과 황하, 티베트에 대해서는 자주 언급하셨네. 물론 다녀오셨지. 사진은 없지만 분명 다녀왔다고 하셨어."

정한수 교수가 나섰다.

"그 엘리트가 미국 뉴욕을 보셨다면 어땠을까?"

"직접 가보지는 않았지만 인터넷 서핑도 하시고《타임(Time)》도 구독한 분이니 사정에는 훤하셨지."

"하긴 현대물리학과 천문학에도 이해가 깊으셨으니까 뭐."

앨빈과 정 교수가 얘기를 주고받았다.

강 박사는 정득량이 남긴 다른 기록들을 정리하고 있었다. 스승 진태을이 죽는 장면까지는 연대기적으로 기록돼 있어서 그대로 읽기만 하면 됐지만 그 이후로는 메모 정도에 그쳤고 그나마 순서가 뒤죽박죽이었다. 강 박사는 문득 조선왕조실록을 떠올렸다. 창업초기부터 그토록 충실하던 실록은 구한말 나라가 혼란스럽던 무렵부터는 부실해지면서 흐지부지돼 버렸다. 그리하여 고종실록과 순종실록은 일제에 의해 편찬되기에 이르렀다.

왕조사와 개인사는 분명 다르다. 하지만 기록이라는 측면에서는 같다. 인류사에 무수한 왕조가 부침했지만 실록을 지닌 왕조는 거의 없다. 고려와 명나라, 청나라, 월남, 일본의 삼대실록 등이 전부다. 그 가운데 조선왕조실록은 금속 활자본 원본으로 전해오고 내용이 충실한, 실록 가운데 실록이었다.

정득량의 개인사는 물론 필사본이었다. 주로 만년필로 써졌고 산도나 결록, 시들은 세필로 먹물을 찍어 썼다.

"내 평창동 서재에 할아버지의 기록물들이 좀 더 있네. 주로 공부하신 책들을 필사해 묶은 것들이지만 주석을 단 것들도 더러 있어. 언제 집에 와서 봐도 좋아."

방학이었으므로 정 교수는 아무 때고 시간을 내줄 수 있었다.

"사모님이 아직 윤서 일로 충격에서 못 벗어나셨으니 댁에는 갈 수 없죠."

강 박사가 두 달가량 전인, 지난 초여름의 사고를 언급했다.

"집사람은 집에 거의 없네. 마음 둘 데를 못 찾다가 요즘은 장애인 복지시설에 나가서 궂은일을 도맡아 봉사활동을 하네. 몸이 고단해야 덜 생각난다며."

정 교수의 서글서글한 눈매가 젖어들었다. 부모가 죽으면 자식은 그 부모를 청산에 묻지만 자식이 먼저 죽으면 부모는 그 자식을 가슴에 묻는다고 한다. 정 교수인들 의연할 수 있겠는가. 이렇게 앨빈과 강 박사를 만나 자료를 정리하는 것은 멀리서 온 친구에 대한 배려였다. 윤서의 일을 위로하기 위해 앨빈이 일부러 한국에 왔던 것이고 우연찮게 조부 정득량의 면례(緬禮)까지 참석하면서 상황이 급진전되었다.

앨빈은 정 교수와 여행을 가고 싶어했다. 해외는 그렇고 국내에서 십승지(十勝地, 전쟁과 기근, 전염병을 피할 수 있다는 좋은 터)를 비롯한 이상촌을 찾아다니며 60mm 비디오카메라에 담는 작업을 하고 싶다고 했다. 속리산 우복동, 부안 변산, 지리산 청학동이나 가평 판미동 같은 곳을 말했다.

예전에 이미 유명한 별서정원(別墅庭園)들을 함께 답사 다닌 적이 있었다. 경북 영양의 서석지(瑞石池), 전남 담양의 소쇄원(瀟灑園)과 명옥헌(鳴玉軒), 강진의 다산초당(茶山草堂), 완도의 부용동정원(芙蓉洞庭園), 구례 운조루정원(雲鳥樓庭園) 등이었다. 한 철만 본 것이 아니라 사계(四季)를 다 보아서 이제는 손에 든 화투장을 펴보는 것처럼 훤했다.

"윤서와 함께하려 했던 계획에 차질이 생겼잖은가. 이젠 자네들과 해야 해. 나는 이번에 정득량 선생의 아주 특별한 삶을 접하게 되면서 받은 이 감동을 어떻게 정리해야 할지 모르겠네. 강 박사, 어서 나머지 삶도 마저 조사하고 정리해 주게. 어쩌면 우리 재단 이름을 바꿔야 할 것도 같아. 그분 이름으로 말일세."

한국에 수백만 평 규모의 공동체마을을 조성해보겠다는 게 앨빈의 꿈이었다. 《산해경》에 나오는 이상향을 이 산국(山國, 앨빈은 한국을 그렇게 불렀다) 어딘가에 세우겠다는 거였다. 그래서 진작부터 정 교수와 강 박사를 데리고 히말라야 일대를 여행했다. 티베트에 있었다는 샹그릴라와 카일라스, 구게왕국 유적지, 중국의 잔리촌을 탐방한 건 그의 삶을 흔들어놓은 9·11 테러 직후였다.

예전 그의 인생목적은 끝없이 돈을 버는 것이었다. 아니, 돈을 버는 게 아니라 숫자를 늘려나가는 게임이었다. 왜 버는지도 모르고 미친 듯이 벌어들이는 머니게임이었다. 자연은 머리를 식히는 차원으로 그쳤다. 그랬다가 쌍둥이빌딩 78층에서 우주의 비밀을 체험한 이후로 앨빈은 사람이 완전히 달라져버렸다. 펀드회사 경영을 그만두고 자신의 본래 면목을 보기로 한 것이다.

정 교수의 아들 윤서에게 아이비클럽에서 도시공학을 전공하도록 유도한 것도 앨빈이었다. 학자금을 모두 대주었고 박사학위를 취득한

다음에 동방의 샹그릴라를 설계하자고 주문했다.

　재기 발랄하던 수재 윤서는 타인의 목숨을 구하느라 도중에 꺾였고 앨빈은 한국에 와서 윤서의 증조부 정득량의 드라마 같은 일생을 알게 되었다. 그리고 이 산국에서 산의 의미가 매우 철학적이고 종교적인 사유와 결부된 것임을 더 깊이 깨닫는다. 그대로 수용하기 어려운 부정적인 대목이 더러 있었지만 풍수사상은 분명 독특한 자연관이자 인생관이었다. 풍수는 정치나 종교, 문화와 접목하면서 독특한 문화유산이 되었다. 묏자리에 치중하면서 병폐가 생기긴 했지만 아직도 활용가치가 무궁했다.

　입향조(入鄕祖)라는 지위가 있다. 마을을 창건한 조상을 말한다. 앨빈은 또 하나의 입향조가 되고 싶었다. 전통 씨족공동체에서 피를 매개체로 한 그런 조상이 아니라 터를 매개체로 하는 그런 조상을 의미한다. 일종의 동호인 공동체마을의 설립자인 셈이었다. 동아시아인들이 말하는 삼재가 껴들지 못하는 마을을 세우고 후예들에게 기려지는 그런 지위를 얻고 싶었다. 맨해튼 펀드회사 대표의 놀라운 변신이었고, 그래서 주변인들에게 뉴욕의 성자로 불렸다. 지금은 뉴욕의 성자가 애칭에 불과하지만 만일 앨빈의 꿈이 실현된다면 어쩌면 그는 진짜 성자로 통할지도 모른다. 물론 성자가 되기 위해 앨빈이 이상향을 세우려는 건 아니었다.

　최근 미국의 시사잡지 《리더스 다이제스트》는 세계 35개 주요 도시 가운데 가장 친절한 도시를 조사했는데 1위가 뉴욕이었다. 9·11 테러 이후 시민의 의식이 변했다. 시민들은 아등바등 사는 것보다 주변을 돌아보고 남을 배려하는 삶이 더 가치가 있음을 그 충격적인 사건을 통해서 배운 것이다. 2위는 스위스 취리히, 3위는 캐나다 토론토가 선정됐다. 역사적으로 볼 때, 물질보다 정신에 더 가치를 둬왔다는 동아시아 도시들은 대부분 하위권에 머물렀고, 서울은 무려 32위였다. 반면에 물가는 세계 최고를 달렸고 주거환경 역시 열악했다. 젊은 도시공학도 윤서가 남긴 파일 〈내가 설계한 도시〉의 내용 그대로였다.

서울은 망했다. 현대화되면서 세상에서 가장 멋대가리 없고 열악한 주거환경의 도시로 추락했다. 서울은 사람 사는 도시가 아니라 죽지 않으려고 버텨내는 거대한 실험실이다.

부정적인 현실인식은 현실을 개혁하려는 젊은이가 지녔을 때 매우 긍정적이다. 윤서의 파일을 보면 윤서가 여자아이 엉덩이나 두드리면서 낙원을 노래하는 천둥벌거숭이로 보이지만 그가 지닌 예리한 인식론과 분석력을 간과해서는 안 된다. 윤서는 아이디어가 많고 감수성도 탁월했다. 아까운 자원이 그 꿈을 펼쳐보지도 못하고 중도에 꺾여 사라진 셈이다.

"강 박사, 정득량 선생의 노트를 정리하면서 윤서의 파일도 눈여겨 봐. 다이아몬드처럼 반짝거리는 아포리즘으로 넘쳐나거든. 할아버지와 손자가 나눴던 대화도 일부 기록해 놓았다고."

앨빈은 정 교수가 윤서의 노트북에서 뽑아낸 자료들을 건넸다. 강 박사는 조손간의 대화록이 있다는 말에 귀가 솔깃했다. 그는 앨빈이 세우고자 하는 동방의 샹그릴라에 별반 기대하지 않는 눈치였다. 유럽이나 캐나다에 얼마나 환경이 빼어난 도시들이 많은데 하필이면 아시아에, 그것도 화약고 같은 분단국가 한국에 이상적인 마을을 만들려 하느냐는 거였다. 더구나 앨빈은 콧대 높은 와스프(White Anglo-Saxon Protestant)였다. 한마디로 미국의 정통파 상류층이었다. 와스프가 황색인종의 본향에 와서 풍수사상에 기초한 이상향을 세우겠다는 게 억지였다. 아무리 삶의 좌표를 뒤흔들어놓은 사건현장에서 죽음의 문턱을 넘어왔다고 하더라도 그랬다. 인도에 있는 명상센터 같은 것이라면 또 몰랐다. 아예 작은 도시를 세우겠다고 샹그릴라재단을 설립하려고 하니 어떻게 이해할까.

동방의 샹그릴라는 정치나 각종 종교로부터 중립적인 순수한 마을이 될 거라고 했다. 입주민의 자격은 꽤 까다로웠지만 '진화된 영혼'이 첫째 조건이다. 분양권이 얼마고 학력이나 나이는 어떻고 하는 따위가 아니었다. 진화된 영혼이라니. 무엇이 진화된 영혼인가. 뉴욕의 성자 앨빈의 생각은 간단하다. 피부나 인종, 사상이 서로 다름을 인정하고 관용할 줄 아는 사람이라고 했다. 그런 사람을 어떻게 선별할 것인가는 재단이 앞으로 해야 할 중대업무였다.

입주민의 숫자도 재미있었다. 설계할 시점의 지구촌 평균 인도밀도를 기준하기로 했다. 그보다 적으면 특권층이 되고 넘치면 질이 떨어지기 때문이다. 세부적인 나머지 조건들은 재단을 발족하고 세미나와 연구를 거쳐서 결정하기로 했다.

서로 다르기 때문에 다채롭고 조화로운 세상인데 사람들은 자기 종족과 종파만 독식하고자 한다. 때문에 서로 다름은 흔히 적으로 간주된다. 9·11 테러와 이라크전쟁은 최근의 대표적 사례다.

가칭 '샹그릴라 재단'이 '정득량 재단'으로 바뀐다고?

은둔의 철학자 정득량의 극적인 삶은 충분히 그럴 가치가 있었다. 그런데 왜 후손이나 한국인 스스로가 아니라 앨빈과 같은 뉴요커에 의해서인가.

강 박사는 앨빈의 막대한 자본과 열정을 알고 있으면서도 현실적으로 받아들여지지 않았다. 꼭 무언가에 홀린 느낌이었다.

앨빈은 앨빈대로 답답한 점이 있었다.

한국인은 매우 정치적이고 종교적이었다. 가장 현실적이기도 하면서 가장 이상적이기도 했다. 셋만 모이면 정치얘기를 즐겼고 힘든 일을 만나면 하느님을 찾았다. 한국의 기독교인들은 신앙과 달리 일상생활은 유교나 샤머니즘 방식으로 했다. 종교적, 철학적 탁월성과 사회적 실천은 현실역사에서 반드시 일치하지는 않는다지만 한국인의 경우는 달라도 너무 달랐다. 그것이 합치되는 때 인류의 정신적 지도자가 출현하지 않을까 싶기도 하다.

그뿐만이 아니었다. 한국인들의 상당수는 죽은 자의 뼈를 명당에 묻으면 자손이 복을 받는다는 음택풍수를 잘도 믿는 눈치였다. 앨빈으로서는 죽었다 깨어나도 이해할 수 없는 부분이었다. 그는 당연히 삶의 터로서의 양택풍수만을 인정할 뿐이다. 무덤은 그저 문화유산으로만 보았다.

앨빈은 그 자신이 명당에 묻히는 걸 염두에 두지도 않았다. 오직 그의 관심은 이상향의 건설이었다. 그런데 정 교수나 강 박사를 비롯한 한국사람들은 죽은 자의 뼈가 부리는 조화를 더 믿고 재력과 열정이 넘치는 자신의 계획은 무모하다고 여기는 눈치들이었다.

"모두가 이상하게 봐도 자네들만큼은 날 이해하리라 믿었어. 자네들 한국인은 만주나 L.A., 뉴욕까지 진출해서 한인타운을 세웠어. 중국인이나 일본인도 세계 곳곳에 그들 종족의 마을을 만들었지. 근대화 이후로 서양인은 아메리카나 아시아, 아프리카, 오스트레일리아 등 전 지구에 앞 다퉈 식민지를 세웠네. 이제 내가 뜻한 바가 있어서 아시아에, 그것도 이 산국 어딘가에 이상적인 작은 도시를 세워보겠다는데 왜 기쁘게 받아들이지 않지? 누구의 강요에 의해서도 아니고 순수한 목적으로 자발적으로 만들겠다는데 말이지. 나는 이 나라에 지갑을 불리려고 왔다가 마음을 빼앗겨버렸어."

앨빈은 한국이라는 고유명사 대신에 산국(山國)이라는 자기만의 용어를 썼다. 지구상에 산지가 많은 나라는 많지만 독특한 풍수학으로 산의 의미와 미학을 완성한 나라는 한국이 유일하다고 했다. 그는 뉴욕의 성자라는 애칭답게 부드럽고 차분하게 설득했다.

"난 전폭적으로 믿네. 다만 너무 거창한 계획이라서 어디서부터 손을 대야 할지 모르겠네."

정 교수가 강 박사의 동정을 살피며 말했다. 듣고 보니 강 박사도 수긍이 갔지만 잘 받아들여지지 않는 걸 어쩌겠는가.

"자연발생적이지 않아서 그렇습니다."

"옛날 얘기야. 지금은 계획도시가 대부분이야. 사막에 세운 라스베가스를 가봤으면서 그러나? 그곳에 있는 유명호텔 이름처럼 미라지(mirage) 그 자체야. 사막에 세운 천상의 환상도시지. 나 혼자 하는 것도 아니고 이 땅의 전통사상에 입각해서 자네들과 함께 만들어보자는 거야. 설마 돈벌이 수단으로 이용할까봐 의심해서 그러는 건 아니겠지?"

"여부가 있겠나."

"더 이상 돈을 모으는 걸 원치 않는 분이시잖아요?"

그 부분에 관해서는 모두 의견이 일치했다.

"완전 무료로 하고 싶지만 자칫 신흥종교집단이나 왕국으로 오해받을 소지가 다분하니까 최소한의 비용만 받기로 하지. 인프라는 전적으로 재단에서 자체비용으로 구축하고 토지원가와 건축비용 정도만 받기로 하고. 최고의 시설들을 친환경적으로 갖춰놓을 테니 프리미엄만 몇 배가 붙겠지. 하지만 투기는 원초적으로 막아야 해. 삶이 목적이지 재산증식이 목적일 수 없기 때문이야. 재단에서 다 부담하고 저렴하게 임대하는 방법도 있을 테고."

"실현가능하다면 어느 쪽이든 대찬성입니다. 사람이 사는 집을 가지고 돈벌이 수단으로 삼는 것이 바로 지옥입니다."

강 박사가 거기서는 쌍수를 들었다.

"입주 당시 분양가에 은행금리 이상을 못 올려 받게 약정하면 되지. 그럼 특별한 경우가 아니면 팔려고 하지 않을 거야."

"시스템 운영문제는 전문가에게 의뢰하면 돼. 우리는 좋은 터 잡기와 진화된 영혼을 선별하는 방법만 고민하지."

앨빈은 정 교수 앞에 두 손바닥을 펼쳐 보였다. 정 교수가 가볍게 손바닥을 쳤다. 꿈꾸는 늙은 소년의 모습이었다.

"십승지를 찾아다니며 모델을 만드신다고 했죠? 우리 시대 십승지 가운데 하나가 미국 아닌가요?"

강 박사가 앨빈에게 물었다.

"쌍둥이빌딩에 있던 내가 비행기 폭발로 당한 걸 알면서 그러나?"

앨빈이 반문했다.

"그건 정말 예외고요. 세계의 돈 많은 부자나 힘있는 권력자들의 상당수가 미국 시민권자이거나 미국에 집을 가지고 있는 게 현실입니다. 왜 그러겠어요? 여차하면 피난해 들어가서 살기 좋은 곳이라고 생각하기 때문에 그런 거죠. 민족주의를 부르짖는 지도자들도 자식은 미국에 보내 공부시키고 집 사놓는 이중성은 미국이 확실한 현대판 십승지이기 때문이죠. 그 다음으로 캐나다나 뉴질랜드 정도겠지요."

"자네 확실히 예리하군. 미국이 현대판 십승지라. 그건데 앨빈은 왜 거꾸로 분단국가이자 화약고인 한국에 와서 이상향을 건설하겠다는 거냐고 묻는 것이지? 대단하군."

정 교수가 앨빈을 바라보며 말했다. 답은 앨빈이 해야 한다는 뜻이었다. 그런데 앨빈은 어깨를 으쓱해 보이면서 웃기만 했다.

"지금은 시대가 달라졌습니다. 테러, 핵무기와 미사일 공격으로부터 자유로운 곳이 어디에 있겠습니까?"

강 박사가 다시 초를 쳤다.

"강 박사!"

엘빈이 조용히 불렀다.

"네."

"자네 정득량 선생의 특이한 삶을 추적하면서도 아직 묘책을 못 찾겠나? 하긴 아직 선생의 전모가 드러난 게 아니니까 그럴 수도 있겠지. 나는 분명 선생의 삶에서 풍수의 진정한 가치와 미래의 희망을 찾을 수 있다고 보네. 선생의 특이한 삶을 더 연구하고 자세히 복원해 줘야겠어. 내가 여비라도 보태야겠군. 나는 이렇게 생각하고 있다네. 간단하네. 테러를 할 이유가 없는 곳, 값비싼 핵무기와 미사일을 떨어뜨릴 이유가 없는 곳으로 만들면 그만이네. 미국은 세계 최강자라는 이유로 자충수를 너무 두었어."

앨빈은 깊은 눈으로 딴 세상을 그리며 확신 있게 말했다. 일리가 있는 대안이기는 했다. 미국은 이제 더 이상 십승지가 아니라는 경고가 바로 9·11 테러였다.

"뭣 좀 먹으러 가죠."

강 박사는 가방에 자료를 챙겨 넣었다.

"그래. 오늘은 택시 잡기도 어려울 거야. 지금 나가지 뭐."

정 교수가 창 밖의 월드컵 거리응원단의 붉은 인파를 염두에 두고 말했다. 호텔 정문 쪽은 물론 후문 쪽으로도 차량이 통제되었다.

"곱창과 양구이를 먹고 싶은데."

앨빈은 식성까지도 완전히 한국인이었다.

"테헤란로 자네 빌딩 근처의 그 집에 가잔 말이지? 좋아, 가세."

세 사람은 인파를 헤치며 을지로 입구까지 걸어 나와서 택시를 잡아 탔다. 붉은 인파를 헤치고 나왔기 때문인지 흰 셔츠에 붉은 물감이 배어든 느낌이었다.

"한국 국가대표가 독일 원정경기에서 스위스를 꺾고 16강에 들 수 있을지는 의문이지만 거리응원으로는 세계 최고야."

"앨빈 자네는 저 물결을 마냥 좋게만 보는군."

"에너지 넘쳐서 좋잖아."

"난 무섭네. 독재시절 대학생 시위대 물결, 대통령 선거철의 동원인파, 이제는 거리응원! 좀 차분하게 개개인으로 돌아가서 즐기면 안 되나 싶어."

뒷좌석에 앉은 앨빈과 정 교수의 대화를 들으며 강 박사는 정득량의 소설 같은 인생편력을 곱씹었다. 특히, 급작스레 스승을 잃고 홀로 남겨진 청년 득량의 심정을 헤아려보았다. 부분적으로 기록된 노트들과 정 교수의 도움을 받아서 유추해볼 수밖에 없었다.

택시가 한강을 건넜다. 달리는 택시 안에서 저마다 다른 생각을 달렸다. 정 교수는 테헤란로로 향하면서 거의 10년이 다 된 만남을 떠올렸다.

정 교수가 앨빈을 만난 건 외환위기 직후였다. 앨빈은 연 30%에 육박하는 고금리 부채에 시달리던 서울 강남 테헤란로의 빌딩을 거저 줍고자 온 사냥꾼 가운데 하나였다. 당시는 현금이 최고였다. 금융권에 맡겨만 놓아도 무지막지한 이자 수익을 얻었다. 이른바 블루칩 주식이나 강남 부동산도 그전 시세의 절반 가격이면 살 수 있었다. 한국의 알짜 기업들의 주식과 요지의 부동산이 외국자본에 팔려나갔다. 나라가 망하기 직전 상황이었다. 돈벌이라면 귀신같던 앨빈이 테헤란로에 매머드빌딩을 산 것도 그때였다. 이듬해 바로 곱절로 뛰었고 지금은 몇 배나 뛰었다. 한국의 부동산 값은 세계 최고수준이었다. 그가 즐겨 쓰는 표현대로 이 나라에 지갑을 불리려고 왔다가 마음을 빼앗겨 버린 사람이 앨빈이었다.

남산 밑 한국문화의집.
고등학교 동창인 최 변호사가 뜬금없이 저녁을 먹자고 했다. 돈과 시간을 철저히 관리해서 동창들 사이에 '인간 황금모래시계'로 불리는 그였다. 뭔가 꿍꿍이가 있을 터였다.
나와 보니, 외국인 손님을 대동하고 있었다.
"아직도 바쁘시지?"
"그럼. 요즘에는 M&A에 재미 붙었어. 외국돈이 막 쏟아져 들어와."
부장판사를 단 지 3년 만에 옷 벗고 나와 변호사를 개업한 그였다. 처음부터 돈에 관심이 많은 친구가 경력 쌓느라 오래도 버텼다고 동창들이 놀랐었다. 그는 법원 앞에 개업했고 예상대로 하루아침에 승률이 높은 고소득 변호사가 되었다. 전관예우가 별게 아니었다. 동료로 지내다가 그 법원 앞에서 개업하면 눈을 감아 줄 수 없는 게 한국 같은 인맥사회의 풍습이었다. 색안경을 끼지 않고 본다면 미풍양속이 못될 것도 없었다. 문제는 법리에 맞느냐 안 맞느냐.
"자네가 골프를 안 치니까 얼굴 보기도 힘들군. 내가 이렇게라도 불러내야 한 번 보고 말이야. 인사하지. 우리 법무법인의 미국 클라이언트 앨빈이야. 앨빈은 우리 또래고 뉴욕 월가의 마이더스라 불리는 귀재지."
최 변호사가 소개한 앨빈은 커다란 오동나무 상자 하나를 들고 있었다. 정 교수는 앨빈의 선량한 얼굴과 오동나무 상자를 번갈아 보며 악수를 나눴다. 커다란 짐 꾸러미를 든 마이더스의 손? 뭔가 부조화였다.

"그게 뭐냐고? 일단 밥부터 먹지."

최 변호사의 변죽에 정말 궁금해지기 시작했다. 약아빠진 성정에 까닭 없이 미국 손님을 데리고 와서 밥을 살 리가 없었다. 고등학교 친구로 서로 30년을 봐온 처지였다. 이익 없는 일에 단지 정이 그립다며 시간과 돈을 쓸 위인이 절대 아니었다.

저녁상을 물리고 후식을 들면서 앨빈의 상자가 공개되었다. 판도라의 상자에서 나온 것은 과연 황금덩어리였다. 봉황 한 마리가 우아한 날개를 펼치고 있었다. 백제금동대향로 복제품이었던 것이다.

"정 교수님! 나는 틈틈이 세계의 산을 여행해 왔습니다. 그런데 한국의 산은 정말 매혹적입니다. 장엄하게 높지도 깊지도 않은데 쓰다듬고 싶을 정도로 정겹고 유장합니다."

앨빈은 별종이었다. 그는 여인의 젖무덤을 애무하는 것처럼 금동향로를 어루만지며 읊조렸다. 눈을 지그시 감은 채였다. 천상세계와 신선세계, 인간세계를 상징화한 백제대향로는 국보 가운데 국보였다. 그런데 이 향로와 한국의 산이 무슨 연관이 있다는 말인가. 만일 이 이방인이 그 비밀의 고리를 풀어내고서 하는 말이라면 예사로운 일이 아니었다.

"한국의 산천이 아니면 이런 걸작은 세상에 나올 수 없어요. 이것은 한국의 자연미를 기저로 한 동경과 상상력의 소산입니다. 유럽의 패션 명품은 표피적인 것입니다. 이건 영혼의 명품이에요. 중국의 박산로(博山爐)에 영향받았는지는 몰라도 창의성과 조형성이 단연코 빼어납니다. 게다가 이 생동감과 조화라니!"

앨빈은 침이 마르도록 예찬했다.

"이 사람은 미(美)의 순례자야."

항상 얄미울 정도로 본질만을 파악해서 간단히 정리하는 게 버릇된 최 변호사가 초를 쳤다. 아무리 복잡한 것이라도 한마디로 정리할 수 없다면 제대로가 아니라고 주장하는 최 변호사였다. 미의 순례자!

이처럼 과분한 칭찬이 또 있을까. 앨빈은 그 말을 증명해 보이기라도 하듯 금동향로를 어루만졌다. 봉황과 산과 악기, 사람, 짐승과 연꽃잎 하나하나를 세심하게 더듬었다. 마치 연약하고도 질투심 많은 생명체를 다루듯이. 저이가 중국 한나라 때의 박산로를 거론하는 걸 보면 이미 골동품에 깊은 안목이 있었다. 최 변호사의 소개대로 남다른 심미안과 이해력을 가진 사람이었다.

"언젠가 자네가 이 향로와 한국의 정원을 연관지어서 쓴 신문칼럼이 생각나더라고. 뭐였지? 소쇄원이었나, 서석지였나? 집안 할아버지가 세우신 정원이 서석지지?"

최 변호사가 물었다.

학교 다닐 때나 지금이나 기억력 하나는 국보급이었다. 금동향로가 발굴된 직후에 쓴 짤막한 글인데 아직도 정확히 기억하고 있었다. 이 향로가 출토되었을 때, 학계가 떠들썩했다. 고고학계나 고미술계는 물론 정 교수처럼 조경학계에서도 비상한 관심을 가졌다.

"맞아. 금동향로와 별서정자에 담긴 이상향."

"옳아, 별서정자를 뭐라고 말해줘야 할까?"

"별장이지 뭐."

"그렇게 말해주면 이 친구가 싱거워할 텐데?"

최 변호사가 그렇게 말했을 때, 앨빈은 향로 뚜껑을 열고 향을 피웠다. 뚜껑을 닫자, 꼭대기 봉황의 앞가슴과 악기를 연주하는 인물상들 앞뒤에서 그윽한 향연(香煙)이 피어올랐다. 봉황이 물고 있는 여의주가 구름에 가려졌고 활짝 편 날개가 퍼덕이는 것처럼 보였다.

떵 떠덩떵— 짜르르렁 떠덩떵—.

천상의 음악이 울리기 시작했다. 고요하던 강산이 깨어났다. 세상의 모든 존재들이 제각기 지닌 생명력으로 충일했다. 코끼리, 말, 산양, 호랑이, 원숭이, 멧돼지가 달렸고 새는 날았으며 물고기가 약동했다. 나무와 꽃은 하늘하늘 춤을 추었다. 그 모든 생명의 율동은 꽃잎 속처럼 겹겹이 둘러싼 심산유곡에서 일어났다. 제각기 지닌 존재의 무거움이 시나브로 덜어지는 듯했다. 천상과 지상을 떠받들고 있던 몸체의 연꽃이 활짝 피어났고 그 웅혼한 세계를 한 마리의 용이 떠받들고 있었다.

"천상계와 지상계를 완벽하게 연결하여 지금 여기에 현재성으로 연출해내고 있어요."

앨빈이 낮고 깊은 음색으로 읊조렸다. 그는 거의 트랜스 상태에 빠져 있었다. 가야금 가락이 향연과 뒤엉켰다. 몽환이 아니라 실제로 벌어진 광경이었다. 마치 때를 맞추기로 약속이나 한 것처럼 음식점에서 맛보기로 보여주는 공연을 하고 있었다. 여흥을 돋우기 위한 약식 공연이었지만 백제금동대향로에서 피어올라오는 향연과 잘 어우러졌다.

초면에 서로 이야기가 통하자 술자리가 길어졌다. 그것도 모자라 자리를 옮겼다. 앨빈이 묵고 있던 남산 밑 H호텔 테라스 바였다. 한강변의 야경이 한눈에 조망되는 곳에서 앨빈은 '산하금대(山河襟帶)'라는 말을 종이에 썼다. 한자 쓰기가 그림 그리는 수준이긴 했지만 분명 무슨 글자인지 알아볼 수 있었다. 산이 옷깃처럼 둘리고 물이 띠처럼 감도는 길지를 일컬었다.

"나는 금수강산 예찬론자입니다. 전생에 한국인이었나 봐요."

정 교수가 놀라자, 이번에는 '금수강산(錦繡江山)'을 한자로 써 보이며 앨빈이 말했다. 확실히 예사롭지 않은 별종이었다.

"간체자도 아니고 정식 한자를 언제 그렇게 배웠습니까?"

정 교수는 입이 벌어졌다. 말로만 우리 것 우리 것, 하지만 정작 우리 것을 더 깊이 아는 이는 외국인 연구자라는 말이 거짓이 아니었다.

"《역경》을 영문판으로 보다가 답답해서 원문을 배웠습니다."

정 교수는 자신의 귀를 의심했다. 바에 흐르는 재즈 피아노 선율이 그의 귀를 어지럽혔다고 생각했다.

"방금 《역경》이라 했나요?"

"예, 《주역》 말씀이죠. 중국이나 영어권에서는 《역경》을 이칭(Iching)이라고 발음하지요."

이 별종 이방인은 점을 찍듯이 또박또박 말했다. 세계 최고의 금융시장 한복판에서 돈을 좇는 중년사내가 골동품을 좋아하고 산을 좋아하는 정도야 고상한 취미쯤으로 이해할 수 있었다. 그러나 한자를 척척 그려내고, 그 어렵다는 《주역》까지 읽고 있다면 이것은 뉴스거리다. 알다시피 앨빈은 인문학자가 아니라 펀드회사의 대표 아닌가?

그 나라의 문화를 깊숙이 파고들어야 큰돈을 번다?

지독한 미국인들이었다. 그렇게밖에 볼 수 없겠는데 문제는 저 친구의 눈빛이었다. 하고 있는 일과 전혀 어울리지 않는 눈빛이었다.

우리는 대부분 제 직업이나 신분에 맞게 길들여지고 틀이 잡힌다. 그래야만 소속된 사회에서 더 인정받고 잘 적응한다. 장사꾼이면서 동시에 무욕의 성자가 될 수 없는 까닭은, 하는 일이 자신의 틀을 규정하고 내면세계에까지 영향을 끼치기 때문이다.

"정 교수, 복잡하게 생각할 거 없어. 앨빈은 자신이 전생에 한국인이었대요. 오늘 자넬 불러낸 이유를 말해야겠군."

드디어 최 변호사가 본심을 드러낼 모양이었다.

"가장 한국적인 성향을 가진 명문가의 후예와 미국의 상류층이면서 낭만적인 미학예찬론자의 운명적 만남을 주선하기 위해서라네. 앨빈은 한국의 자연미에 깊이 경도되었다네. 조경학을 전공한 정 교수가 앨빈을 안내해줄 최적임자 아닌가. 앨빈은 자네 같은 조경학자와 한국의 산을 찾고 싶어해. 단순히 등산 목적이 아닌 건 말 안 해도 알 테고. 최고의 안내자를 필요로 한단 말일세. 물론 만족할 만한 보수도 지불할 걸세. 하지만 우선 두 사람은 잘 맞아. 내 보기엔 환상적인 소울메이트라고. 이 친구 뉴욕의 상류층이야. 쉽게 만나볼 수 없으니 잘 사귀어 봐."

가려운 데 긁어주고 비싼 대가를 받는 직업, 변호사다웠다. 능력 있는 변호사는 의뢰인이 원하는 것이면 무엇이든 해준다. 오늘처럼 사람을 연결해 주면서도 눈에 보이지 않는 수익을 기대할 거였다.

아무래도 상관없다. 이제는 정 교수 자신이 판단해야 할 때다. 앨빈이 놀라운 친구이긴 하지만, 정 교수로서는 부담스런 존재였다. 대학교수라는 게 그리 한가롭고 고상한 직업이 아니었다. 프로젝트를 따내려고 눈에 불을 켜야 했고 연구실적에 쫓겼으며 자질구레한 행정업무에 시달렸다.

앨빈의 친밀감 때문일까. 어쩌면 그의 말대로 전생에 한국인이었고 서로 인연의 고리가 연결돼 있었던 건지도 몰랐다. 정 교수는 앨빈을 대동하고 해남으로, 담양으로, 영양으로 답사를 다니게 되었다. 수없이 가봐서 발에 눈이 달릴 정도가 된 이른바 한국의 3대 정원을 다시 찾은 것이다.

"정 박사님, 내가 은퇴하면 한국에 이런 정원 하나 가꾸며 살고 싶어요."

한국의 대표적 정원인 세연정과 소쇄원, 그리고 서석지를 모두 둘러보고 나서 앨빈은 더 한층 한국의 산하에 매료되었다. 백제금동향로나 석굴암, 봉덕사신종 비천상문이 완벽한 자연미와 절제미를 갖게 된 이유를 실감했다며 거듭 감사했다.

한국을 다시 방문했을 때, 앨빈은 정 교수에게 최고급 밴 한 대를 선물했다. 답사 다니면서 정 교수가 몰고 다녔던 지프가 너무 낡아 보였던 모양이었다. 최고급 밴은 아무리 돈 많은 부자라도 쉽게 선물할 수 없는 과분한 자동차였다. 더구나 만난 지 얼마 되지도 않은 사이가 아닌가. 마음가는 데 돈이 따라간다고, 각별한 우정 표시였다. 부자라고 해서 돈을 후하게 쓰지 않았다. 부자는 오히려 철저한 계산 아래 지출했다. 가난뱅이가 정을 핑계 삼아 충동적으로 돈을 쓰는 것과 대조적이었다.

흔히 돈은 별거 아니라고 말한다. 최 변호사의 표현을 빌리자면, 그렇게 말하는 사람은 거짓말쟁이다.

'자본주의 사회에서는 더 이상 진리가 사람을 자유롭게 하지 않아. 돈이 우리를 자유롭게 하지.'

배금주의자라고까지는 할 수 없어도 대단히 돈을 밝히는 사람다운 철학이었다. 그는 한 술 더 뜬다.

돈은 별거 아니라는 사람들은 대개 가난하고 불행할뿐더러 솔직하지도 못하다. 돈은 대단한 거라고 말하는 사람들도 가난하고 불행할 수는 있다. 하지만 그들은 최소한 솔직하며 언젠가는 돈과 가까워질 가능성이 많다.

선물 역시 그렇다. 선물한 마음이 중요하지 가격이 뭐가 중요하냐고 말하지만, 선물은 값비싸고 귀할수록 좋다. 아무리 마음이 담겨 있어도 받는 입장에서 보잘것없다면 감사보다 빈축을 산다. 주는 쪽의 의도와는 달리 흉물로 전락한다는 게 최 변호사의 지론이었다.

최 변호사는 거침없이 말한다.

'가난한 사람들이여! 부디 지폐에 들어 있는 것들과 등 돌리지 말고 화해하라. 어느 나라건 지폐에는 역사상 가장 빛나고 위대한 분들이 모셔져 있으며 그들은 반드시 숫자를 동반하고 있다. 스스로 그런 위인, 당대에 최고의 지위와 명예, 혹은 돈을 거머쥔 사람이 될 수 없다면 그 옆에 있는 숫자라도 대신 부지런히 움켜잡아라.'

최 변호사는 그처럼 너무 솔직해서 주변으로부터 속물이라고 빈축을 산다. 하지만 따지고 보면 그리 틀린 말이 아니었다. 내세와 영혼의 자유를 설교하는 종교인들조차도 신의 가르침보다 돈을 더 가까이 하는 것만 봐도 알 수 있었다.

앨빈의 파격적 선물 뒤에 정 교수와 앨빈은 더 긴밀한 친구로 발전했다. 첫 만남의 장에서 두 사람이 소울메이트라고 예단한 최 변호사의 직감이 옳았다. 돈을 잘 버는 변호사는 사람마다 지닌 고유의 향기까지도 잘 맡는 모양이었다.

앨빈과 정 교수는 가족끼리도 함께 만나는 사이가 되었고, 그 많은 재산으로 이 땅에 샹그릴라를 만드는 계획을 세우는 것으로 발전했다. 2001년 9월 11일 아침, 뉴욕 맨해튼 세계무역센터 남쪽타워 78층을 뚫고 들어온 항공기 동체와 아수라장 속에서 정지된 시간, 그때 본 우주의 비밀이 앨빈의 삶을 바꿨다.

돈으로 할 수 있는 것 가운데 가장 큰 일이 무엇일까.

앨빈은 이상향을 생각했다. 아름다운 사람들이 대를 이어가며 살 수 있는 마을을 만드는 것이야말로 가장 큰 일이었다.

무한경쟁이라는 말이 없어도 되는 일터.

적을 만들지 않는 삶이 가능한 곳.

공격적인 행동이 사라지는 터.

들어와 사는 사람들을 순박하게 만드는 복된 대지를 고르고, 그곳에다 영혼을 고양시키는 건축물을 세워서 이상향을 만들고 싶어했다.

오랜 옛날부터 동양의 현자들은 하나같이 이상향을 만들고자 했다. 그 대열에 뉴욕의 성자가 합류한 것이다.

정 교수의 서재, 그리고 비밀집회

강 박사는 강의가 없는 방학 동안 온통 정득량의 일생을 복원하는 일에 매달렸다. 1928년부터 1930년까지 전설적 명풍수 진태을 스승으로 모시며 풍수공부에 매달린 일은 충실한 연대기를 통해서 거의 다 들여다볼 수 있었다.

문제는 홀로 남겨진 뒤부터였다. 아무리 수재라 하지만 아직 초개(初開, 첫 눈이 열린 단계) 단계에 그쳐 있었던 정득량이었다. 간산공부 3년에 재혈공부 10년이라는 말이 있었다. 스승의 지도 아래 산서를 읽고 전국의 명혈을 답사했지만 아직 통맥법을 제대로 마치지 못했고, 재혈법은 더욱 배우지 못했다. 통맥법으로 용의 생사와 귀천을 알아서 혈자리에 정확히 유골을 집어넣는 재혈은 원리로 되는 일이 아니었다. 몸소 자리를 써봐야 했다. 그러자면 실수도 하고 그를 통해서 점점 정혈에 제대로 모시는 법을 터득하게 된다.

득량은 과연 그 뒷단계의 문을 열었던 걸까. 남아 있는 단편적 기록만 봐서는 단정할 수 없었다. 강 박사는 기록 말고도 주변을 취재해 보기로 했다. 정한수 교수가 가장 많은 후일담을 지니고 있을 것이므로 먼저 그의 도움을 받아야 했다. 다음으로는 전주 김 기사의 행로를 찾아보는 것과 목포 하득중, 대구에 살고 있는 정득량의 작은아들, 끝으로 조영수의 후손들이었다.

풍수를 현대적으로 시의적절하게 활용할 줄 알았던 사업의 귀재 조영수의 성공가도는 얼마나 계속되었을까도 자못 궁금했다. 언젠가 남원 진외가에서 삼촌들에게 얼핏 듣기로는 정득량 집안보다 조영수 집안이 더 세속적인 성공을 거뒀다고 했다. 그들의 기막힌 순발력과 응용력이 빛을 발했다. 본시 학문의 길과 술법의 길이 다르고 지향하는 목표도 다르기 때문에 의아할 건 없었지만 구경하는 입장에서는 재미있었다. 사실 조영수의 화려한 변신과 출세가도야말로 한국 현대사의 축소판이었다. 분명 아름다운 일은 아니었을지라도 반드시 나빴다고 돌팔매질만 할 수도 없었다. 그렇게 변신하지 않으면 신흥귀족이 될 수 없었다. 조씨들의 세속적 출세가 구체적으로 어떤 것인지는 좀더 알아봐야 했다.

아무튼 강 박사는 조영수를 미워하고픈 마음이 별반 없었다. 나중에는 어떻게 살았는지 좀더 조사해보고 판단해야겠지만 아직까지는 미워할 수 없는 인물상이었다. 부모에게 효도하고 가족들 건사 잘하고 부지런했으며 사업수완이 뛰어났다. 친일행각이 걸리는데, 조영수의 변명을 빌리자면 약자가 일본사람들을 활용하는 방식일 뿐이었다. 글쎄, 그것은 좀 문제가 있는 생각이었다.

강 박사는 비가 내렸다 개었다 변덕을 부리는 일기에 평창동 정한수 교수 댁을 방문했다. 정득량의 손때가 묻은 책들도 넘겨다보고 정 교수에게 물을 것도 있었다. 그날도 사모님은 봉사활동을 핑계로 밖에 나가고 없었다. 자식을 잃고 힘겨운 시간을 견디려는 몸부림일 것이다.

"장마가 그쳐야 십승지와 이상촌을 찾아보지. 앨빈은 본격적으로 터를 잡고자 하는데 좀 부담스럽군."

앨빈의 꿈이 펼쳐지게끔 돕는 정 교수였다. 공부를 마치는 대로 앨빈의 일을 돕기로 했던 아들이 죽었으므로 정 교수가 곱절의 몫을 해야 했다.

"삼재가 끼지 않는 터야 할 텐데 우리나라는 휴전상태의 화약고잖습니까? 아무리 역발상이라고는 하지만 걱정이네요. 선진국이 아니라도 중진국 이상이면 흉년이나 전염병문제는 극복되죠. 하지만 지구상에 전쟁이 없는 땅이 있을까요? 맨해튼 쌍둥이빌딩에 비행기가 자폭할 줄 누가 알았어요?"

"태풍의 눈이 오히려 고요하다잖아. 워낙 사려가 깊은 친구의 생각이니 도와주자고. 진태을 선생도, 할아버지도 이 땅의 숱한 현자들처럼 지금의 하원갑자 기간 동안에 이 땅에서 세계평화를 이끌어나갈 지도자가 출현한다고 했지 않던가? 1984년부터 2043년까지니까 그 지도자는 벌써 태어나 우리 주변에서 자라고 있을 것이네."

정 교수가 거실 소파로 오미자 냉차를 따라 내왔다. 강 박사는 오미자 맛이야말로 알 듯 모를 듯한 예언이나 비기 같다고 생각했다. 단맛이 돌면서 떫고 시큼하며 쌉쓰레한데 짠맛이 숨어 있었다.

"정 교수님께서도 그런 허황한 메시아나 민족웅창 예언을 믿습니까?"

"나는 자네처럼 《주역》이나 《정역》을 안 읽어서 근거를 들이댈 수는 없지만 현철들이 말한 굵직굵직한 사건들은 맞아들어 갔지. 조선이 28대 임금(순종 다음에 영친왕은 일제에 의해 책봉 받음)으로 5백년 간다는 것을 사당인 종묘의 창엽문(蒼葉門)에 남긴 일, 6·25 동란, 88 서울올림픽, 김일성 사망 등 공공연히 사전에 알려진 예언들이 그대로 맞았단 말이야."

정 교수가 말한 창엽문 건은 사실 놀랍긴 했다. 창(蒼)자를 파자하면, 이십〔十十〕팔(八) 임금(君)이 되고, 엽(葉)자를 파자하면 '이십〔十十〕팔(八) 세(世) × 十八〔木 : 十八〕= 504'년으로 을사년 늑약 직전까지 정확히 맞아떨어진다. 6·25 동란이나 88 서울올림픽, 김일성 사망 등은 정득량과 그의 제자격인 역술인들이 예언한 것이 그대로 적중했다고 한다. 세상을 떠들썩하게 했던 모 지관은 전주 모악산의 조상묘를 가지고 점을 쳐 김일성의 사망을 맞췄다고 한다. 사전에 여러 신문에 대서특필되었으므로 그가 공개예언을 한 것은 사실이지만 묘와는 관계가 없다는 게 중론이다. 전부터 있어온 사망날짜를 묘에 가탁한 것뿐이다.

"저는 사실 호승예불혈이 힘을 발휘하기를 기대합니다."

그 자리는 역대 명사들이 언급한 천하명당으로 오랫동안 주인을 기다려온 터였다. 조 풍수 가문의 불같은 발흥도 그렇고 정득량의 절묘한 면례와 앨빈의 참관도 예사롭지 않았다.

"강 박사는 우리 정씨가문에서 그런 큰 인물이 출현한다고 보는가?"

"선대로부터 애써왔으니 충분한 자격이 있지요."

"난 그렇게 생각하지 않네."

정 교수는 칼로 무 자르듯 말했다. 아까운 재목을 잃었기 때문에 더 이상 큰 인물이 없다는 것일까.

"윤서 일은 참 안됐습니다."

강 박사는 다시 한번 익사사건을 위로했다.

"윤서가 그 적임자였다고 믿었던 적은 없네. 그런 세계적 인물은 잡초처럼 야생적인 환경에서 나온다고 봐. 과학자나 인문학자가 아니라 종교인에 가까운 철인이요, 성자니까."

정 교수는 자신의 집안처럼 안락한 온실에서는 온 세상을 끌어안는 인물이 나오기 어렵다고 믿고 있었다.

"공자나 예수는 그렇더라도 조로아스터나 석가는 다르잖아요? 부족 국가지만 엄연히 왕자의 신분이었거든요. 저는 십승지가 예전에는 삼재를 피하는 오지를 뜻했지만 지금은 웰빙에 적합한 곳으로 해석해야 한다고 봐요. 미래의 종교적인 인물은 과학이나 경제적인 밑받침이 있어야 해요. 단순히 정신에 국한했던 과거와는 달라질 거라는 말이죠."

강 박사가 시의에 맞는 재해석을 했다. 《주역》에서 말하는 시중지도(時中之道, 때에 적합한 도리)였다.

"나는 인류의 미래를 특정한 개인에게 걸 수 없다고 본다네. 한 사람의 성인보다는 공동체가 함께 이끌어가는 것이지. 실제로 과거의 역사에서도 성인이 당대에 힘을 발휘한 적은 없었어. 나중에야 세상이 귀를 기울인 것이지."

그것은 정 교수의 말이 옳았다.

그는 강 박사를 서재로 안내했다.

以不變 應萬變 (이불변 응만변)

불변하는 이치로써 만 가지 변화에 대처한다.

역(易)의 체(體, 본체)와 용(用, 작용)을 대변하는 글이 액자에 담겨 있었다. 그 옛날, 그러니까 정득량을 제자로 얻은 진태을이 득량의 전주 본가 사랑에서 써준 글씨였다. 외증조부 진태을의 추상같은 기질이 묻어났다. 강 박사는 마치 자신이 받은 글씨처럼 반갑고 정이 갔다.

사람들은 대부분 세태에 휘둘리며 살아간다. 바람 앞의 수양버들

잔가지처럼 이리 날리고 저리 날리며 산다. 뚜렷한 자기중심을 지니면서 숱한 변화에 대응하며 사는 사람을 지혜롭고 올곧은 사람이라고 할 수 있을 것이다. 잔꾀를 써가며 편리대로 사는 사람과는 격이 달랐다. 어차피 모든 생명체는 이기적인 유전자를 지녔다. 종(種)을 보호하며 살아남기 위해서라면 갖은 수단과 방법을 다한다. 그것은 응만변은 될 수 있어도 이불변은 못 된다.

"이 서가의 책들이 모두 할아버지의 것이었네. 필요하면 빌려다 보게. 실은 나보다 자네에게 더 필요한 책들이네만."

한쪽 벽에 꽉 찬 책들은 주로 한적(漢籍) 고서를 비롯한 고전들이었다. 대략 3할 가량이 신간이었는데 현대 천문학과 물리학, 사회학 명저들, 종교학에 관한 하드커버들이었다. 펼쳐보니 부전지가 곳곳에 붙어 있었고, 붉은 볼펜 글씨로 된 메모도 자주 눈에 띄었다. 간혹 원고지가 접혀진 채로 끼워져 있었는데 읽어보니 일종의 독서일기 같은 내용이었다. 최고의 지성답게 예리한 관점과 풍부한 어휘력이 구사되어 있었다.

"이쪽 한지로 맨 것들은 모두 할아버지께서 필사하신 동양 고전들이네. 사서오경은 물론 동양 13경전을 모두 세필 정자로 옮기셨어. 《이아(爾雅)》까지도 모두 필사했으니 대단하시지. 그 밖에도 《오덕결(五德訣)》이나 《만법귀종(萬法歸宗)》, 《삼의록(三儀錄)》, 《동사심전(東師心傳)》 같은 비전의 책들과 《도장경》에서 발췌한 도가서들이 여럿이야. 보는 바와 같이 첫 글자와 끝 글자가 인쇄한 것처럼 한결 같네. 보통 정성이 아니셨어."

정말 그랬다. 사경(寫經)이라는 신앙행위가 있다. 불교경전을 베끼는 일이다. 그것이 종교적 행위에 그치랴. 공부하는 이가 텍스트를 옮

집단무의식의 원형질 35

겨 적는 일은 우직해 보여도 가장 빠른 공부방법이다.

강 박사 역시 스승에게 한학을 배울 때, 《논어》와 《주역》을 처음부터 끝까지 옮겨 적어본 적이 있었다. 물론 붓으로는 아니고 펜으로였다.

"고천문학과 풍수에 관해서는 주석(註釋)도 다셨네요. 이걸 좀 자세히 보겠습니다."

"가지고 가게."

정 교수는 비닐백을 건넸다.

"정득량 선생님은 스승 진태을 잃고 마음고생이 많으셨어요. 단편적인 기록들로도 충분히 짐작할 수 있으니까요. 저는 정득량 선생님의 대하드라마 같은 연대기를 보면서 그대로 묵혀두기에는 너무 아까운 인생역정이라고 봤습니다. 성공한 사람 얘기도 가치가 있지만 분요(紛擾)한 시절을 당하여 온몸으로 진리의 문을 열고자 몸부림친 한 철학자의 삶을 요즘 젊은이들이 엿본다면 큰 도움이 되겠다고 생각합니다."

"그래서 강 박사가 매료됐나 보군. 하지만 다른 것도 아니고 철 지난 풍수 얘기가 아닌가. 이번에는 소설이라도 써볼 셈인가?"

"아뇨. 그 자체로 워낙 드라마 같은 삶이어서 일대기를 만들고 싶어요. 이 불황에 출판해줄 출판사를 만날 수 있을지는 몰라도요. 요즘 사람들은 영상물에 미쳐서 책은 거의 안 보잖아요."

"꼭 그렇지는 않아. 역발상을 할 줄 아는 젊은이들은 여전히 책을 보지. 진짜 소중한 정보와 사고력을 키우는 건 역시 책이 최고거든."

"그야 분명하지만 인문학 서적들은 만들어봐야 제작비도 못 건진대요."

"그거라면 걱정 말게. 뉴욕의 억만장자 앨빈이 있으니까. 테헤란로에 있는 빌딩 한 달 임대수입만 가지고도 초호화 양장본을 만들어 전국 도서관에 배포할 수 있을 거야. 그리고 이거 넣어두게. 앨빈이 자네를 좀 돕겠다고 하네. 자료 읽기에 빠져 사는 자네 활동비라네."

봉투에 1만 달러가 들어 있었다. 가난한 인문학자라는 핑계로 번번이 신세만 졌다. 히말라야 여행비는 물론 이런저런 활동비 명목으로 받은 돈이 수만 달러나 되었다.

"이거 조사비로 써도 돼요, 정말?"

강 박사는 돈봉투를 가방에 넣으면서 얼굴이 달아올랐다.

"물론이지. 편히 써도 되네. 자네는 곧 발족할 샹그릴라재단의 유급 이사야. 곧 재단이 정식으로 설립되면 바로 월급을 받게 될 거야. 앨빈은 자네가 하고 있는 이번 일도 재단일이라고 여기고 있잖아."

"2천 년 전 사막에, 예수의 탄생을 축복하러 온 동방박사가 있었던 것처럼 앨빈은 우리 곁에 온 서방박사네요."

"그래. 하지만 앨빈은 박사학위가 없어."

"동방박사 세 사람도 학위는 없었죠."

"허허, 그렇군. 오랜 만에 자네 때문에 웃어보는군."

정 교수는 웃고 나서도 쓸쓸한 표정이 여운으로 남았다.

"윤서가 앨빈과 저를 정 교수님 가까이 보냈어요. 사람은 죽어서도 살아 있을 때보다 더 큰 역할을 하기도 하잖습니까? 저처럼 처음부터 자식을 두지 않으려는 사람도 있습니다. 어렵겠지만 훌훌 털고 다시 시작하시죠."

강 박사의 위로에 정 교수는 조용히 웃는 것으로 대답을 대신했다.

"윤서 그 녀석, 글을 참 잘 썼네. 자네도 봐서 알겠지만 책도 많이 읽고 생각도 깊은데다 기지도 번뜩였어. 그 녀석 파일들을 열어보다가 여러 번 울었네. 솔직하고 당돌하고 도전적이야. 우리 집안의 별종이었는데. 그만 어처구니없이 도중에 꺾였어."

"윤서의 글들은 모두 아포리즘이더군요. 어쩌면 젊은 친구가 그렇게 간결하면서도 정제된 문장을 구사할 수 있는지 놀랍습니다. 아름다운 영혼을 지녔으니까 남을 구하고 대신 죽을 수가 있었던 겁니다. 입으로는 살신성인을 말하지만 아무나 그럴 수 있는 건 아니지요."

윤서는 제 조부 정득량처럼 눈에 띄는 외모였고 통통 튀는 청년이었다. 행동은 당당했고 말은 멋스러웠다. 그랬으니 미국에 유학 가서도 콧대 높은 백인 미녀를 매혹시켰던 것이다.

"우리 이상촌을 세우면 그곳에 그 녀석의 애칭이었던 스니퍼, 도요새 사냥꾼이라는 공간을 꼭 만들어주기로 하세."

"앨빈과 이미 약속했잖습니까? 앨빈은 자유로웠던 젊은 영혼의 의로운 죽음을 기리는 석탑도 기획해놓고 있습니다. 봉사와 희생이야말로 이기적인 유전자를 지닌 영장동물이 구원받는 유일한 좁은 문입니다. 그 좁은 문을 들어간 청년이 우리 윤서입니다. 공원을 만들어도 충분한 미덕이지요."

강 박사와 정 교수는 서재에 앉아서 오래도록 이야기를 나눴다. 윤서의 얘기는 그 정도로 접고 주로 정득량에 관한 일화를 전해 들었다. 이제까지 엿보았던 삶과는 사뭇 다른 방향으로 전개되었다.

강 박사가 아는 정득량의 삶은 1930년 득량이 26세 때까지였다. 99세로 생을 마감한 2004년까지는 자그마치 73년이라는 긴 여생이었다. 많은 기간 산 속에 묻혀 지냈다고 하더라도 기가 막힌 사건이 많았다. 현대사 100년의 역정이었던 것이다.

"자하도인에게 받으신 학의 다리뼈로 만든 피리는 보셨습니까? 신선 같은 자하도인은 정득량 선생님께서 백수를 누리신다는 걸 아셨던 듯한데요."

강 박사가 신비한 뼈피리를 기억해냈다.

"한 번도 구경한 적이 없네. 유품을 정리할 때도 없었어."

"그건 분명 신선들의 악기인데 잃어버리셨을 리가 없지요."

강 박사는 안타까웠다.

"그야 모르는 일이네. 6·25 전쟁을 겪었으니까. 자네도 알다시피 전주에 있던 고택 솟을대문집도 전쟁통에 소실되었지 않았나. 나는 대구에서 태어나서 그 집 구경도 못 해봤지만 고대광실이었다고 하네. 지금은 여러 집이 들어서서 흔적도 찾아볼 수 없지."

"전쟁 때문에 그럴 수도 있었겠네요. 혹시 모르니까 다른 기록들을 자세히 봐야겠어요. 피리에 대해서 언급한 대목이 있을 수 있으니까요."

"강 박사, 자네 참 자세히도 조사했군."

"재밌고 궁금해서 하는 일입니다. 외람되지만 목포 하득중 씨 말씀입니다."

강 박사가 조심스레 속내를 비쳤다.

"그래, 그 어른 참 고마운 분이시지."

정 교수는 그분을 타인으로 여기는 눈치였다. 그래서 좀 주저되었지만 취재의 일환으로 여기고 물었다.

"득중이라는 이름에 건장한 키도 그렇고 하지인과의 관계나 승달산 묘지와 관련해서도 그렇고 정득량 선생님 소생이 아닐까요? 정 교수님의 숨겨진 숙부라는 말씀이니 조심스럽습니다만."

강 박사가 전부터 궁금했던 것을 털어놓았다. 득중(得中)이란 철학적인 용어였다. 중용을 얻는 것은 인생의 가치다. 지나치지도 않고 모자라지도 않는 황금의 중용이야말로 동양학에서 군자가 지녀야 할 덕목이었다. 하득중 씨를 만나서 확인해보면 알 수 있겠지만 분명 득량이 지은 이름일 터였다.

"자네 생각도 그렇지? 나도 그렇다네. 하지만 그게 뭐 어떤가? 숙부님이 한 분 더 생기는 것이니까 반갑지. 하득중 씨는 할아버지를 친아버지처럼 여기고 있다고 말했네. 당신 어머니의 친구분이 아니라 정말 피가 섞인 혈육이라도 그는 엄연히 진주하씨네. 정득중일 수 없다는 얘기야."

정 교수는 의외로 담담했다. 혈육이든 아니든 좋은 인연인 것만은 틀림없었다. 정득량이 종교인이나 고위공직자도 아니고 자유인이었으며 이미 돌아간 마당에 허물일 수 없었다. 더구나 엇갈린 운명이었지만 사랑했다면 결실이 있는 것도 나쁘지 않았다. 오히려 강 박사 같은 유형처럼 피붙이를 남기지 않으려고 하는 쪽이 더 반생명적이고 부도덕할 수 있었다.

"그래도 전 만나뵙고 싶습니다. 정득량 선생님에 관한 정보가 더 있을 것 같으니까요."

"그건 아무래도 좋아. 자네가 그분 어머니의 첫사랑을 방해한 분의 외손이라는 걸 알면 섭섭해할지도 모르겠네만."

"굳이 밝힐 이유는 없지요. 이미 지난번 산역 때 인사한 적이 있으니 그것으로 충분하지요."

두 사람은 그 밖의 주변 인물들에 관한 얘기를 더 나누고 헤어졌다. 돌아오는 길에 강 박사는 앨빈에게 감사의 전화를 했다. 앨빈은 테헤란로 자신의 빌딩 사무실에 있다며 한 잔 할 생각이 있느냐고 물어왔다. 묵직한 자료들이 기다리고 있으니 며칠 후에 하자고 했다. 어차피 십승지나 이상촌 탐방 때 동행해야 했다. 더구나 지금 그를 기다리는 게 비단 자료들뿐만이 아니었다.

북한산 인수봉은 말없이 묵상하는 성자다. 깨끗하게 솟구친 석벽은 잘 생긴 사내의 얼굴 같다. 보기에 따라서는 막 피어나려는 백련 꽃봉오리 같기도 하다. 저 산이 좋아서 강남 아파트생활을 접고 이곳 널찍한 주택으로 옮겼다.

수유동 화계사 입구 한신대학에서 국립재활원 쪽으로 가는 지선도로 고팽이가 절경을 완상하기에는 그만이다. 차를 몰고 가면서 만나는 거대한 석벽은 장엄하다. 늘 보지만 그때마다 탄성이 나온다. 입석체험은 심장박동을 빠르게 만든다. 만일 아이를 갖고 싶은 여인이 저 바위를 본다면 그대로 감응하여 주술에 걸릴지도 모른다. 불끈 솟구친 남성의 심벌이기도 하기 때문이다.

오늘은 불의 날, 화요일이다. 우리들의 비밀집회가 있는 날, 비애래(秘愛來) 의 시간이다. 우리는 누군가에게 특별한 그 무엇이다. 숲속의 연못은 산과 나무와 새들과 짐승들의 거울이다. 이 거대 도시 속에서의 나는 한 사람의 시민에 불과하지만 누군가에게 나는 내가 아니다. 나는 그녀의 제사장이다. 그녀는 신전(神殿) 에 딸린 신녀이므로 나를 신의 대리인처럼 떠받든다. 우리들의 신전은 작고 초라해 보이지만 정갈한 기운이 서린 거룩한 곳이다. 그녀는 이미 의식이 거행되는 성소(聖所) 의 먼지를 털어내고 물로 씻어 정화해 놓았을 것이다. 돌의 제단 주변에 아로마향을 뿌리고 모딜리아니 그림 속의 여자처럼 목을 길게 빼고 앉아 기타로의 실크로드를 듣고 있을 것이다. 아니면 히말라야의 바람과 빙하와 햇살과 대지를 노래한 명상음악을 듣고 있을 것이다. 간혹 시크릿 가든(Secret Garden) 이나 제니스 이안(Janis Ian) 을 듣기도 한다. 종교음악이 아닌데도 비밀집회에 걸맞은 데가 있다. 하긴 너무 종교적이면 불꽃이 빨리 시든다.

세속도시의 시간과 공간은 우리를 지치게 하고 주눅 들게 만든다.

도시는 온갖 거래가 일어나는 거대한 시장이자 다툼의 전장이기 때문이다. 매연과 악머구리의 먼지를 털어낼 방법은 도시를 떠나든지 저마다의 성소에 돌아가 정화의식을 거행하는 것뿐이다.

집은 성소다. 집은 빵이며 꿈이다. 주차를 하고 천국의 계단을 오른다. 한 장의 초대장 같은 문(門) 앞에 섰다. 자기 집의 문은 늘 주인을 초대한다. 이 문을 열면 나는 작은 신이다. 지금 벨을 눌러봐야 음악에 묻혀 듣지 못한다. 전자키에 우리가 공유하는 숫자를 입력한다. 비애래 멤버만이 알 수 있는 번호다. 지금은 둘밖에 없지만 한때는 아홉 명이나 되었다. 제사장과 8선녀였다. 신전은 작았고 8선녀는 64괘(卦)처럼 조화를 짓지 못했다. 어느 여름날 태풍이 북상하자, 그 바람에 모두 흩어져버렸다. 그리고 단 하나만 남아서 충실하게 신전을 돌보는 신녀가 되었다.

그녀의 눈빛은 희다 못해 푸르다. 흰자위가 누르게하고 검은자위가 선명하지 않은 여자는 이 신전에 들어올 수 없다. 오래 전에 그런 여자를 신녀로 들였다가 기운을 빼앗기고 영감이 흐려지는 고통을 당한 적이 있었다. 그후로 눈이 맑지 않은 여자는 철저하게 휴머니즘으로만 대했다. 자칫 리비도(Libido)를 잘못 컨트롤했다가는 또 한 번 악몽을 꾸고 만다는 걸 너무도 잘 알기 때문이다. 실패는 나쁜 게 아니다. 그것을 통해서 배우고 성숙해지기 때문이다.

다시 비밀의 시간이다.

타오르는 불이 물이 될 때까지 제사의식은 계속된다.

이 시간을 디지털이나 아날로그시계로 재는 건 무의미하다. 신성한 자들의 집회, 절대자의 영역에 시간은 무의미하다. 길고 짧다는 것도 상대자의 경우이지 절대자 앞에서는 필요 없다.

한 잔의 물을 마신다. 불은 이미 꺼졌고 물이 되었지만 본래 물이 물을 더 잘 받아들이는 법이다. 세상의 모든 물은 한 몸짓이고자 애쓴다. 안개는 빗방울과 살을 섞고자 하고 빗방울은 시냇물에 기꺼이 몸을 준다. 시냇물은 강물의 속살과 닿으려고 몸부림치고 강물은 도가 터서 그대로 누워서도 바다가 된다. 물의 제왕이 된 바다는 비로소 태양의 불같은 품을 그리워한다. 커다란 몸통으로 다가갈 수 없는 바다는 자신의 몸을 잘게 부숴 태양의 집이 있는 천상에 오른다.

신녀는 요리를 하기 시작한다.

제사장은 책상에 앉아서 자료들을 읽고 정리하기 시작한다.

창 밖 북한산이 비에 젖어 새뜻한 모습이다. 곧 일몰이 오고 새날이 밝으면 물의 날이다. 매주 불의 날로부터 시작된 비밀집회는 물의 날이면 끝난다.

윤서의 아포리즘

강 박사는 정득량이 주석을 단 고천문학서와 지가서들을 넘겨보다 과학과 시(詩)의 향연과의 경계가 모호한 책들이라는 결론을 내렸다. 자연과학적 관점으로 출발해서 도저히 객관적일 수 없는 단계로 나아가고 있었다. 그래서 치밀한 계산이 동원되는 역법을 제외한 고천문학은 점성술이었다. 지가서 역시 산과 물과 바람과 바위의 형상을 통해서 신비한 조화를 말하고 있었다. 자연과학도 인문학도 아닌 밀교(密敎)의 경전 같았다. 오직 그 종파를 믿는 사람들만 손때를 묻히며 신앙하는 비밀의 서(書)였다. 산의 형상과 물의 들고남이 유정한가, 무정한가를 따지는 건 이해가 된다. 물길과 바람길을 따지는 것도 좋다.

그런데 어느 방향은 좋고 어느 방향은 나쁘다고 한 대목에 이르면 손을 들어야 한다. 북서풍이 몰아치니 나쁘다는 정도는 몰라도 나머지는 거의 근거가 없다.

정득량은 그런 책들을 세심하게 읽고 자신의 생각을 적어놓고 있었다. 이를테면 '기감이응귀(氣感而應鬼)면 복급인(福及人)'이라는 대목을 주석할 때 전화기를 예로 들었다.

전화선을 늘이고 전화기에 연결하는 것까지를 기가 감응하는 것으로 보았다. 귀신이 응한다는 것은 교환을 통해 번호로 연결하는 것을 말했다. 복이 사람에게 미친다는 마지막 대목은 통화가 됨과 같다고 하는 식이었다. 눈에 보이지 않지만 분명 존재하는 기를 적절하게 비유했다.

동기감응(同氣感應)도 음악적으로 주석했다.

두 대의 실로폰을 한 자쯤의 거리에 나란히 놓고 어느 한쪽의 건반을 막대로 치면 옆에 있는 다른 건반의 같은 음계도 함께 울린다. 마찬가지로 부모자식간에도 어느 쪽이 아프면 다른 쪽도 마음이 아프다.
문제는 죽은 자의 유골이다. 조상의 유골을 깨트리는 것을 본 자손은 제 유골이 깨지는 것처럼 마음이 아프다. 그러나 반대의 경우는 확인할 수 없다. 산 자손의 뼈가 부러지면 조상의 뼈나 그의 영혼이 아프다는 걸 어떻게 확인하랴. 또한, 조상의 유골을 자손 모르게 깨트려도 그 자손의 마음이 아플 것인가. 분명 아니다. 다만 모르는 사이에 나쁜 영향을 미친다는 것인데 이 역시 확인 불가능하다.
죽은 자의 몸을 잘게 바숴서 독수리의 먹이로 던져주는 티베트의 조장(鳥葬) 풍속을 보자. 그 자손은 갈가리 찢기는 아픔과 재앙을 입어야 마땅하다. 그런데 그들은 아무렇지도 않게 유목을 하며 살아간다. 그들 역시 죽으면 조상들이 그랬던 것처럼 똑같이 잘게 바숴져 새의 먹이가 된다. 건조한 고산지대라서 매장하면 썩지 않는다고 한다. 처음에는 야만스럽게 보였지만 나중에 그 사실을 알고는 조장이야말로 그 풍토에서는 매우 현명한 장례법이라고 생각했다. 지상에서 가장 종교적이고 영성을 좇는 사람들이 티베트인이다. 때문에 천도를 모른다거나 야만인이라고 할 수 없다.

묘지풍수는 한국의 풍토에나 적합한 장례법이 아닐까. 그리고 그 효과나 역효과는 부정도 긍정도 섣불리 할 수 없는 은비학의 영역이 아닐까. 과학이 아무리 발전해도 끝내 밝혀내지 못할 우주의 비밀이다.

정득량은 참으로 논리적이고 합리적인 사고를 지닌 지성이었다. 당신 스스로 풍수의 역효과를 체험했고 스승 진태을과 함께 숱한 현장을 보았다. 반대의 예도 많았다. 집안 일을 돕던 조 풍수네는 산골의 화를 입고도 발흥했다. 했으니 득량으로서는 그런 논리를 펼 수밖에 없었다.

강 박사는 앞으로 남은 기나긴 여생 동안 득량이 어떤 경로를 밟게 될까 궁금해졌다. 이제 곧 주변인을 만나서 취재하다 보면 흐릿한 연막이 걷히면서 실체가 여실히 드러나게 될 터였다.

샐러드와 된장찌개만 놓고 먹는 저녁이지만 맛이 좋았다. 비가 개어 가로등불에 의지해 약수터에 다녀왔다. 신전을 나서면 더 이상 제사장과 신녀가 아니었다. 평범한 갑남을녀일 뿐이었다. 방송국 프리랜서 여자와 중년 시간강사 사내였다.

산길에 두꺼비들이 바람 쐬러 나왔다가 어슬렁어슬렁 엉덩이를 돌렸다. 그들의 영역을 인간과 공유하자니 불편한 게 많을 거였다.

"미안하군, 저 녀석에게."

뻐꾹— 뻐꾹—.

"쟤가 옳은 말씀이라고 하네요."

그녀가 징그럽다는 듯 걸음을 피해서 걸으며 말했다.

"저는 남의 집 빼앗아 탁아(託兒)까지 하는 주제에 뭘."

"무슨 말인데?"

"뱁새 둥지에 알 낳아놓고 제 새끼를 다 키워놓으면 뻐꾹, 뻐꾹 불러내서 데리고 가는 놈이 저 놈이거든."

강 박사는 그 옛날, 이천 금사면 주록리 천덕봉을 오르면서 진태와 득량, 김 기사가 맞닥뜨렸던 뻐꾸기 새끼를 연상하며 웃었다.

'둥지를 꽉 뿌셔뻐리고 뻐꾸기 새끼 눈을 파먹어 버려야지요! 열불이 나서 미치고 팔짝 뛰겄네요.'

가던 길을 멈추고 발을 동동 굴렀다던 김 기사가 금방이라도 길섶에서 나올 것만 같았다. 사진은 없었지만 득량의 묘사가 탁월해서 그려 내라면 그릴 수 있을 정도였다.

작은 뱁새더러 커다란 뻐꾸기 새끼의 눈을 파먹어 버리라는 얘기는 두꺼비더러 사람의 발목을 분질러버리라는 얘기와 같았다. 약자가 강자와 함께 사는 길은 순응이었다. 그리고 부지런히 종을 번식시키면서 시간을 기다리는 일이었다. 생존과 멸망을 가름하는 판관은 시간이었다. 시간이야말로 가장 공정한 하늘이었고 천도였다.

모처럼 하늘에 별들이 듬성듬성 떴다. 히말라야 기슭 티베트 라체의 밤하늘에서는 빈틈 하나 없이 빼곡하게 돋아나던 별들이었다. 서울에서는 왜 이렇게 인색한가. 별들이 문제가 아니라 그 빛을 받아내는 장소가 문제였다. 서울에는 대신 휘황찬란한 야경이 있었다. 누가 밤하늘 궁륭의 별빛이 저 도시의 야경보다 예쁘다고 하랴. 자연은 인공에 비해 더 가치가 있다고 해야만 고상해서 그렇지 사실 냉정하게 말하자면 도시의 야경이 훨씬 화려하고 현실적인 꿈도 더 많이 머금고 있다. 술과 음식과 섹스와 포근한 잠자리가 얼마든지 있다. 그런 것들은 꿈꾸는 영혼에 비해 격이 낮다고? 못 먹고 못 자면 그 고상한 영혼은 금방 시들어버린다.

티베트 라체 주민이 될래?

서울특별시 시민이 될래?

대답은 간단하다. 여행이라면 몰라도 생활이라면 거의 100%가 서울 시민을 원한다. 천상의 별보다도 지상의 별을 선택하는 것이다.

실낙원(失樂園).

진정 낙원은 있었는데 우리가 그것을 잃어버린 것일까. 불안한 미래를 바라보며 고달픈 현실을 살 수밖에 없는 인간이 위안삼아 만들어낸 아름다운 과거가 아닐까.

불현듯 정윤서의 파일에 담긴 아포리즘들이 떠올랐다.

낙원은 없다. 처음부터 존재하지도 않았다. 그것은 신의 이름으로 세워진 허상의 공간에 지나지 않는다. 인간은 근원적으로 낙원에 살기에는 부적합한 영장류다. … 낙원의 가능성은 인간이 세운 세속도시에 있다. … 솔직해지자. 보다 냉정해지자. 낙원은 종교와 정치의 힘이 가장 미약한 곳에 있다. 다시 말하면 최적의 자연적 조건하에 공학적으로 치밀하게 설계된 도시에 있다.

안락한 거실과 침실, 싱싱하고 영양 많은 식품들, 상수도와 하수도, 쾌적한 보행공간과 이동수단, 탈나면 치료해줄 병원, 그리고 그때그때 필요한 파트너를 무한정 공급하는 시민들이 있다면 훌륭한 도시가 될 여지가 충분하다.

훌륭한 도시는 낙원이 될 수 있는 최적의 조건을 지녔다. 아직도 우리 주변에는 전원을 낙원으로 여기는 사람들이 더러 있는데 그들은 여지없이 몽상가이다. 전원은 야성적 자연이 꿈틀거리는 곳으로 인간이 부딪쳐서 싸우고 이겨내야만 하는 적들이 너무 많다. 뽑아내고 뽑아내도 다시 올라오는 억센

잡초와, 잡아내고 잡아내도 자꾸 날아드는 벌레들! 전원은 잔인하다.

거칠고 험한 자연 속에서는 사람이 그 기세에 눌리고, 생존논리로 처절한 세속도시에서는 사람에게 사람이 치인다. 낙원은 그 중간 어디쯤에 있어야 한다.

몇 번을 읽어봐도 빛나는 구절이었다. 청년다운 패기와 예리함이 있었고 솔직했다. 윤서는 대자연과 세속도시의 중간에 낙원을 설계하려고 했다. 그렇다면 앨빈이 주문한 동방의 샹그릴라는 유럽이나 뉴질랜드, 혹은 캐나다에 있는 자연 속의 도시들과 어떤 차별성이 있을까. 젖과 꿀이 흐른다는 금발미녀 제니퍼의 있고 없음이라면 이야기가 되지 않는다. 그녀 자신이 이미 낙원의 요소를 지녔기 때문이다. 진실로 사랑하는 연인과 함께라면 섬에 갇혀서도 낙원이다. 세상의 그 많은 짝 중에서 단 5%도 안 된다는 찰떡궁합과 함께라면 어디나 에덴동산이요, 샹그릴라이며 무릉도원이다. 삶의 의미를 성적 충동과 만족에서 찾는 이는 굳이 낙원을 건설할 필요가 없다.

윤서의 한계였다.

다른 파일들을 더 읽어봐야 하겠지만 윤서는 그 한계에서 벗어나는 논리를 가지고 있어야 한다. 지극히 개인적인, 달콤한 성의 꿀단지에서 벗어나 사회성을 획득할 때 낙원을 설계할 수 있다.

순화된 자연과 생존논리에서 벗어난 도시가 결합할 수 있을까. 풍수에서 말하는 명당에 친환경적인 도시를 건설하면 되지만 거기서 과연 비교하고 다투는 인간의 생활양식을 벗어날 수 있을까. 인간의 욕망이 그렇게 간단하지 않다. 먹고 자고 입는 문제에서도 서로 격이 다르고, 속된 권력욕은 식을 줄 모르며, 문화나 종교적 가치를 실현하고자 하는 높은 단계에 이르기까지 끝이 없다. 때문에 불만과 갈등과 다툼은 필연적이다. 바로 그런 곳이 세속도시다. 그렇다면 낙원이라는 이름의 또 다른 세속도시를 건설한 셈이 된다.

윤서는 글의 첫머리에서 '낙원은 없다'고 전제했다. 과거에도 없었고 현재에도 없다. 그런데 그 낙원을 자신의 연인 제니퍼와 함께 인류 최초로 건설하겠다고 한다. 앨빈의 구상과는 어떻게 합치시키며 공공성은 또 어떻게 확보하려고 했을까.

강 박사는 야간산책에서 돌아와 젊은 도시공학도 윤서의 파일들을 정리하기 시작했다.

갈등이 있는 곳에 반드시 정치가 있다. 갈등이 존재하지 않으면, 거드름피우며 말잔치나 해대는 그 꼴 보기 싫은 정치인들은 사라진다.

먹고사는 터와 정신을 내맡기는 종교가 전쟁을 부른다. 기름진 터가 무한정하고, 종파가 하나로 통일된다면 지옥을 재현하는 전쟁 역시 사라진다. 사랑을 쟁취하기 위해서 전쟁도 불사하는 낭만파가 있을 테지만 이미 의식이 풍족한 사람들은 절대로 그 전쟁에 참여하지 않을 것이다.

동양의 수많은 은자나 월든 호숫가에 살았던 소로(H. D. Thoreau)라면 몰라도, 사회를 이루고 살면서 정치와 종교의 그늘로부터 완전히 벗어날 수는 없다. 세상은 어차피 거대한 정치·경제적 공동체다. 유럽연합이나 국제연합, 경제협정으로 맺어져 있다. 그 안에 여러 동호인마을이 있다. 인도의 종교적 공동체마을이나 아시아의 씨족 공동체마을이 그것이다. 그곳들은 낙원일까. 구성원이 그렇게 믿으면 분명 낙원이다. 다른 사람들이 아니라고 우길 이유가 전혀 없다.

나는 그런 곳을 낙원으로 보지는 않는다. 내가 구상하는 낙원은 국가나 종파, 인종을 가리지 않는 전 인류 차원이어야 한다. 그것은 나의 후견인 앨빈의 주문이기도 하다. 그것은 부분과 전체, 도전과 도피의 선택 문제다. 전체가 어떻든 나만 빠져나와서 좋으면 되는 게 우리 앞에 놓인 현실의 진면목이다.

물론 시작은 부분적일 것이다. 전체를 염두에 둔 부분적인 시작이므로 도피가 아니라 도전이 된다. 그 현장이 왜 아시아이며, 한국이어야 하는가는 솔직히 불만이다. 객관적으로 봤을 때, 아시아는 여전히 열악한 환경을 지녔고, 특히 한국은 전쟁위험이 도사린 척박한 땅이다. 조국을 버려야 인류가 보인다. 성자는 특정한 사람만 위해서 영혼의 빵을 굽지 않는다. 그러므로 앨빈은 뉴욕의 성자라는 애칭이 걸맞다. 거룩한 와스프가 황인종의 메카라고 우겨대는 한국을 선택했으므로 인종과 지역적 편견을 훌륭히 극복한 셈이다. 역시 내가 믿고 따를 만한 우리 시대 성자다.

성자의 연인은 누구일까.

아무래도 나는 앨빈의 연인이 한국에 있을 것 같다. 쉰을 넘겼지만 그는 아직 건장하고 매력이 넘친다. 억만장자에다가 고매한 인격을 지녔다. 더구나 인생을 깊이 있게 향유할 줄 아는 은발의 신사다. 미인들은 이런 와스프를 홀로 내버려두지 않는다. 뉴욕 맨해튼 쌍둥이빌딩 시절에 그는 최고의 미인들만 상대한 낭만주의자였다. 앨빈의 아내 수잔은 그것을 묵인했다. 아니, 운동장에서 뛰는 스타플레이어를 응원하는 열성팬과도 같은 입장을 취했다고 한다.

"화나지는 않나요?"

"처음에는 그랬지. 하지만 그는 여전히 날 사랑하고 자신의 일에 충실하거든. 더구나 그처럼 매력적이고 활동적인 남자가 나만 바라보고 살아야 한다는 건 비극이야."

후덕한 정경부인 감이었다.

"맞바람 피울 생각은 안 하셨어요?"

"윤서, 그것은 프라이버시 문제야. 나는 내 인생의 주인공이거든."

알 듯 모를 듯한 답변이었다. 다만, 누구 때문에 휘둘리고 애가 닳아하지는 않는다고 했다. 앨빈이 즐겨 쓰는 표현처럼 진화된 영혼의 소유자였다.

만일 내가 앨빈처럼 살아간다면 살아 있는 여신, 젖과 꿀이 흐르는 대지 제니퍼는 어떨까? 나는 그녀 외에는 어떤 여자도 품지 않을 것이기 때문에 부질없는 가정이다. 설령 대등한 방법으로 맞선다 하더라도 그것은 제니퍼의 잘못이 아니다.

"공부를 마친 뒤, 내가 앨빈과 함께 한국에 이상도시를 건설하고 우리를 위한 공간을 만든다면 거기 가서 살 수 있겠니?"

나는 제니퍼에게 물었다. 나의 여신은 조금도 주저하지 않았다.

"Why not? Carpediem!"

이런 말이 얼마나 사람을 흥분시키는 줄 아는가.

왜 안 따라가? 오늘을 즐겨야지!

앨빈의 자못 무모한 계획은 성사될 가능성이 많다. 조선 풍수 정득량의 후예인 아버지와 내가 있고, 내 곁에는 제니퍼가 있기 때문이다. 그녀가 있는 한 나는 기필코 낙원을 건설하련다.

나의 증조부 정득량은 하늘을 나는 용이셨다. 비상한 두뇌와 영감, 막대한 재력을 지녔다. 하지만 평생을 깊은 못에 잠겨서 지냈을 뿐, 날지 않았다. 못한 게 아니라 부러 날지 않았다. 당장의 성과나 성취에 안달하지 않아도 되는 고수만이 선택할 수 있는 일종의 재형저축 같은 것이다.

왜 그랬을까. 그것은 5대 조부의 야심과 상관된다. 증조부는 천도(The heavenly Way)라는 우주의 이법을 보았다. 속일 수도 없고 보태거나 덜 수도 없는 절대법칙이었다. 증조부는 기꺼이 응달에 온몸을 던졌고 양지에 비추는 복은 자손들이 받기를 바랐다.

중학교 때였던가. 전주와 부산에 있는 선조들의 묘를 참배한 적이 있다. 할아버지는 구십이 다 되셨지만 산을 잘 타셨다. 대단한 노익장이셨다.

"할아버지, 저 무덤들은 새마을운동 전에 많았다는 초가지붕을 닮았어요."

"허허허, 그러냐? 봉긋한 야산을 닮은 것 같지는 않고?"

산을 닮았나?

그러나 할아버지의 이어진 말씀은 충격적이었다.

"애야, 윤서야."

할아버지는 내 이름을 부르셨다. 물론 그 이름도 당신께서 지으신 이름이었다. 아버지 이름도, 사촌들 이름도 모두 손수 지으셨다.

"예, 할아버지."

"비조(鼻祖)라는 말이 있지? 현대정신의 비조네, 풍수의 비조네 할 때 쓰는 말씀 말이다."

"알아요. 피카소는 현대미술의 비조인 입체파를 창안한 천재였죠. 처음 시작한 사람이나 사조를 말하죠."

"역시 내 손자로구나. 옛날 동아시아 사람들은 사람이 모태 속에서 자랄 때, 맨 처음 코부터 생겨나서 형체를 이뤄간다고 믿었지. 그래서 시조를 일컬어서 비조라고 하는 게야."

할아버지는 무슨 책인가를 대며 근거를 밝히셨다. 언제나 근거와 맥락을 중시하는 스타일 그대로였다.

"윤서야? 넌 어디서 왔느냐?"

"조상님으로부터 왔지요."

"그래, 그래서 조상님들이 잠드신 무덤을 코 모양으로 만드는 것이니라. 우리의 비조라는 뜻으로. 그리고 볼록렌즈처럼 도톰하게 만 것은 저 하늘의 일월과 별빛을 받아들이기 위해서지. 조상님들의 본향은 하늘이니까."

어디서도 듣지도 보지도 못한 내용이었다.

앨빈과 나는 낙원을 건설한 비조로 남을 수 있을까.

뉴욕이건 서울이건 세상의 모든 도시에는 노숙자가 있다. 뼈가 시린 겨울밤, 도시의 노숙자들은 지하철 역사 계단에서 신문지를 뒤집어쓰고 추위에 떠는데 중생을 구제한다며 세운 교회나 절집은 빈 공간으로 굳게 잠겨 있다. 어림도 없다는 걸 죄다 아는 터에 시도하는 이가 없지만 혹시 어느 부랑자가 예배당 문을 부수고 들어가 잠들었다가는 다음날 경찰서에 붙들려가고 만다. 교회나 절집에 있는 신은 오직 죽은 자만 구원한다. 살아서 떠도는 군상은 냄새나고 더럽다고 걷어차 버린다.

종교인들이 거부한 그들을 거두는 낙원도 생각해야 한다. 낙원을 약속한 구약은 없었고 신약은 실현될 가망성이 없을 듯하다. 중생구제를 말하는 스님들은 자신들 스스로가 구제대상이라는 사실을 인정해야 한다. 솔직해져야 한다. 하늘 아래서 무엇을 속이고 무엇을 꾸밀 것인가. 우주의 이법에 거짓과 술수는 통하지 않는다.

나의 증조부 정득량.

그 위대한 이름 석자를 생각하면 나는 정화된다. 그 걸출한 인재가 누릴 수 있었으나 누리지 않았고, 세금 축내는 지도자와 추앙받는 성자도 아니면서 나라와 인류 걱정으로 한 생은 저물어갔다. 우리가 사는 세상에는 그처럼 빛도 없이, 소리도 없이 선행을 하면서 조용히 살아가는 사람이 헤아릴 수 없이 많다. 세상을 지배하려 들고 테러를 모의하며, 덫을 놓아 먹고살며 사기나 치려 드는 인간군상만 있는 건 아니다.

기억하라.

세상의 그늘에서 참된 삶을 살아가는 이름 없는 성자들을!

그리고 또 기억하라.

하늘이 깨졌던 구한말에 태어나 영혼의 빛을 찾고 자유인의 초상이 되신 자, 내 정신의 비조이신 그 이름 정득량을!

놀라운 내용들을 담고 있는 파일이었다. 정윤서는 너무 아까운 영재였다. 그 증조부에 그 손자였다. 이래서 왕대밭에 왕대 난다 했고, 씨도둑은 못한다고 했던가.

언제까지고 기억하마.

아름다운 청년의 이름 정윤서를!

강 박사는 방금 읽어 내린 자료 옆에다 또박또박 썼다.

이 도시에는 약손이 없다

알 수 없는 벅찬 감동과 흥분이 밀려왔다.

밖에는 천둥번개가 치고 있었다. 엄청난 폭우였다. 시간을 보니 새벽 4시였다. 조용히 문을 열고 방으로 들어갔다. 그녀는 곱게 등을 구부리고 잠들어 있었다. 사랑하는 사람의 잠든 모습을 보면, 왜 평화가 필요한지를 절감한다. 저 잠을 깨우는 모든 소리나 힘은 그것이 설령 천상의 음악일지라도 폭력이다.

강 박사는 나른한 몸을 그 옆에 뉘려다 옷방으로 가서 방수가 된 등산복을 꺼내 입었다. 빗줄기가 조금 약해지는 틈에 집을 나섰다. 거리는 울창한 대숲처럼 물의 말뚝만 도로에 꽂힐 뿐 택시는 보이지 않았다. 간선도로까지 걸어 내려가서야 겨우 택시를 잡았다.

"서울역 가주세요."

그가 왜 이런 때 떠올랐을까.

악연이라고밖에 할 수 없는 친구였다. 대학시절 문학서클 동인으로 만났으니 20년 지기였다. 큰 키에 서글서글한 눈, 얼굴은 검었지만 성격 좋고 술 좋아하고 백만 불짜리 미소를 지닌 친구였다. 하얗게 드러나는 가지런한 이가 어떤 얘기를 해도 다 받아줄 것만 같은 신뢰를 주었다.

우리는 참으로 그 시절에 즐겨 불렀던 운동권가요 가사처럼 어두운 죽음의 시대를 살았다. 사글세방을 얻어놓고 정보과 형사들의 감시망을 피해 다니며 마구잡이식으로 사회과학 서적들을 읽으며 울분을 토했고, 술 마시며 밤새 토론했다. 그가 먼저 군대에 끌려갔고 졸업 이후에 다시 만났다.

서른 즈음이었다. 세상은 바뀌어 있었다. 역사니 민주화니 하는 문제보다 취직과 연애가 더 절실했다. 책 읽는 게 좋아서 대학원을 기웃거리며 지낼 때, 그가 잡지사 기자가 되어 나타났다. 우리는 또 밤을 새서 술 마시고 토론했다. 이번에는 주로 여자얘기와 애써 접어두었던 문학얘기였다. 이미 동양철학, 그 깊숙한 사변의 숲에 발을 적신 터라 그의 격정적인 얘기들은 다소 식상했고 치기 어리게 들렸다. 하지만 어쩔 수 없는 문학청년들이어서 죽이 맞았고 자주 만났다.

서로가 살림이라는 걸 차리면서 소원해졌다. 누구나 하는 살림이지만 그게 그렇게 쉬운 일이 아니었다. 지지고 볶으면서 몇 년을 보내다 이대로 더 있으면 미쳐버릴 것만 같아서 배낭을 꾸렸다. 바이칼호수에 몸을 담그며 울었고, 히말라야 설원을 밟으며 몸을 혹사시켰다. 신이 내리면 그 자리에서 받고 박수무당이라도 되고 싶었지만 따지기 좋아하고 감성과 이성이 황금비율을 이루고 있어서 용이치 않았다. 공부하고 여행하며 사상적인 글쓰기가 체질에 맞았다. 다행스러운 일은 먹고 사는 문제 하나는 덜 해도 되었다.

전부터 지니고 있던 인사동 한옥을 헐어 성냥갑만한 건물을 세우고 '둘하'라는 이름으로 재즈카페도 열고, '두남문화원'이라는 연구실도 만들었다.

그 인사동 시절에 그가 다시 나타났다. 다소 사무적으로 대했고 그 역시 부담스러워 하는 눈치였다. 그는 사사(社史)를 만들어 납품하는 출판사를 차렸다고 했다. 방송사나 공사, 주식회사 등의 10년 단위 역사를 편집·인쇄하여 납품하는 일인데 제법 잘 돼서 직원이 10여 명이나 된다고 했다. 지나는 길에 들러서 점심을 먹은 적이 있었다.

외국여행을 앞둔 어느날, 급하게 찾아온 그가 보증을 부탁했다. 고민할 시간이 많지 않았다. 한 번도 해보지 않은 일이라 주저하다가 공항에 나가기 직전에 불러서 인감도장을 찍어주었다.

두 달간의 여행에서 돌아왔을 때, 보증보험회사에서 통지가 날아와 있었다. 그의 회사가 부도났던 것이다. 회사로, 집으로, 휴대전화로 수없이 전화했지만 받지 않았다. 어렵게 수소문해서 아내가 되는 여자를 찾았다. 이미 이혼했고 연대보증 때문에 집을 팔아치운 뒤 사글세방으로 나와 살고 있었다. 연락두절이라 했다. 이제나 저네나 전화를 기다렸다. 그러나 연락은 오지 않았다. 지금까지도 전화번호를 바꾸지 않은 이유가 그 친구 전화를 받기 위함이기도 했다.

등기에 압류가 붙은 건물을 보니 속이 상했다. 그 이후 잠자리가 불편했다. 3층에 방이 있었던 것이다. 터를 팔 때 길일을 택하여 향 피우고 고사까지 지냈다. 손수 설계하고 고급 자재들을 썼다. 그런데 이런 불미스런 일이 생겨버렸으니 딱 질색이었다. 나와 맞지 않는 터라고 단정했다. 결국 건물을 팔아치워 버렸다. 북한산 자락에 지금의 주택을 구해 들어온 이유였다.

묘 쓰고 3년, 새집 짓고 3년이라는 말이 그렇게 빈말은 아니었다. 택시가 빗속에서 안국동 사거리를 지나고 있었다. 종로경찰서 뒤편에 바로 건물이 있었다. 물론 주인은 더 이상 아니었다. 처분한 이후 웬만하면 그 골목에는 발을 들여놓지 않았다. 살을 섞고 살던 남녀가 나쁘게 헤어지면 독버섯 대하듯 하는 것과 똑같았다. 토지나 건물은 아무리 비싸게 잘 팔아도 놓아버리면 다시 보고 싶지 않다. 그래서 부자들은 절대로 한 번 거둔 부동산은 문서를 넘기지 않는다고 한다. 사람보다 더 묘한 마력이 있는 것이 부동산인 것이다.

이 시간 서울역 지하에는 예배가 열린다. 건물 없이 신도를 찾아가는 열린 교회다. 그 옛날 중동 사막에서 예수라는 청년이 그랬듯이 길 잃고 고통받는 양들을 찾아와 예배한다. 예배가 끝나면 아침밥을 준다. 노숙자들의 점심과 저녁을 주는 봉사단체는 있지만 아침밥을 주는 데는 없다. 그 점을 간파해낸 목사는 진짜 영성체험을 한 성직자다. 일반 사람들과 무엇이 달라도 달라야 하지 않는가.

기도소리가 울리는 지하 역사는 수십 명의 노숙자들이 고개를 숙이고 앉아 있었다. 누가 누구인지 분간이 안 갔다. 비 탓일까. 눅진한 실내에 악취가 풍겼다. 조용히 뒤쪽에 앉았다. 틈틈이 둘러봤다. 그를 찾을 수 없었다. 아니 아무리 익숙한 그라도 앉은 뒷모습만으로 알아낼 수는 없다.

배식시간이 되었다. 모자를 눌러쓰고 앞으로 나가서 밥을 타는 사람들을 살폈다. 있었다. 그가 막 밥을 타려 하고 있었다. 식기를 들고 줄에 서서 그의 동정을 살폈다. 그는 한쪽 벽으로 가서 자리를 잡고 있었다. 밥을 타서 그 옆으로 가서 앉았다. 그는 이쪽을 전혀 의식하지 않고 있었다. 지난봄에 그가 서울역에서 노숙한다는 정보를 듣고 찾아갔을 때도 그랬다. 꼭 넋 빠진 사람 같았다. 인사를 하니 움찔했고 포장마차로 이끌어 소주잔을 건네면서 말을 시키니 미안하다고만 했다. 영혼에 곰팡이가 슬어버린 사람 같았다.

"나 왔다."

그가 수저질을 멈추고 가만히 앉아 있었다. 이쪽을 쳐다볼 생각이 없었다.

"너의 그 깨끗하던 백만 불짜리 미소는 다시 볼 수 없는 거냐?"

"……."

역시 대꾸하지 않았다.

"어서 먹어라."

강 박사 역시 수저질을 했다. 음식은 정성으로 만들어졌고 맛있었다. 이 새벽 서울역 지하에서 노숙자들에게 이런 음식을 제공하는 사람들이야말로 정윤서가 말한 우리 시대의 이름 없는 성자였다. 벌써 먹기를 다 마친 노숙자 하나가 주머니에서 꼬깃꼬깃 접은 천 원권 지폐를 꺼내 헌금함에 넣는 광경이 보였다. 더 이상 가난할 수 없는 사람이 내는 저 천 원은 돈이 아니었다. 면죄부였고, 부적이었고, 천국행 티켓이었다.

"친구야. 라비크 기억해? 강제수용소에서 탈출해 불법으로 수술해주고 근근히 연명하는 외과전문의 말야. 니가 줄줄 외웠던《개선문》의 주인공이잖아. 돈 벌어 파리에 함께 가서 개선문 근처 카페에 들러서 그 싸구려 술 칼바도스를 마시고 뻗자며? 그 약속 안 지킬래?"

친구는 파르르 손을 떨었다. 지난번에는 안 그랬는데 그 사이 오른손 손톱이 빠지고 시커멓게 멍이 들어 있었다.

"미안하다."

오늘도 그 말뿐이었다. 멍든 그의 손톱을 보니 그의 고향이 떠올랐다. 여름방학 때 농촌봉사활동을 갔었다. 백두대간 생태공원과 지리산 사이에 그의 고향이 있었다. 남원 운봉이었다. 경치가 수려한 고산지대로 십승지 가운데 하나였다. 산으로 둘러싸여서 전염병이 들어오지 못했고 그 고원에 들이 넓어서 먹을 것 걱정이 없었다. 실제로 6·25 때도 큰 화를 입지 않았던 곳이었다. 풀을 베고 논일을 하다 보면 온몸이 크고 작은 상처투성이고 몸이 천근만근 무거웠다. 그래도 냇가 그늘에서 잠깐 낮잠을 자고 저녁에 반딧불이를 잡다가 평상에 누워 별들을 보면 천국이 따로 없었다. 빨치산 체험을 한다고 산 속에 들어가 바위틈에 나뭇가지를 잘라 깔고 덮으며 비박(bivouac)을 하기도 했다.

산 속 야영은 우려했던 것보다 훨씬 포근하고 생기 넘쳤다. 연기가 나지 말라고 싸리나무를 잘라 감자를 구워 먹고 복분자로 입술이 까맣도록 후식을 했다.

"여보게. 이 욕망의 도시는 포식만 할 줄 알지 상처를 문질러주는 할머니와 어머니의 약손이 없다네. 그만 족쇄를 풀고 고향으로 돌아가. 그 산골에 가면 어디든 빈 집이 있고 노는 땅이 있질 않나. 부자로 살 수는 없겠지만 건강한 삶은 보장돼 있지. 토종꿀도 치고 산나물과 약초도 캐고 텃밭을 가꾸며 살다 보면 도시에서 입은 상처도 다 낫게 될 걸세."

강 박사는 친구의 더덕장아찌 같은 손을 그러쥐었다.

성공한 사람이건 실패한 사람이건 사람들은 좀처럼 이 도시를 떠나지 못한다. 노숙자가 되어 동냥을 하고 급식소 밥을 타먹을지언정 거친 전원생활은 하려 들지 않는다. 이미 도시의 날카로운 이빨에 발등이 찍혀버린 것이다. 스스로의 힘을 조금만 보태면 자연은 곱절로 되돌려주는데 타성에 젖어버린 사람들은 자연을 두려워만 한다. 그것이 어디 실패한 사람들의 경우에만 해당하랴. 역대 대통령들이 하나같이 논두렁 정기라도 타고났다는 시골사람들이건만 은퇴하여 고향에 돌아가 사는 사람은 단 한 사람도 없다. 이미 최고의 지위에 올라 누릴 걸 다 누렸건만 뭔가 아쉬움과 미련이 더 남아서 서울을 떠나지 못하는 것이다. 그들이 돌보지 않는 고향을 낙오자인들 돌보려 할까.

"다음 번에는 지리산자락 운봉의 흙 묻은 자네 손과 악수하고 싶네."

술은 마시지 않았다. 대신 차비를 좀 쥐어 줬었다. 그가 이 돈으로 술을 사먹고 서울역 지하생활을 유예하든 십승지인 고향산천에 몸을 기대든 전적으로 그의 의지에 달렸다.

"내려가거든 연락하게."

강 박사는 지하에서 올라왔다. 비는 말끔히 그쳐 있었다. 여명이 밝아오는 새벽공기를 마시며 택시를 잡아탔다. 곧 전주와 목포, 대구에 들러서 정득량의 주변사람들을 만나 후일담을 취재하기로 했다.

19
혼자 가는 길

돌아가는 문(門)

 봉황대는 동네사람들이 신성시하는 곳으로 매장이 불가한 자리였다. 하지만 천하의 진태을이므로 주인이 될 수 있다는 쪽으로 의견이 모였다. 대신 봉분을 짓지 않고 평장을 하기로 했다.
 스승을 장례 지내고 삼우제까지 마친 득량은 길래 하늘 한쪽이 무너져 내린 슬픔에서 벗어나지 못했다. 스승 태을의 죽음은 그만큼 뜻밖이었다. 그래서 더 슬펐고 더 억울했다. 가슴속에 커다란 구멍이 뚫린 느낌이었다. 뚫린 구멍을 통해 가닥 잡히지 않는 불투명한 미래가 어른거렸다.
 스승 태을이 세상 밖 구만 리를 날아오르다가 비로소 돌아와 묻힌 고향마을 대곡리를 떠나면서도 득량의 비통함은 가실 줄 몰랐다. 장례를 치르는 동안에는 슬픔의 무게에 짓눌려 거의 느낄 수 없었던 막막함과 두려움이 떠나려는 때에 당해서는 새로운 등짐이 되어 양어깨를 짓눌러오던 것이다. 이제부터는 혼자 걸어야만 하는 길이었다. 이 강산 삼천리를 구석구석 밟으며 자상하게 실례를 들어가면서 산공부를 가르쳐주던 스승을 땅속 깊이 묻고, 슬픔과 막막함과 두려움이 얽히고 설킨 자신의 그림자만 하염없이 이끌고 혼자 가는 길이었다. 당장은 산공부를 못할 것만 같았다. 아무런 의욕도 없었다. 온몸에서 진이 빠져 달아나 무기력하기만 했다. 득량은 우선 전주 본가로 가볼 작정이었다. 집에 돌아가 쉬면서 마음을 진정하고 싶었다.

오래도록 그의 귓전에 상두꾼들의 만가(輓歌)가 여울졌다. 그 처량하고 을씨년스런 상여소리를 이즘처럼 구절구절 되새기며 쓰린 간장을 달랜 적은 일찍이 없었다.

옛 늙은이 하는 말이 북망산이 머다더니
오늘날에 당해보니 대문 밖이 북망일세
앞산도 첩첩하고 뒷산도 첩첩한다
혼령은 돌고 돌아 어디로 가려는가
황천이 어디라고 그리 쉽게 가랴든가
애시당초 이 세상에 생기지나 말을 것을
죽어서 하직하니 불쌍하고 설은 지고
왔다 가면 그냥 가세 놀던 터에 이름 두고
그리 바삐 가단 말가 세상에 남은 동무
백년을 통곡한들 한번 간 이 다시 올까

산촌에서 농사나 지으며 무지렁이로 살던 사람들이 어쩌면 이리도 마지막 떠나보내는 심사를 구구절절이 펼쳐내는 것인가. 하긴 그런 사람들이기에 산다는 것과 죽는다는 것을 더 본질적으로 꿰뚫어보고 있었다. 생활 속에서 체험하는 것이야말로 가장 깊은 철리(哲理)였다. 소리를 메기는 선소리꾼이나 호오호 호오호— 이히넘차 호오이—, 하고 구슬피 후렴하는 상두꾼들이나 이승을 살면서 수많은 죽음을 봐온 사람들이었다. 그들에게 죽음은 언제 어느 때나 찾아오는 그런 치레였다. 초상집에 가서 밤을 새워주고 상여집에서 상여를 이끌어내 운구의 노역을 행해야 하는 그네들이었다. 초상이 났을 때처럼 한동네 사람들이 한동아리가 되는 때는 없었다. 인생살이를 하는 동안 관혼상제에 걸쳐 하고많은 일이 있다지만 그 가운데서 상례는 제일 큰 일로 자리매겨져 왔다.

　이 세상에 온 사람은 누구든 저 세상으로 돌아가야 한다. 그게 숙명이다. 함께 부대끼며 살던 친지나 이웃이 다시 돌아오지 못할 저 세상으로 떠나는 것을 보고 장차 나도 떠나게 될 것임을 안다. 그가 가는 길을 잘 밝혀줘야만 내가 떠나는 길도 밝다는 것을 아는 사람들이었다. 한 생애를 마감하는 맨 마지막 자리를 그래서 내 일처럼 지켜주고 밝혀주는 것이다.

　사람들은 대체 어디로부터 왔기에 이 세상에 왔다고 말하며, 또 어디로 돌아가기에 저 세상으로 떠났다고 말하는 것인가. 생과 사에 걸쳐 있는 경계선 하나를 넘으면 세상이 완전히 달라져버린다. 그 경계선을 넘어간 망자의 육신을 땅에 묻기까지의 행사에서 부르는 노래가 상여소리다. 때문에 이 상여소리에는 탄생이 있고, 만남이 있고, 남겨진 것들이 있고, 떠남이 있다. 어쩔 수 없이 가야만 하는 자의 슬픔이 있고 살아남은 자들의 원망과 통곡이 있다. 그러나 한 생이 끝났으되 이는 정녕 끝난 것이 아니며 사는 세상만 달리할 뿐이다. 저 세상으로 옮겨가서 또 다른 삶을 사는 것이기 때문이다. 저 세상으로 가기 위해서는 노잣돈도 필요하고 새 옷, 새 신발이 필요하다. 명기(明器)라 해서 사후세계에 가서 쓸 작은 그릇들도 무덤 속에 넣어주었다. 고대에는 순장(殉葬)도 있었다. 모시던 주인이 죽으면 따라 죽어서 함께 묻혔다.

"노예제도가 있던 미개한 시절의 잔혹사라고 하지만 꼭 그렇지만도 않다. 하늘처럼 모시던 주인이나 지도자가 죽으면 정신의 일식(日蝕) 같은 게 온다. 상실감과 허탈감, 무기력 증세에 빠지는 거지. 그래서 기꺼이 따라죽는 게야. 저 세상에 가서도 주인으로 모시며 편안한 삶을 보장받겠다는 자발적인 결단이야. 물론 지금과는 생사관이 달라서 가능했지."

어떤 것이든 사실과 그 이면까지 자상히 가르쳐주시던 스승의 목소리가 귓전에 울렸다.

스승은 잘 가셨을까. 하늘 건너 저 세상으로 잘 돌아가셨을까. 스승의 유품은 얼마간의 책들과 원고, 한껏 두 팔을 벌려 남과 북을 가리키는 패철, 세 개의 지팡이가 전부였다. 죽장과 청려장(靑藜杖, 명아주 지팡이), 상아로 된 구룡장(九龍杖)이었다. 구룡장은 아홉 마리의 용이 돋을새김된 제품이었다. 중국 황제가 쓰던 골동품으로 스승께서 젊은 시절, 북경 출장에서 받은 선물이라고 했다. 워낙 아끼셔서 잘 짚고 다니지 않고 집에 모셔둔 것이었다. 옷가지들은 태웠고 패철과 지팡이 세 자루는 부장품으로 묻어주었다. 책과 원고는 득량이 물려받았다.

"온 나라 땅 밟아주고 다니느라 고생 많았쟈? 이제 원 없이 쉬니라."

매장할 때, 스승의 종형 되는 노인이 외기러기의 눈빛을 하고 읊조렸다. 그 말에 득량은 또 한 번 통곡했다. 옆에서 김 기사와 형 세량이 다독거렸다.

노인의 말처럼 스승 태을은 한평생을 이 강산에 바치고 이제야 돌아와 누운 것이었다. 어쭙잖은 속사들처럼 명당을 찾아 그것을 취해볼까 해서 떠돈 것도 아니었고, 돈 벌 욕심으로 풍수쟁이질을 한 것도 아니었다. 한마디로 나라걱정 뿐이었다. 이 땅의 장래를 걱정한 나머지 스스로 바람과 물이 된 기구한 삶이었다. 산에서 나서 산에서 살다가 산으로 돌아간 어느 산사람의 일생이었다.

그랬다. 스승 태을은 오래 전부터 자신이 죽는 날을 알고 있었다. 그래서 그토록 서두르고 서둘렀던 것이다. 땅으로 돌아가기 전에 제자에게 보다 많은 명당을 순례시키고 현장공부를 가르치기 위해 스승은 노구를 고단하게 부리셨다.

결정적으로 빼놓은 자리가 있긴 했지만 아쉬운 대로 얼추 마친 명당 순례였다. 마이산에서 출발해서 거대한 타원을 그리며 이 땅을 한 바퀴 돈 셈이다. 그리하여 맨 마지막에 보여준 명당이 운명한 그 자리, 곧 스승 자신이 묻힌 대지였다. 뭇 생명이 다 그렇듯 태어난 곳으로 돌아와 죽는 것은 신비로운 귀소본능이었다. 스승은 자신의 태(胎)가 묻힌 고향에 돌아와 다 해진 육신을 부렸다. 세상 밖 구만 리를 떠돌다 비로소 돌아와 영원히 쉬는 곳, 그곳이 바로 육신을 부린 봉황대였다.

봉황대는 특이한 자리였다. 보통사람의 눈으로 봐서는 명당은커녕 흉지나 다름없었다. 하지만 홍황자윤한 혈토가 나왔고 편히 쉴 수 있는 자리였다. 봉황은 대밭을 좋아한다고 알려졌다. 봉황이 둥지로 돌아오는 자리에 마을이 섰고 그 마을이름이 대곡리, 혹은 대실리로 불리는 건 결코 우연이 아니었다. 풍수적인 마을이름이었던 것이고 실제로 대나무가 많은 동네였으니 봉황대의 혈자리는 대지는 아닐지라도 구색을 갖춘 명당이었다.

자신의 아호를 태을이라고 지었던 사람이 스승이었다. 태을성은 천을성과 함께 뒤에서 혈자리를 받쳐주는 길한 봉우리였다. 이름처럼 민족의 앞날을 걱정하며 떠돌다가 이름에 걸맞은 묏자리에 묻힌 사람, 살아서도 죽어서도 민족을 위할 줄 아는 큰 삶을 살았던 사람이 바로 스승이었다.

무엇인가.

무엇이 한 사람의 생과 사를 온전히 이 땅의 밑거름이 되게 하는 것인가. 나라가 무엇이며 민족은 또 무엇이던가. 어둠이 깊을수록 빛은 더 밝듯이 어지러운 때에 당해 나라사랑과 겨레사랑의 마음이 더 뜨겁게 타올랐음에랴.

스승 태을은 천생 도인이었다. 일생을 떠돌았지만 정명을 알았다. 객사할 수 없어서 서둘러 고향에 돌아왔고 돌아갈 문 앞에서 생을 마쳤다.

스승 태을이 알고 있었던 게 어디 그것뿐이었으랴. 명당순례 기간 동안 곳곳에서 부려놓은 예언이 얼마며, 끝내 드러내놓지 못하고 가슴 속에 꿍쳐두고 가셨을 사연은 또 얼마나 구구절절할 것인가. 특히 어린 제자의 앞날에 관해서는 너무도 여실히 아는 그였다. 임진강을 건너오면서 했던 말은 제자 득량의 미래를 훤히 들여다보지 않았다면 도저히 못할 말이었다.

"청산에 들이기 화전(火田)을 일구더라도 자신만의 인생길을 가시게. 고달프고 알아주는 이가 없어도 자신의 인생을 즐길 줄 아는 이가 진정한 도인일세. 험한 세상에 험한 꼴 적게 보고 무리 없이 인생을 즐기도록 하게. 자신이 할 수 있고 없는 일을 알면 인생이 즐거우리."

임진강 나룻배 위에서 술에 취한 스승은 눈물을 뿌리며 읊조렸다.

홀로 남겨진 앞날이 험하다는 걸 안다. 하지만 가야 한다. 일러주신

대로 올곧게 가야 하고 길이 끊기거든 스스로 열어가며 가야 한다. 그리하여 태을성과 짝하는 천을성이 돼야 한다.

말없는 조선의 여인, 사모님께 스승이라고 생각하고 예를 갖췄다. 반세기를 결혼해 살았지만 함께 한 시간은 채 5년도 되지 않을 거라는 말씀을 하는데 콧날이 시큰했다.

오래 묵은 장맛

득량은 전주 본가로 귀환했다. 오는 길에 완주 고을 상관면의 안적리 윗대건네와 아랫대건네 사이에 파소(破沼)가 있었다. 12대조 정여립 할아버지의 생가터로 역적으로 몰려 파헤쳐진 자리였다. 정여립은 분명 걸출한 인물이었다. 한 나라를 상대로 한 모반은 아무나 하는 게 아니었다. 실패해서 역적이 된 것이지 성공했다면 그야말로 정 도령이 됐을 거였다. 그런 인물의 생가터가 파헤쳐져 소(沼)가 된 것을 보고 있노라니 마음이 아팠다.

득량은 소 가장자리에 서서 자리를 살펴봤다. 매봉산의 기운을 받은 집터는 동쪽으로 파소봉을 솟구쳐놨고 북으로는 널따란 들을 펼쳐놓은 자리에 위치하고 있었다. 집의 흔적을 찾을 길 없어 가상(家相)을 뜯어볼 수 없는 게 유감이었다. 대동계(大同契)를 조직하여 사병을 훈련시키고 장차 제왕을 꿈꾼 준걸의 집이라면 가상이 달라도 어딘가는 다를 거였다. 결과적으로는 들통이 나 내륙의 섬인 진안 죽도(竹島)로 쫓겨가서 자결했으니 흉가가 된 셈이지만.

정명을 하지 못하고 비명에 가면 회한을 남긴다. 불교식으로 하자면 두꺼운 업장을 남긴다. 조부 정 참판도 제왕을 꿈꿨으나 데리고 있던 측근 조 풍수에게 배신당하고 몰매를 때려 내치는 업을 지었다. 무안 승달산 묏자리로 인하여 득량의 인생이 바뀌었다. 3년 동안 풍수를 배웠고 전국을 답사했다. 천하대명당 무안 승달산이 어떤 자리고 왜 사달이 생겼던가를 반드시 캐내고 싶었다. 그런데 정작 그 자리는 스승과 함께 가보지도 못했다. 그리고 혼자 힘으로 그 비밀을 풀어내야 하는 숙제가 남았다. 자신의 등짐은 자신이 지고 가야 한다는 것인가. 묘한 일이었다.

본가에 돌아와 식구들과 해후했다. 할머니와 어머니, 형님 내외는 모두 편안했다. 아내 이숙영은 배가 볼록해 있었다. 곧 겨울이었고 설을 쇠고 해토머리가 되기 전에 출산한다. 아이 아빠가 되는 것이다.

"조선팔도 어디를 가 봐도 우리집 된장국만한 게 없어요."

득량은 이것저것 가득 차려 내놓은 반찬들은 거들떠도 안 보고 된장국에 밥을 말아먹었다.

"그럼. 많이 드시게, 우리 손자. 장맛이 좋아야 다른 반찬도 맛있는 거여."

할머니가 다가와 엉덩이를 두드려주었다. 팔십이 가까웠지만 깨끗하고 곱게 늙으신 노마님이었다. 이날까지 된장, 고추장, 간장을 손수 담가오신 분이었다. 뒤란 장독에는 처음 시집와서 담근 된장과 고추장이 작은 단지에 보관돼 있었다. 열여섯에 시집오셨으니 무려 60년이나 묵은 장들이었다. 그 장들은 더 이상 간을 맞추는 양념음식이 아니었다. 귀한 약이었다. 토사곽란이 났을 때도 물에 타 마시면 나았고 칼에 손을 뺐을 때도 상처에 바르면 아물었다. 조선의 여인들이 얼마나 현명하고 야무진가를 이것 한 가지만으로도 능히 알 수 있었다.

오래 묵은 장맛 같은 사람.

때로는 양식이 되고 때로는 약이 되는 그런 공부.

인생의 정답이 바로 본가 음식상에 다 나와 있었다. 천하를 주유하다 스승을 잃고 홀로 돌아와 고향집 밥상머리에서 깨닫는 바가 있었다.

조부 때나 아버지 때에 비해 가세가 다소 기울었지만 그래도 여전히 알아주는 부잣집이었다. 형 세량이 관리를 잘못해서가 아니라 일제시대라는 한계가 있었다. 관에 기대어 적당히 타협하지 않으면 현상유지가 어려웠다. 그런데 어디 정씨집안이 그럴 수 있는가. 이 나라를 주름잡는 명문가요, 정 도령의 나라를 세워보려고 야심을 키운 집안이었다. 섬나라 오랑캐에 빌붙어서야 죽도 밥도 되지 않았다.

형 세량은 상해 임시정부에 은밀히 독립자금을 보내고 있었다. 허황된 차 천자의 그늘에서 벗어나던 당시, 득량과 상의한 결과를 이행하는 것이었다.

"형님, 독립자금을 보내는 일은 정말 감쪽같아야 합니다. 저들이 눈치채면 큰일 납니다."

득량은 아내가 있는 별채 안방으로 건너가기 전에 사랑채에서 세량과 마주 앉았다.

"걱정 마시게. 대한민국 임시정부 교통부(交通部) 비밀조직이 그렇게 허술하지 않아. 가끔 오는 고물장수가 자금모집책이네."

"저들이 쉽게 물러나지 않습니다. 오래 갈 걸 대비해서 은근하게 해야 합니다. 튀면 바로 작살나지요. 돌아가신 선생님이나 산에서 만난 현철들의 말씀을 들어보면 앞으로 머잖아서 큰 전쟁이 벌어질 거라는 겁니다. 목숨 보전이 최고라는 거예요."

"탐욕 많은 일제가 중국과 일전이라도 불사하려나 보구먼."

"그야 모르죠. 세계가 지금 광기에 휩싸여 있으니까요."

득량은 집안애기를 좀더 나누다가 별채로 건너왔다. 아내 이숙영과 석 달 만에 마주 앉아 차를 마셨다.

"스승님께서는 당신께 모든 걸 주시고 가셨네요. 마지막까지요."

이숙영은 찻상을 물리고 스승의 유품들을 정리하는 득량에게 말했다. 마지막 가시던 장면을 김 기사에게 전해 들었다고 했다.

"부인, 난 이제 어쩌면 좋겠소? 앞이 캄캄하여 하늘이 무너진 것 같소이다. 사실 선친이 돌아가실 때보다 더하구려."

득량은 망연한 눈빛으로 이숙영을 응시했다.

"3년간이나 함께 지내시면서 길안내를 하신 분이니까 그렇겠지요. 당신도 그러셨겠지만 그 분은 당신을 친자식 이상으로 여기시는 눈치였어요."

"아오. 몸을 태워준 자식을 혈자(血子)라고 하고 정신을 태워준 자식을 식자(識子)라고 하는데 당신께서는 혈자들보다 식자인 나를 더 끔찍이 생각하셨지요. 때로는 준엄하게 꾸짖고 칭찬도 인색하셨지만 내심 자랑스러워 하셨다는 걸 잘 아오. 문제는 나 혼자서 열어가야 할 비밀의 문이오. 그렇게 많이 일러주셨는데 이 마당에 머릿속에 든 것을 따져보니 아무것도 없는 것 같소. 멍하니 아무런 생각도 나지 않아요."

"너무 큰 충격을 받아서 그래요. 우선은 좀 쉬세요. 당신 많이 수척해지셨어요. 어머니께서 유황오리와 전복요리를 해놓으셨어요. 여독부터 푸시면서 차분히 생각해보면 앞길이 열릴 거예요. 이것 좀 보세요. 이 녀석이 자꾸 발길질을 해대서…."

배를 차는 게 겉만 봐서도 느껴졌다.

"애비가 천하를 유람하고 다니니까 저도 따라나설 모양이오."

"둘을 다 밖으로 돌리면 전 어떡하라구요."

"하나만 낳을 거요? 아들도 낳고 딸도 낳고 칠남매는 둬야지요."
"왜 칠남매를요?"
"칠성님처럼 말이오. 우리 양주는 좌보우필이고."

배운 게 도둑질이라고 여기서 천문과 풍수의 구성법이 나왔다. 부부는 오랜 만에 도란도란 사람사는 얘기로 오붓한 시간을 보냈다.

몸은 금방 회복되었다. 워낙 건장한 체격이었고 나이도 스물여섯 청년이었다. 그는 틈틈이 서재에 들어가서 자료들을 정리하고 공부를 시작했다. 답사기를 완성하는 한편 스승의 유품들도 보았다. 스승이 남긴 원고는 주로 용의 귀천과 생사를 구별하는 통맥법에 관한 주석들이었다. 역대 선사들의 장단점과 지가서의 오류들도 바로잡아 놓고 있었다. 특히 패철을 이용한 좌향론의 근거가 무엇인지 집요하게 파고들고 있었다. 《주역》의 하도낙서 구궁도(九宮圖)와 오행(五行) 사상이 결합, 산천과 바람의 영향을 고려한 자연 지리적 통계, 천지인 삼재사상 등이 복합된 이유를 나름대로 정치(精緻)하게 따지고 있었다. 물론 쉽게 결론나지 않는 주제들이었다.

좌향론은 득량이 늘 의문을 품던 것이었다. 길한 방향과 흉한 방향이 과연 존재할까? 설령 있다고 해도 언제까지나 길하고 언제까지나 흉할 수 있을까. 유한한 세상에 모두 유효기간이 있는 것 아닌가. 또한 길흉의 판단기준은 무엇인가? 바람일까? 병마나 전쟁일까? 아니면 돈일까? 사람일까?

그 문제가 정리되지 않으면 함부로 패철을 들고 다니며 자리를 쓸 수 없었다. 그저 주변의 지세를 고려해 양지바른 곳에 쓸 수밖에 없다는 것이 냉철한 결론이었다. 나경법이나 이기법을 다룬 지가서에 나와 있다고 해서 그대로 쓸 수는 없었다. 그런 이론들이 전가의 보도가 아니다. 좌향론은 분명 과학의 영역이었다. 그저 이해하고 실천하면 되는 인문학적 교양과 가치가 아니었다. 근거가 불명확하거나 맞지 않으면 버려야 한다. 자칫 천연의 조화에 어긋날 우려가 많고 사기꾼 소리를 듣는다.

스승은 혈토에 대해서는 고법(古法)을 충실히 믿고 있었다. 하늘이 땅속에 감춰놓은 보배로운 흙이며 우주의 정화가 충만한 신비한 핵이라고 믿었다. 여성의 자궁 속살 같은 것으로 유골을 장존(長存)케 한다고 했다.

과연 그럴까.

득량이 아는 지구과학 상식으로는 전혀 달랐다. 지구는 본래 태양에서 떨어져 나온 불덩이였다. 불덩이인 핵을 감싸고 있는 맨틀(mantle)은 대류를 하고 그로 인해 지각이 만들어진다. 이른바 조산(造山)운동이라는 거였다. 지각은 오랜 풍화작용을 거쳐 암반과 표토 사이에 비석비토(非石非土), 돌도 아니고 흙도 아닌 중간형태의 분가루 덩어리 성분을 만든다. 그것이 혈토다. 그 색깔은 갖가지인데 밀도가 높아서 유기질이나 해충, 공기의 유입을 막아 유골을 오랫동안 보존시킨다.

옛사람들은 지구 역시 진화의 산물이며, 나고 늙고 죽는다는 생각을 하지 못했다. 그래서 혈토를 하늘이 명당에만 숨겨놓은 오묘한 신물로 보았다. 그러나 득량은 암석이 흙으로 변하는 과정에서 자연적으로 만들어진 광물질로 보았다. 그 예로, 일본인이 신작로를 만드느라 산을 잘라놓은 절개지를 보면 명당이 아닌 곳이라도 혈토가 곧잘 발견되었다. 때로는 핏빛이어서 그것을 보고 사람들은 용이 피를 흘리고 죽었다는 표현을 쓴다. 혈토(穴土)는 혈토(血土)이기도 한 것이다.

그릇된 전범은 고쳐야 한다.

신비로 덮어둔다고 해서 효과가 나타나는 게 아니다. 오히려 바로 알고 이해할 때, 제대로 발전할 수 있는 계기가 된다. 혈토가 유골을 보존하고 기의 흐름을 최적화한다는 것은 분명한 사실이기 때문이다.

득량은 자신을 2세대 풍수학자로 규정했다. 전통 풍수학인들이 전해오는 고법을 그대로 답습했다면 신과학을 공부한 신세대는 그것을 새롭게 해석하고 검증해야 한다. 이른바 법고창신(法古創新)하는 바른 자세인 것이다. 물론 다음 세대들은 풍수를 완전히 부인할지도 모른다. 반대로 고법으로 복귀할 수도 있겠지만 그럴 가능성은 희박하다. 과학의 힘은 점점 커질 테니까.

눈이 내리기 전에 마이산과 승달산에 다녀오기로 했다.

"차를 가지고 가게."

형 세량은 저간 몇 달 동안 내준 지프를 다시 내주려 했다.

"아닙니다. 그때는 노 스승이 계셨고 자꾸 서두르시는 것 같아서 형님 차를 썼지만 지금은 급할 게 전혀 없습니다."

득량은 이런 가형이 있어 너무 든든했다.

"참 많이 아시는 분이셨어. 임종이 가까워 온 걸 벌써부터 아시고 그리 서둘러 답사를 가신 거야. 임진강에서 곧바로 남원까지 달려 가셨으니 죽음을 알 수 있으면 진짜 도인이라는 말씀 그대로일세."

"이번에 무안 갔다 오면서 찾아뵈어야겠어요."

득량은 며칠을 요량하고 집을 나섰다.

물속에 잠긴 달

그는 관촌을 거쳐서 진안 마이산에 다다랐다. 강정리 고모부에게는 인사만 여쭙고 바로 금당사로 향했다. 산태극 수태극의 중앙혈 마이산은 전과 다름없이 반공중에 솟아 있건만 앞에서 길을 인도해주던 스승은 떠나가 다시 볼 수가 없게 되었으니 산천은 의구하되 인걸은 간 곳 없다는 옛 말씀이 하나도 틀린 데가 없었다.

"이 사람아, 자네 스승은 어디다 내팽개치고 혼자 왔나?"

득량이 금당사 절 마당에 들어서자 구암선사가 꾸짖고 나왔다.

왈칵 눈물이 치솟았다.

"스님 … ."

득량은 마당에서 그대로 무릎을 꿇었다. 그것은 문안을 여쭙는 의미의 절이자 동시에 길에서 어이없게 스승을 잃어버리고 혼자 돌아온 사죄의 뜻을 담고 있었다.

"어디서였던가?"

미처 부고를 할 수 없어서 더 죄송스러웠다. 구암선사는 지난 초겨울에 태을과 득량이 금당사를 떠나 팔도 명당순례를 떠나는 순간부터 태을의 죽음을 예감했다. 득량이 혼자 돌아온 것은 이미 태을이 저 세상으로 돌아갔다는 걸 뜻했다.

"선생님의 고향마을 대곡리 봉황대였습니다."

"가엾은 친구! 제자리로 돌아갔군. 그래, 너는 이제부터 어찌할 셈인고?"

"발바닥이 닳아 없어지고 산에서 굶어죽는 한이 있더라도 기어코 스승님의 후학으로서 청출어람하렵니다."

"의당 그래야 하리."

구암선사는 그제야 자상한 모습으로 돌아왔다. 그는 법당에 들어가 아미타경을 독송했다. 친구의 왕생극락을 축원하는 의식이었다. 득량도 법당에 들어가 백팔배를 올렸다.

밖에서 바우 형 내외가 득량이 나오기를 기다리고 있다가 반갑게 손을 잡았다. 바우 형 내외의 안면에는 반가운 한편으로 안쓰러운 표정이 교차하고 있었다. 우선은 반가워서 손을 부여잡았지만 손만 놓고 나면 진태을의 죽음을 애도해야 할 형편이었다.

"기일은 언제였는가?"

"지난달 그믐이었습니다."

"장례는 부족함이 없었는지요?"

바우 형의 처가 물었다. 그녀에게 있어 진태을은 배필을 정해준 은인이었다. 뿐인가. 감결파인 친정아버지 최씨가 자리가 마땅치 않아 면례하지 못한 채 모시고 있던 할아버지 유골을 금계포란형 길지에 묻게 해준 집안의 은인이었다.

"한 시대를 풍미한 분이셨건만 풍수의 장례식이라는 게 한없이 초라하기만 하더군요. 조용히 돌아가겠다는 선생님의 뜻을 받들어서이기도 했지만 종씨들과 동네사람들이 전부였어요."

"왜 기별이 없었는가?"

"워낙 급작스럽게 떠나셔서 경황이 없었어요."

득량은 스승 태을의 기막힌 임종을 털어놓았다. 바우 형 내외는 연방 고개를 끄덕였다. 그분다운 죽음이었다는 뜻이었다.

그때였다. 엄마, 빠빠, 하고 요사채 마루를 내려와 아장아장 걸어오는 사내아이 하나가 있었다. 작년 가을에 낳았던 바우 형의 아들이 그새 저렇게 자라 있었다. 아장아장 걸어다니는 모습이 정말 귀여웠다. 밑이 터진 가래바지 사이로 고추자지가 대롱대롱 매달려 있었다. 바우 형을 쏙 빼닮은 아들이었다.

"추울 텐데. 속바지도 안 입고. 우리 조카 이름이 명석이었지? 송명석!"

득량은 아이를 안아 볼에 입을 맞췄다. 절집을 찾는 신도들을 자주 봐서일까. 낯을 가리지 않고 생글생글 웃었다.

"이 녀석! 삼촌을 알아보는구나. 그런데 어쩌지? 알량한 삼촌이 눈깔사탕 하나도 안 사왔으니."

그래도 아이는 젖니가 나는 입을 벌려 까르르 웃기만 했다. 득량은 빙글빙글 돌리며 비행기를 태워주었다.

'형님 내외는 참 남부러울 게 없겠군요.'

득량은 내심 그렇게 생각했다. 무엇을 이루어내겠다고 용을 쓴다거나, 늪에 빠진 한 시대를 고민하지 않아도 되었다. 절집 논밭을 부치면서 가정을 이루고 살고 있는 바우 형 내외야말로 축복받은 사람들이라는 느낌이 들었다.

득량은 명석이 옷이나 사 입히라고 지전을 내놓고 자신의 공부방으로 돌아왔다. 서가에는 그의 손때가 묻은 여러 권의 지가서들이 다소곳이 주인을 기다리고 있었다. 스승 태을의 책들도 함께 꽂혀 있었다.

저런 책들을 보고 무슨 공부를 더할 수 있을까.

득량은 처음으로 풍수 이론서들이 하찮게 여겨졌다. 팔도 명혈을 답사한 직후였고 살아 있는 교과서였던 스승을 잃었다. 게다가 머릿속에는 의문점과 회의로 가득 찼다. 책으로 개안이 되는 시점은 이미 지나 있었다.

강을 건너면 뗏목을 버리듯 개안이 돼버리면 이론을 따질 필요가 없었다. 문제는 아직 개안도 다 되지 않았는데 책들이 하찮게 보인다는 점이었다. 혹시 풍수 자체에 대한 회의가 너무 깊어서 흥미를 잃은 게 아닌가, 생각되었다. 이럴 때는 거리를 둘 필요가 있었다.

"선생님, 제자를 버리지 않으셨다면 꿈으로라도 현몽하시어 제 공부를 도와주십시오. 요즘 너무 막막하고 의욕이 없습니다."

득량은 책들이 마치 스승이라도 되는 것처럼 말을 붙였다. 대답이 있을 수 없는 간청이었다.

구암선사가 다과를 준비해놓고 불렀다.

"그래, 팔도를 다 돌아본 소감이 뭔고?"

"백두산을 못 가봐서 아쉽습니다."

"그야 얼마든지 가볼 수 있는 문제고."

"이 땅에 의미 없는 건 아무것도 없었습니다. 지령인걸이라고 영험한 산에서 큰 인물이 나는 건 분명한데 그게 묘 잘 써서 발복하는 것인지는 아직 확신할 수는 없습니다."

"허허, 그래? 그럼 양택은 어떻던고?"

구암선사는 얘기가 재밌어진다는 반응을 보였다.

"양택 명당에는 이의가 없습니다. 절집이나 고택들이나 별서정자까지도 명당이 아니면 오래가지 못하지요. 아마 순화된 토양의 기운을 받기 때문으로 보입니다."

"이거 놀라운데? 자네 이제부터는 불가의 선종과 교종공부를 해보겠나?"

좀 생뚱맞은 반전이었다.

"왜 그런 제안을…?"

득량이 뜨악한 표정을 지었다.

"불가에서는 풍수를 인정하면서도 화장을 하네. 왜이겠는가? 꼭 인도의 풍습을 받아서일까?"

"그게 아닌가요?"

"나는 달리 본다네. 우주의 밝은 기운을 받는 방법이 풍수 한 가지만이 아닐세. 불교공부로도 영성이 열리면 얼마든지 사람을 움직이고 명당자리도 잡을 수 있네. 자네 스승에게도 누차 얘기했네만 이미 열려버린 사람이라 굳이 공부를 바꿔할 필요가 없었지."

"저는 아직 개안이 안 됐으니 방법을 바꿔보라는 것입니까?"

"자네 정도의 선근(善根, 좋은 근기)이면 바로 깨치네."

구암선사는 득량이 요즘 풍수에 의심을 품는 것을 간파하고 제자로 삼을 욕심을 내고 있었다. 누구나 자신의 영역으로 인재를 끌어들이려고 하는 것이 인지상정이었다.

"전 스승님께 종신토록 물러서지 않겠노라고 약속했습니다. 크게 의심을 품어야 크게 깨친다면서요? 더구나 저는 결혼한 몸입니다."

"풍수공부를 그만 두라는 게 아니야. 방법을 달리해 보라는 거지. 그리고 불교공부와 결혼과는 아무 관계없네. 선근이 있으면 오히려 결혼한 것이 도움이 되네. 원효대사나 다른 큰스님들을 보게. 천지간에 음양이 아닌 게 하나도 없는데 무슨 소린가. 어지럽지만 않으면 문제없어."

집요한 설득이었다. 정말 예상 밖이었다.

"스님, 어리석은 저를 좋게 봐주셔서 감사드립니다. 틈틈이 《금강경》과 《능엄경》을 읽겠습니다."

득량은 재치 있게 빗장을 걸었다. 구암선사는 한참 바라보더니 고개를 끄덕였다.

"좋네. 믿을 만해. 자네 스승 진태을은 처음부터 보통사람은 아니었네만 지독한 노력이 있었네. 마흔 살 될 때까지 팔도유람을 여러 차례나 했었지. 자네처럼 넉넉한 집안에서 태어난 것도 아니고 그저 무일푼 알거지나 진배없이 떠돌았으니 그 고초가 어찌했겠는가? 그 사람은 배도 참 많이 곯았고 다리품도 어지간히 팔았어. 자넨 그 사람에 비할 수 없는 당대의 기린아야. 좋은 가문에서 태어났겠다, 공부도 신구학문을 두루 겸했겠다, 풍수학만 하더라도 진태을 같은 분을 사사했고 이런 좋은 터에서 공부했으니 어느 누가 자네 같은 복을 타고났겠나? 아무렴. 장부가 어떤 일에 발을 들여놨으면 모름지기 10년은 매달려 봐야 쓰네."

부러 유혹해봤다는 논조였다.

"스님, 전 암담해도 절대 포기하지 않습니다."

득량은 입산하여 두 번째 맞는 겨울, 싸라기 같은 첫눈이 오다가 그친 날에 풍수의 길에 대해서 말해주던 스승의 음성을 기억해냈다.

"넌 이제 막 걸음마를 배웠느니. 스스로 걸을 때까지 내가 부축해주려 한다만 종내는 홀로 서야 하느니라."

그러면서 여섯 가지 요건을 일러줬었다.

첫째가 법종계승(法宗繼承)이요, 둘째가 심령지교(心靈智巧), 셋째가 독서명리(讀書明理), 넷째가 다간선적(多看仙跡), 다섯째가 전심치지(專心致知), 여섯째가 선요정심(先要正心)이라 했다. 법종계승이야 진태을 같은 스승을 만난 그 자체로 이뤘달 수 있었고, 독서명리나 다간선적 역시 스승의 지도 아래 《주역》을 비롯한 산서를 두루 섭렵했고 팔도 명당순례를 했으니 웬만큼은 해본 셈이었다. 물론 아무리 밟아도 능히 못 다 밟을 이 땅 선인들의 족적일 테니 앞으로 더 명당순례를 해야만 될 것이겠고, 전심으로 풍수만을 궁구하여 직감으로 땅의 마음을 읽어낼 수 있는 경지에 이르러야 할 것이었다.

그랬다.

스승은 나에게 걸음마를 가르쳐주고 곧장 손을 뗐다. 이제부터 홀로 서는 일에 매진해야 한다. 그러기 위해 욕심을 버려야 한다. 하루아침에 명풍수가 되겠다는 성급한 생각을 버려야 한다. 평생을 궁구해도 명풍수는커녕 한낱 작대기 풍수에 그치고 말 가능성은 얼마든지 있었다. 괴롭지만 그걸 인정해야 한다.

"지난여름에 하성부지 삿갓스님이 왔었네."

"네?"

"자네를 꼭 한 번 만나고 싶다 했네."

"제가 더 뵙고 싶죠. 저희들도 지난 여름에 동학사에 들렀어요. 길이 엇갈렸네요."

"곧 만나게 될 걸세. 인연이니까 말이네."

"산 한 바퀴 돌고 올게요."

득량은 금당사를 나와 나옹암 석굴(石窟)로 향했다. 꿈을 안고 입산한 첫해, 겨우내 땔나무를 해오게 하고 봄에는 고사리를 끊어오게 했던 스승 태을이었다. 빈 망태를 들고 돌아와, 천연덕스레 망태에 산을 담아올 수 없어서 마음에 가두고 왔노라고 일렀다. 망태 따위로는 산을 담을 수 없으니 내일부터는 맨손으로 가겠다고 선언했다. 득량의 그 말을 듣고 첫 관문을 통과시킨 뒤, 바람의 얼굴을 읽는 현장공부터로 지정해준 곳이 바로 이 석굴이었다. 그는 머리도 깎지 않고 세수도 하지 않은 채 허름한 광목적삼 차림으로 석굴에 누워 하루하루를 보냈다.

착각이었던 걸까.

득량은 그때 바위의 음성을 들었다. 바위의 심장을 파고 들어가 누워 있으면 바위는 그를 향해 함성을 질렀고 차가운 바위벽이 차차 뜨거워져 마침내 그의 몸을 지지고 들어왔다. 비몽사몽간에 눈을 떠보면 바람이 아우성을 지르며 바위 가슴을 때려댔다. 몸을 일으켜 밖으로 나왔다. 어느 때는 새벽이었고 또 어느 때는 밤이었다. 그때 올려다보는 하늘의 궁창은 왜 그렇게 깊고 그윽하기만 했을까. 막연하지만 뭔가 붙잡아낼 수 있을 것만 같은 예감이 그의 가슴을 채웠다. 채가 긴 산처녀의 머릿결 같은 밤바람이 불어와 그의 벅차 오르는 가슴을 쓰다듬었다. 열고 들어가고자 하는 문이 눈앞에 있으니 먹지 않아도 배고픈 줄 몰랐고 세속에 두고 온 것들도 하나 둘 잊혀져가던 나날이었다.
어느 구도자가 일렀던가.

… 푸른 산 깊은 골은 수행자가 사는 곳이요, 높은 산 좋은 바위는 지혜로운 이가 수행할 곳이다. 주린 배는 나무 열매로 달래주고 목이 마르면 흐르는 물로 쉬게 할지어다. 좋은 음식 많이 먹어보아야 이 몸은 언젠가 무너질 것이오, 비단으로 감싸주어도 목숨은 기어코 끊어지고 마는 것이니, 메아리 울리는 바위굴로 공부터를 삼고 슬피 우는 기러기로 벗을 삼아라. 공부하는 무릎이 얼음장같이 시려도 불을 생각지 말고 주린 창자가 끊어질 듯하여도 먹으려는 생각조차 하지 말지어다.

"배슬(拜膝)이 여빙(如氷)이라도 무연화심(無戀火心)하며 아장(餓腸)이 여절(如切)이라도 무구식념(無求食念)하라."
득량은 마지막 구절을 소리 내 암송했다. 그 정도까지는 아니어도 정말 자연과 하나가 된 세월이었다.
그로부터 1년 반이 지난 오늘 다시 들어와 보는 석굴이었다.
석굴은 싸늘하고 음산했다. 바위의 뜨거운 체온은 떠나버리고 속절없는 바람이 몸을 구부리고 들어와 그의 황폐한 가슴을 할퀴어댔다. 예감도 신비로움도 없었다. 그랬다. 이제 아무것도 남아 있지 않았다. 그의 뒤를 든든하게 지켜주던 스승도 저 세상으로 떠나버렸고 뭔가를 붙잡아낼 수 있을 것 같던 자신감도 빠져 달아나 버렸다. 눈앞에 어른거리던 비밀의 문도 철석같이 닫혀버렸다.
어디선가 구린내가 풍겨왔다. 역대 선사들이나 큰 공부꾼들이 수행하던 터에 어느 불한당 놈이 들어와 똥을 싸놓고 간 모양이었다. 그

구린 냄새가 어쩐지 냄새 같지가 않고 야유 같기만 했다. 네까짓 게 무슨 달인이 되겠다고 그 수작이냐고, 어서 때려치워 버리라고 더러운 욕설을 뱉어놓고 있는 것만 같았다.

득량은 석굴을 빠져 나왔다. 그는 다시 금당사를 거치고 탑골을 지나 유유히 마이산 엄마봉에 올랐다. 사방으로 조망이 트인 정상에 서자, 싸늘한 바람이 불어왔다. 가슴에 쌓인 진금(塵襟)이 말끔히 씻어지는 듯했다.

사람아!

삶의 이치를 모르고서 어찌 산공부를 할 수 있으랴.

조급해하지 말고 때를 기다려야 한다. 모든 조숙함은 궁극에 가서 보면 한 치도 빠름이 아니고, 모든 만숙함은 궁극에 가서 보면 결코 늦음이 아니나니 세상일은 반드시 적합한 때가 있는 법이다.

득량은 멀리 남녘 지리산 쪽을 향해 서서 스승을 생각하다가 날이 어두워지고 동녘에 둥둥 보름달이 북을 쳐오는 걸 보며 산을 내려왔다. 어느 무당이 푸닥거리라도 하는 것인가. 아빠봉 바위굴 안에 촛불이 일렁거리는 게 보였고 그 속에서 꽹과리 소리에 맞춰 독경소리가 요란했다. 어떤 이는 조용히 산을 오르내리면서 그 기운을 읽으려 하고 또 어떤 이는 요란한 푸닥거리로 신이 내리기를 간구하니 하나의 산을 두고도 바라는 게 극과 극이었다. 산은 어느 소원을 들어줄까.

탑골 초막에는 교교(皎皎)한 적막이 내려와 있었다. 왕조의 비보터가 산기도 터로 바뀌었으므로 이제 저 음양오행탑도 이름을 달리해야 할 때였다. 음양오행탑이라는 이름 자체가 풍수탑임을 말하고 있었다.

곧 탑영제에 다다랐다. 예전에 물의 얼굴을 보려 했던 바로 그 호수였다. 그의 옛 연인 하지인이 스승을 따라 명당순례를 떠나버린 득량을 원망하면서 '청산도 절로절로 녹수도 절로절로'를 읊조리며 애처로 이 바라보던 그 호수였다. 이제는 달이 제 거울로 차지해버렸다.
득량은 저도 모르는 사이에 육자배기 한 소절을 읊조리고 있었다.

물속에 잠긴 달은 잡을 듯하고도 내가 못 잡고야
그대의 마음은 알 듯하고도 내가 참으로 모르겠네
믿고 믿었던 일이 내 일이 모두 다 허사로구나.

저녁 공양을 들고 바우 형 내외와 이런저런 얘기를 나누다가 마당에 나와서 별을 우러렀다. 스승은 어느 별에 가 계실까. 기미생(己未生)이셨으니 북두칠성의 여섯 번째 별인 무곡성(武曲星)에 돌아가 계실까. 득량은 그 별을 향해 두 손을 모았다.
꿈길로라도 오셔서 저에게 힘을 주소서.
그러나 밤 동안 내내 가위에 눌렸을 뿐, 애타게 기다리는 스승 태을은 와주지 않았다.

아, 승달산 호승예불혈

다음날 아침 마이산을 나서서 관촌에서 상행선 열차에 올랐다. 이리에서 호남선으로 갈아타고 목포에 도착했다. 승달산은 목포에서 북쪽으로 얼마 떨어지지 않은 무안 청계면과 몽탄면에 걸쳐 있는 야산이었다. 그리 높지는 않지만 나주평야와 영산강, 서해바다를 끼고 있어서 조망이 빼어났다.

얼마나 와보고 싶었던 산인가. 할아버지를 장사지낼 때 와봤지만 그때는 풍수에 전혀 눈뜨지 못할 때였다. 그저 능선들이 올망졸망 구슬을 달아매 놓은 것처럼 예쁘게 이어졌고 점점이 떠 있는 섬들이 한 폭의 산수화 같다는 느낌을 받았을 뿐이었다.

이제 어느 정도 개안이 된 상태에서 그 산에 왔다. 그간 정말 궁금했다. 과연 이 자리가 천하대명당인가. 옥룡자 도선국사와 미후랑인, 그리고 하성부지로 전해지다가 드디어 정씨집안 차지가 된 명혈이 맞긴 한 것인가. 천하의 대명당인데 왜 할아버지는 당신이 데리고 있던 조 풍수의 계략에 말려 불미스런 일을 치렀는가. 결국은 스승 진태에 의해 전주 모악산 아래로 이장하는 지경에 이르렀으니 취해놓고도 도로 물러나온 자리였다. 주인이 아니기 때문에 발복이 안 된다는 이유에서였다.

그렇다면 누가 주인인가. 어쩌면 그것을 알아내기 위해 운명적으로 시작한 풍수공부였다. 천하를 들먹이고 우주의 비밀을 말하지만 그 단초는 자신과 관련된 하나의 사건 속에 있게 마련이다.

득량은 산기슭에서부터 큰절을 올리고픈 심정이었다. 호승이 예불하는 대지가 바로 눈앞에 펼쳐지고 있었다. 그 자신이 이 땅의 용들을 향해 예불하고 다니는 떠돌이 중이나 진배없었다. 득량은 한 발 한 발 발걸음을 떼어놓을 때마다 묘한 감동으로 떨었다.

능선 곳곳에서 새 봉분들을 볼 수 있었다. 천하대명당이 있다고 소문이 났으니 전국에서 조상 뼈를 걸머지고 와서 아무나 파고 든 것이었다.

이윽고 할아버지의 묘가 있었던 자리에 섰다.

과연 탄성이 절로 나오는 자리였다. 호남정맥이 고창 방장산으로 가지를 쳐 나와서 서해연안의 평야지대를 달리다가 국토의 서남단인

이곳에 미혈(美穴)을 지었다. 풍수를 아는 이나 모르는 이나 누가 보더라도 좋다고 말하는 자리가 분명했다. 생전에 무릎자리를 아낌없이 내주셨던 할아버지는 이 자리를 얻고 덩실덩실 춤을 추셨다. 참판을 지내시다 향리에 물러나 사금광으로 부를 축적한 당신은 도참과 풍수에 여생을 바쳤다. 그 옛날 꺾였던 여립 할아버지의 야망을 실현하고 싶었던 걸까. 도모할 수만 있다면 제왕이 나는 자리를 얻으려 했던 당신이었다. 그러나 이 자리는 성인이 출현할지언정 제왕이 날 자리는 아니라는 게 스승 태을의 말씀이었다.

득량은 배낭에서 첩지를 꺼냈다. 삿갓스님 하성부지가 전해준 명당도였다. 북쪽 멀리 방장산이 솟아 있고 북동쪽에는 무등산이, 동남쪽에는 월출산, 남쪽에는 두륜산과 유달산이 멀리서 요응(遙應)하고 있었다. 혈자리 앞에는 홀기를 든 귀인(貴人)이 완연하게 섰고 그 뒤로 12상좌(上佐, 절집에서 제자를 이르는 말)가 배알하고 있다. 물이 나가는 수구에는 염주 한 알이 떨어져 막아섰고, 혈자리 오른쪽에는 염주알들이 그림처럼 늘어섰고, 그 너머는 작은 섬들이 떠 있는 서해바다. 혈자리 왼쪽 청룡맥 너머로는 나주평야를 적시는 영산강이 비단결처럼 휘감고 있다.

과연 현장과 부합하는 명당도였다.

진혈(眞穴)임을 증명하는 판석이 나왔다는 곳이 예전에 할아버지가 묻히셨던 자리였다. 그런데 그 위쪽에 있는 묘도 좋았고 아래쪽도 좋았다. 어디가 과연 정혈일까. 득량은 위쪽 묘에 지난 여름 조판기가 묻혔음은 전혀 알지 못했다. 할아버지를 모실 때부터 조성돼 있던 묘로만 생각했다. 조조 같은 조 풍수가 미리 봉분을 지어놓아 기정사실화했고 훗날에 죽으면서 들어간 자리였다. 남의 자리를 빼앗는 방법치고는 당당했다. 그것도 모자라 할아버지가 치표해 놓은 바로 그 자리

더 깊은 곳에 제 애비까지 투장했던 조 풍수였다. 도둑질도 하려면 그쯤은 돼야 걸물소리를 들었다. 결국은 천하의 명풍수였던 스승 진태을에 의해 여실히 밝혀지고 파내어져 산골(散骨)이 되는 화를 당했지만.

득량은 다른 능선을 타보기로 했다. 그런데 놀라운 일이 벌어졌다. 그곳에서도 아까 자리와 흡사한 형국이 나왔다.

이제 어찌한단 말인가.

웬만한 실력으로는 정혈을 가릴 수 없는 자리였다. 재혈난망이라는 말이 허언이 아니었다. 이건 혈판 자체부터 가리기가 어려웠다.

이런 때 스승이 있었다면 명쾌했을 텐데 당신은 이미 떠나버리고 없었다. 스승은 왜 제자가 그토록 궁금해하던 이 자리를 일러주지 않고 가셨던 걸까. 죽는 날짜를 아신 당신이었으니 답사 다니던 도중에 아무 때라도 방향을 돌려서 와볼 수 있었다. 그런데 왜 그러시지 않았던 걸까. 그쯤 일러주었으니 나머지는 스스로 깨치라는 뜻이었을까.

득량은 명산도를 도로 넣었다. 그리고 잘 꺼내보지 않는 패철을 들었다. 도선국사나 무학대사, 일지승 등의 선사들이 썼다던 통맥법(通脈法)으로 따져보기로 했다. 그러자면 불산(佛山)까지 거슬러 올라갔다가 용절을 재며 내려와야 했다. 건해맥(乾亥脈, 북서쪽에서 내려온 용맥) 43절(節)을 먹는다고 이미 결록에 나와 있었다. 그렇다면 불산을 기점으로 용절을 재 내려와 43절을 먹는 자리라야 정혈의 혈판이 될 터였다. 재혈은 그 안에서 하면 그만이었다.

대평원을 남쪽으로 달려온 영산기맥이 태봉재에서 탐랑성을 빚었다. 다시 좌우로 팔을 벌려 주밀하게 영송(迎送)하여 임자로 과협하고 수절을 지나 건해로 기두한 원봉이 불산이다. 불산은 작아 보이지만 모인 기가 충만하다. 3절에서 임자로 기봉하여 을진룡으로 박환하고, 5절은 진손룡이 되고, 6절이 구리봉이다. 구리봉에서 을진으로 출신한 용이 9절 손사룡이 되어 축간 지각 박환하고, 10절에서는 계축 박환하여 11절에 진손 기봉하여 간인으로 내룡하고, 14절에서 갑묘 기봉하여 축간으로 내려왔고 17절 간인룡이 청수재 삼거리다.

24절 해임룡이 사자바위 승산(僧山)이다. 27절이 술건룡이고, 32절 계축룡이 하루재를 과협하여 33절 건해룡이 되고, 34절 계축 기봉하여 신태로 내려와 개장하여 결국하니 이 즈음에 또 다른 혈자리인 노승집념혈이 있다.

38절 건해 기봉하여 간인으로 내려오니 이 봉이 바로 승달산이다. 거기서 5절 아래가 바로 천하대명당 호승예불혈의 정혈이 된다.

왜 이 자리가 제왕이 나오는 용이 아니고 성인이 나오는 용인가. 통맥법으로는 건해, 손사, 간인룡이 진손, 축간, 술건 합룡으로 성인이 나오는 자리가 되기 때문이다. 이 땅의 선사들은 88향법이나 현공법 등의 이기법을 쓴 것이 아니라 바로 이 통맥법을 즐겨 썼던 것이다. 통맥법은 자생풍수가 낳은 형기 중심의 이기법이었다.

승달산 5절 아래. 그곳에 정혈이 있다. 5절, 5절, 5절···.

득량은 봉수산을 정면으로 바라보는 능선들을 타 내리며 정혈을 찾기 시작했다. 어느 능선이건 어김없이 묘들이 있었다. 저마다 그 자리가 정혈이라고 생각하며 썼을 것이었다. 워낙 국이 넓은 명당 근처이고 절대 흉한 데는 없으므로 웬 만큼의 발복은 있겠지만 하늘이 감추고 땅이 숨긴 천하대명당의 정혈은 단 한 자리뿐이었다.

어디일까. 할아버지가 묻혔던 자리는 아쉽게도 5절을 먹지 않고 있었다. 분명 생기가 넘치는 좋은 자리임에는 틀림없었지만 건해 43절은 아니었다. 다른 이기법으로라면 몰라도 자신이 잰 통맥법이 맞다면, 정혈이 아니라는 얘기가 된다. 그래서 스승 태을은 발복하지 않는

다며 이장을 하게 한 것이다. 그렇다면 대략 두 군데로 압축되었다. 거기서 혈증을 찾아야 한다.

《옥룡자 유산록》에는 사륜교(四輪轎, 네 바퀴 달린 가마로 대인들이 탄다) 모양의 돌이 혈자리 뒤에 있다고 했다. 앞에는 금어옥대가 있다고 했다. 금어(金魚)는 고관들이 관복에 차던 붕어모양의 주머니였고 옥대(玉帶)는 벼슬아치들의 옥으로 된 허리띠였다. 혈 앞에 귀석이 박혀 있어서 땅의 기운이 빠져나가지 못하게 관쇄(關鎖)하고 있다는 뜻이었다.

그런 곳이 어디일까. 정말 그 책에 묘사해놓은 그대로일까. 결록이라는 게 본래 고도의 상징과 과장, 화려한 비유법으로 된 것이 많았다. 산봉우리들이 즐비하게 나열해 있으면 팔백 연화니 삼천 분대니 하면서 요란한 수식어를 동원했다. 너무 빼어난 명당을 발견하고 벅찬 감흥을 억누를 수 없어서 기록해놓은 답산가였다. 냉정하게 볼 필요가 있었다. 그래도 없는 걸 있다고 하지는 않았겠지만 심하게 과장한 것은 사실이었다.

과연 등잔 밑이 어두웠다.

분명 여기 아니면 저기인데 두 곳이 다 모호했다. 바위가 있긴 한데 그것을 사륜교석으로 볼 수 있을까 없을까가 문제였다. 금어옥대도 생각보다 작았다. 물론 이미 묘가 들어앉아 있었다. 정혈에서 비켜선 자리로 보였지만 근처에 접근해 있었다. 분명 헐토가 나왔을 것이다. 그러니까 그곳에 썼을 것이다.

답답했다. 자신의 실력으로는 더 알아낼 수가 없었다. 공교롭게 짧은 초겨울 해도 이울고 있었다. 계획을 수정해야 했다. 산 아래로 내려가 하룻밤을 유숙했다가 내일 아침에 다시 와야 할 것 같았다.

마을로 내려가 농가에 들러서 돈푼을 내놓고 신세를 졌다. 등산 왔다가 날이 저물었다고 했더니 잘 믿지 않는 눈치였다.

"삽을 빌려가서는 안 갖다 주고 그냥 가뻐리는 사람들이 더러 있어요. 그 사람들은 등산 온 게 아니라 투장하러 온 사람들이야. 명당 있다는 소문에 성가셔 죽겠네. 그렇게 뼉다구를 심을 게 아니라 차라리 나무를 심었으면 숲이라도 우거지고 땔나무라도 해다 쓰련만 도무지 알다가도 모르것소, 그 도둑심보들을."

농부는 침을 튀겨가며 투장하러 온 이들이 눈앞에 있는 것처럼 여실하게 성토했다. 득량은 머쓱해졌다.

"어르신, 저 위쪽 능선부분은 우리가 산 임자입니다."

천성이 숨길 줄을 모르는 득량은 오해받기가 싫어서 사실을 밝혔다.

"누가 젊은이더러 하는 소리간디? 매실주 담가놓은 것 좀 있는디 한잔 드실랑가?"

농부가 가시 돋친 말을 어르는 투로 바꾸며 물었다.

"아닙니다. 생각할 게 좀 있어서요."

득량은 골방에 혼자 남아서 집요하게 정혈자리가 어딜까만 생각했다. 승달산에서 그가 타 내려온 능선 하나하나를 눈을 감고 그려보았다. 꿈틀대며 내려온 용맥이 살아 숨쉬는 것처럼 생경하게 그려졌다. 기다란 용맥은 한 둘이 아니었다. 그것들마다 주렁주렁 열린 과일처럼 혈들로 넘쳐났다. 어디든 다 좋았다.

득량은 머리가 아팠다. 이럴 때, 신안(神眼)이라는 게 필요하구나 싶었다. 사람의 눈으로는 웬만큼 눈을 떠서는 구별되지 않았다. 송골매가 공중에서 먹이를 정확히 보고 급전직하하여 잡아채듯 그렇게 혈자리를 분별하여 찍을 수 있어야 했다. 그래서 풍수사의 눈은 스승처럼 매눈을 가지고 있어야 하는 것일까. 득량 자신의 눈은 서글서글하고 커다란 눈이었다. 예리함보다는 관용이 넓음을 말하고 있었다.

이제 득량은 분지(分枝)를 따져보기로 했다. 혈판을 만들기 전에 용맥이 내려오면서 만든 가지의 형태로 출현하는 인물을 점쳐볼 수 있는 이기법이었다. 그게 맞는지 틀린지 실전에서 검증해보지는 않았지만 이 자리가 성현군자가 난다고 예견돼 있으므로 살펴볼 필요가 있었다. 오동맥(梧桐脈, 오동나무는 가지가 좌우 대칭)과 작약맥(芍藥脈, 작약은 줄기 여럿이 한 포기에서 남)이면 충신과 효자가 나고, 기재맥(杞梓脈, 가래나무는 가지가 엇갈려서 남)이면 성현군자가 난다. 분지가 없다면 몰라도 있다면 기재맥이어야 한다. 여기서 또 문제가 된다. 마지막 용진처가 되는 자리라 분지가 분명치 않기 때문이다. 미세한 분지를 자세히 다시 봐야 한다.

득량은 눈을 감고 기도했다. 자연스레 스승님이 찾아졌다.

스승님.

그리운 스승님, 현몽하소서.

꿈길로 오셔서 정혈을 가리켜주소서. 있을 만한 모든 용맥을 손금 보듯 기억합니다. 어디라고만 낙점해 주소서. 날이 밝으면 다시 올라가서 어김없이 치표해 놓겠나이다. 당신의 유일한 제자가 이토록 애타게 찾고 싶어하는데 부디 외면하지 마소서.

먼지 많은 골방이지만 잠자리를 바르게 펴고 마음 편하게 누워 잠들었다.

꿈은 없었다. 칠흑 같은 산골의 초겨울 밤을 백짓장같이 깨끗한 잠으로 건너서 새벽을 맞았다. 세수하는 함지박에 찬물을 퍼 담아놓고 손으로 헤쳐보았다. 차가운 물만 묻어날 뿐 꿈은 어디에도 없었다.

원망스러웠다. 하지만 누구를 원망하랴. 죽은 자가 말이 없다고 원망할 수는 없는 노릇이었다. 꿈길로 찾아와 주면 고마울 뿐, 오지 않는다고 불평할 수는 없었다. 아무리 생전에 절친했다 하더라도 산 자와 죽은 자 간의 의사소통이 이처럼 불가능에 가깝듯 명당에 조상의 유골을 묻어 발복하는 것도 정말 어려운 일이 아닐까. 전화선이 똑바로 연결되지 않으면 소리가 통하지 않는다.

시래기 된장국과 김치로 밥 한 그릇을 먹고 다시 산에 올랐다.

"삽 필요하면 가져가쇼."

농부는 어수룩해 보여도 눈치가 구단이었다. 무엇 때문에 온 사람인가를 진작 파악해 버렸던 것이다.

"아닙니다. 필요하면 나중에 다시 올게요."

솔직하게 답변할 수밖에 없었다. 정혈처라고 생각되면 파서 혈토를 확인해볼 참이었다. 농부는 벌써 그것을 알고 있었던 것이다.

득량은 스스로가 한심하게 생각되었다. 이 산골 무지렁이 같은 농부도 사람의 외향만 보고서 단번에 내면을 파악해 버리는데 수재라는 사람이 그렇게 몇 년 동안 전심전력으로 공부해 놓고도 명당도에 나와 있는 자리 하나를 제대로 찾지 못하다니. 도가 사람에게서 멀리 있지 않다는 말이 사실이었다. 참된 공부는 생활 속에 있지 책 속에 있는 게 아니었다. 책을 통해서 생활 속으로 돌아오는 데 목적이 있었다. 책은 방편일 뿐이었다.

허기질 때까지 종일토록 산을 쏘댔지만 허사였다. 오동맥은 확실히 아니었고 기재맥일 것 같은데 분지가 뚜렷하지 않았다. 낙엽이 떨어져 용의 몸체가 그대로 드러나는 계절이었다. 이런 때 구별하지 못한다면 숲이 무성할 때는 더 구별할 수 없었다.

과연 이 겨울 안에 찾아낼 수 있을까.

앞이 캄캄한 것이 영 자신이 없었다. 아직 멀었다. 다른 사람 일도 아니고 집안일이다. 자기 집안일 하나를 똑바로 할 수 없는 사람이 우주의 이법을 거론해서는 안 된다.

득량은 극심한 자괴감에 빠져버렸다. 거의 공황상태였다.

목포로 나온 그는 전주 본가에 전화를 넣었다. 아내 이숙영에게 예상했던 것보다 며칠 더 걸릴 거라고 말해주었다. 불편한 심기는 드러내지 않았다. 득량은 가정을 지닌 어른이었다. 아이를 잉태한 사람에게 걱정끼칠 일은 하지 않는 게 좋았다.

사람은 이래서 고독했다. 비밀의 문을 열려고 애쓰는 구도자는 더 그랬다. 하늘 아래 혼자였다. 밤하늘 궁륭에서 푸른 한 점의 별처럼 떨고 있는 존재가 바로 도를 찾아 나선 사람의 초상이었다.

그런 선사 가운데 한 분이 옥룡자 도선국사였다. 월출산이 영산강 너머로 바라다 보였다. 그곳에 가보기로 했다. 월출산 서쪽 낙맥 영암 구림리 성기동이 아버지가 누군지도 모르고 태어났던 도선국사의 고향이었다.

월출산 천황봉에는 천자가 난다는 금혈(禁穴)이 있다. 그 서남쪽 아래 구림마을은 화사한 모란꽃이 그늘을 드리운 형국으로 매우 빼어난 양택지다. 위쪽 성기동은 맹호출림형으로 일찍이 백제 때, 《논어》와 《천자문》을 가지고 일본에 건너가 태자 우치노와의 스승이 된 왕인박사가 난 곳이다.

구림에서 인물 자랑하지 말라는 말이 있다. 고려 때 최지몽을 낳았던 낭주최씨를 비롯하여 함양박씨, 해주최씨, 창녕조씨, 선산임씨, 남평문씨들이 골고루 인물들을 쏟아냈다.

도선국사도 친가든 외가든 낭주최씨와 인연이 있다. 득량은 도선의 모친이 산에서 떠내려 온 오이를 건져먹고 잉태했다는 빨래터에 가보았다. 깨끗한 너럭바위가 깊숙이 패여 있었고 그 사이로 겨울인데도 아직 얼지 않은 물이 콸콸 흘러내렸다. 빨래터로는 그만이었다.

처녀가 아이를 낳았으므로 차마 기를 수 없어서 버렸다는 바위도 있었다. 갓난아기 도선을 비둘기가 돌봤다고 해서 구림(鳩林)이라는 지명이 생겼다. 도갑사에는 도선국사의 영정과 비석이 있었다.

태생적 한계를 뛰어넘어 당대에 제몫을 다하고 역사에 위인으로 남은 사람. 도선은 높은 정신세계에 들어가고자 하는 만인의 희망이었다. 교종과 선종에 스승이 있었고 풍수에도 당나라 상인 스승이 있었다고 추정된다. 스승이 있으면 개안이 되는가. 도선은 예전에 없던 새로운 지평을 열었다. 국토를 사람의 몸처럼 여기고 치료하며 걸맞게 활용한 비보풍수였다. 그런 경지가 누구에게나 열리는 게 아니었다. 득량이 매달려보니 풍수가 그렇게 쉬운 법술이 아니었다. 한두 가지 사례만 가지고 부인해 버리거나 미친 듯이 빠져서 맹신할 게 아니었다. 풍수도 엄연한 하나의 세계관이었다. 부분적인 오류나 시대에 맞지 않는 논리가 있을 수 있지만 전적으로 부인해 버릴 악습은 아니었다. 마찬가지로 무조건 수용하기에는 부정적인 면도 많았다.

그렇다. 어느 세계든 깨쳐서 고수가 된 사람이 있다. 깨치고 보면 천지가 하나라고 한다. 깨치지 못한 자가 그 세계를 가타부타 말하는 건 우물 안 개구리짓일 뿐이다.

득량은 도선국사의 영정 앞에 향을 올리며 무릎 꿇고 앉았다. 두 줄기 눈물이 볼을 타고 흘러내렸다. 용이 살아 꿈틀거리는 게 보이고 혈자리를 정확히 찾아낼 수 있는 눈이 열려야 비로소 터를 잡을 수 있다. 개안이 되면 88향법이든, 현공이든, 통맥법이든 어느 이기법을 가지고 검증해도 정확히 맞아떨어진다. 반대로 개안이 안 된 상태에서는 어떤 이기법을 쓰더라도 헛된 짓이다.

나는 봉사다.

아니 청맹과니다.

혈판을 거의 다 찾아놓고도 정혈을 찾지 못한다.

스승이 살아계셨던들 개안시켜 줄 수는 없었을 것이다. 결국 마지막 문은 스스로가 열어야 하는 까닭이다.

다시 스승 앞에서

득량의 발길은 월출산 낙맥을 따라 남으로 내려가고 있었다. 겨울이지만 남녘의 햇살은 따사로웠다. 도중에 짚을 엮어서 작은 통가리처럼 만들어놓은 무덤들 몇몇이 보였다. 육탈을 시키느라 바닷가 노천에 덮어놓은 초분(草墳)이었다.

해남은 예로부터 인물이 많고 선비들의 기개가 빳빳하여 군수노릇 못 해먹는다는 말이 있는 고을이었다. 해남읍의 진산인 금강산 기슭의 우슬재가 높아서 그렇다는 풍수가들의 귀띔에 의해 정조 때 부임한 군수 김서구는 우슬재와 남쪽 호산을 세 자 세 치씩 깎아 내렸다고 한다. 한마디로 콧대를 낮춰놓은 것이다.

두륜산 서쪽 금쇄동(金鎖洞).

유학자이자 시인이면서 풍수로도 당대 최고의 경지에 오른 인물, 고산(孤山) 윤선도(尹善道, 1587~1671)가 잠든 곳이다. 금쇄동 골짜기는 지명 그대로 자물쇠 고리처럼 빙 둘러친 병풍산과 오시미재, 선은산, 비조산이 산태극을 이룬다. 오시미재 아래 산태극 중앙혈에 윤선도의 묘가 있다.

득량은 혈판 앞에 섰다. 청룡 백호가 중첩하고 앞쪽 재각 터가 둥우리 형상이었다. 형기적으로 금계포란이 완연했다.

금쇄동에는 이 일대 사람이면 누구나 다 아는 풍수설화가 전해온다. 윤선도의 집 녹우당에 당고모부인 이의신이 묵고 있었다. 그는 왕릉 선정에 참여한 국사지관으로 시간만 나면 말을 타고서 어딘가를 다녀오는 것이었다. 윤선도는 그가 근동에 명당을 잡아놓고 감상하러 다님을 간파했다.

"당고모부님, 어디를 그렇게 밤낮 다녀오십니까?"

"그냥 답청(踏靑) 다니는 걸세."

명사 이의신이 한가롭게 산책이나 다닐 위인이 아니었다. 윤선도는 지기를 발휘했다.

"당고모부님, 대숲 바람이 참으로 시원합니다. 오늘은 모처럼 약주나 한 잔 하시지요."

"그거 좋지."

이의신은 대취했다. 윤선도는 마시는 척하다가 술상 밑에 마련해둔 수건에 흘렸다. 이의신은 곧 잠에 빠졌다.

윤선도는 이의신이 타던 말에 올라 발길 가는 대로 내버려두었다. 과연 말은 시오리 남짓 가서 멈추었다. 이의신이 자주 와서 앉았던 널찍한 자리였다. 그 자리에 서서 보니 천하명당이었다.

옳거니.

윤선도는 적당히 치표를 해두고 돌아왔다.

며칠 뒤, 이의신에게 여쭸다.

"당고모부님, 제가 전에 광양 백운산에 잡아놓은 제 신후지지가 좀 멀어서 근동에 한 자리 봐둔 곳이 있습니다. 겨우 밥숟갈이나 뜨는 소지지만 한 번 감정해 주세요."

"오, 그래! 반가운 얘길세. 어서 앞장서게나."

따라가 보니 자기가 잡아놓고 틈틈이 와보던 바로 그 자리였다.

"물각유주로다. 자네 자리네. 산을 구입하게나. 나는 어차피 돈도 없어."

이의신은 명당마다 주인이 따로 정해져 있다는 풍수가의 말을 시인했다.

윤선도는 사후 풍수에 일가견이 있는 정조 임금으로부터 당대의 무학대사요, 신안이라는 극찬을 받는다. 이의신의 법통을 이어받았음이 분명했다. 풍수뿐만 아니라 경사백가(經史百家, 성리학이나 역사, 문학, 천문, 의약, 음양 등)에 두루 빼어났다.

득량은 스승 진태을의 법통을 물려받았다. 그런데도 아직 제대로 눈이 열리지 않고 있었다. 막막하고 답답했다. 그래서 예정에도 없었던 여기까지 터덜터덜 걸어 내려왔던 것이다.

그는 덕음산 밑 연동마을 녹우당에 들러서 자신을 소개하고 사랑방에 묵어가기를 청했다. 금쇄동은 윤선도의 음택이었고 녹우당은 그와 그의 선대가 살았고 지금은 후손이 살고 있는 종가였다. 주인은 전주 정 참판댁을 익히 알고 있다며 기꺼이 대접했다.

뒷산 덕음산의 비자나무숲은 인공림이라고 했다. 입향조 윤효정(尹孝貞, 1476~1543)이 조성한 것으로 바위가 노출되면 마을이 가난해진다며 후손들에게 각별히 관리하도록 당부했다. 후손들은 그 말씀을 충실히 받들어 우거진 숲으로 가꿨다. 재산도 늘어나고 벼슬도 이어졌다. 녹우당은 풍수를 고려하여 만든 거대한 정원이 되었나.

"저희 집안도 전주와 김제 일대 호남평야에 땅이 좀 있습니다만 집을 잘 가꿔놓지는 못했습니다. 부럽네요. 이런 대장원이 있으니까 고산 선생님께서 벼슬을 버리고 내려와 소요유(逍遙遊)를 즐기실 수 있었겠지요."

득량은 형 세량과 아내 이숙영과 의논하여 어느 산자락에 터를 잡고 독서나 하면서 살고 싶었다.

"녹우당은 본래 수원에 있던 것을 고산 할아버지가 82세 때 이 자리에 옮겨지으셨어요. 그 전 해에 마지막 유배에서 풀려나셨거든요. 세 차례나 벽지 유배를 사셨으니 일생을 유배지에서 보낸 셈입니다. 금쇄동과 이곳 연동마을, 보길도에서는 그리 오래 보내시지 못했다오. 쉰에서 칠순 때까지와 돌아가시기 직전 3년 정도였지요. 대개 벼슬자리에 나간 분의 처지가 그랬어요."

종손은 영욕과 파란으로 점철된 85세 인생을 대강 말해주었다. 선생은 직언을 잘하여 31세 때부터 유배가 시작되었다. 42세 때, 봉림대군 시절 효종의 스승이 되셨던 분으로 〈어부사시사〉와 〈오우가〉 등의 뛰어난 자연시를 남긴 낭만가객으로만 알고 있었더니 그게 아니었다. 자연에 묻혀서 은둔하고자 해도 임금이 부르면 안 나갈 수 없었고 나가면 파벌싸움에 희생되었다.

"그래도 집 앞에 저런 문필봉이 있으니 문채 나는 선비들이 나지요."

사실적으로 생생하게 자화상을 그린 그 유명한 윤두서(尹斗緖, 1668~1715)가 윤선도의 증손이었다. 그의 아내는 《지봉유설》을 지은 실학자 이수광의 증손녀였고 다산 정약용은 윤두서의 외증손이었다. 다산이 강진에 유배되었을 때, 외가의 도움을 받았다.

"기가 막히네요. 일본인들이 인부들을 동원해 저 문필봉을 깎아내렸어요."

"여기도요?"

"인물 못 나오게 하려는 수작이지요."

전국에 걸쳐 철저하게 기획된 풍수탄압이었다. 남도의 이 끝자락에까지 와서도 저들의 만행을 확인했다.

"사람 사는 터를 비보는 못할망정 천작으로 된 명당을 깨트리려는 저들이 먼저 화를 입을 거요."

득량은 어조에 힘을 주었다.

"듣기로 귀댁은 만석꾼에 이르고 토지들도 모두 금싸라기들이라면 서요? 우린 그렇지 못해요. 여기 보이는 논들이 상답이고 나머지는 바다를 간척해서 얻은 땅들이라 척박하지요."

종손의 그 말에 득량은 다시 한번 놀랐다.

"바다를 간척하다니요?"

"고산 할아버지께서 땅끝 남쪽 섬 노화도와 진도 임회면에 각각 백만여 평의 땅을 간척으로 얻었지요. 저희 집안 것은 일부고 대부분 주민들 거요. 내 아우가 지금도 저 아래 북일면 응봉산과 봉태산 사이의 바다를 메우고 있어요."

"당장 가서 보고 싶군요. 영광군 백수에서 소태산(少太山) 박중빈 (朴重彬, 1891~1943)이라는 분이 저축조합을 만들고 수만 평의 간척사업을 했다더니!"

득량은 암울한 현실 속에서 좌절하지 않고 적극적으로 개척해가는 사람이 있음에 감사했다. 난세에는 몇 부류의 사람이 있다. 피하며 잊고 사는 사람, 맞서야 한다고 생각만 하는 사람, 강자에 빌붙어서 이익을 챙기는 사람, 새 시대를 준비해 가는 사람이었다. 태풍처럼 왔다가 가버리는 재난이라면 피할 수도 있다. 하지만 지금처럼 일제치하가 계속된다면 피하고 잊는다고 되는 문제가 아니었다. 맞서 싸워서 몰아내든지 훗날을 대비해 내공을 길러야 했다. 절망에 빠진 사람들을 구원의 이름으로 또 한 번 착취하는 사이비 종교로는 어림도 없었다. 내부적인 권력투쟁도 아니고 나라를 빼앗겼는데 명당으로 복을 받게 해주겠다는 풍수 역시 곤란하다. 특정 개인이 아니라 전체를 잘살게 하는 그런 풍수를 해야 한다.

득량은 앞을 막아선 빙벽 앞에 철벽 하나가 더 있음을 깨달았다. 먼저 무안 승달산의 수수께끼를 풀어야 했고, 다음에는 빼앗긴 나라의 밝은 미래를 여는 풍수를 개척해야 했다.

"내가 안내하리다."

종손은 다음날, 북일면 금당리로 득량을 데려갔다. 대역사가 벌어지고 있었다. 섬 주민들이 모두 동원되어 달구지로 돌덩이를 날라다가 갯벌을 막고 있었다. 대역사가 마무리되면 대략 15만 평쯤의 농토가 확보된다고 했다.

"어렵게 폭약사용을 허가받았어요. 바윗돌을 깨서 바다를 메우니 한결 수월하지요."

간척사업을 벌이는 윤정현이었다. 우공이산(愚公移山)은 옛말이었다. 현명한 사람만 산을 옮길 수 있었다. 같은 말이라도 시대와 상황에 따라서 뜻이 달라지는 법이었다.

역시 적극적인 사고와 행동력이 필요하다. 나라를 빼앗겼다고 실의에 빠져 있는 사람보다 이 분처럼 개척정신을 발휘하는 사람들이 훗날에 웃을 수 있다. 만나보지는 않았지만 원불교를 창시한 소태산도 개척정신을 지닌 인물이다. 정신개벽을 부르짖기 전에 물질개벽부터 도모했던 것이다. 기회가 닿으면 영광에 가보리라. 그곳의 간척현장도 보고 《간양록(看羊錄)》을 쓴 기개 높은 학자 강항(姜沆, 1567~1618) 선생의 유택도 찾아보리라. 선생은 정유재란 때, 일본 오사카에 포로로 붙잡혀 가서 후지와라 세이가에게 성리학을 전했다. 높은 학문과 덕망으로 일본인들을 감화시키는 한편 정보를 캐내 비밀리에 조선에 보고했다. 교토를 거쳐 조선으로 송환, 벼슬을 받았으나 죄인이라며 취임하지 않았다.

더 붙잡는 윤씨들과 헤어진 득량은 사자봉 아래 땅끝마을을 밟아보기로 했다. 땅 한 평이라도 늘려서 농사를 짓고 염전을 만들어 소금을 굽는 마음, 그것이 생명의 마음이었다. 그것이 하늘의 마음이었다.

국토는 말이 없어도 한결같은 겨레의 보금자리다.

땅끝에 서서 파도치는 바다를 마주 대하니 국토가 하는 일이 보였다. 세찬 겨울 파도가 내달려와 철썩철썩 때리는 그 현장이 바로 국토가 말없이 지켜온 소명이었다. 칼바람에 뿌리가 드러난 곰솔! 포말이 날아와 이파리에 얼어붙은 그 곰솔은 흙 한줌이라도 더 지켜내기 위해 앙상한 뿌리로 움켜쥐고 있었다. 눈물이 났다.

솔아, 솔아, 푸른 곰솔아.

네가 참으로 말없는 애국자로구나.

원망도 절망도 하지 않고 묵묵히 제 일을 다 하는 네 야윈 모습이 눈물겹구나.

며칠 뒤, 득량은 강진 다산초당과 장흥을 거쳐 보성에 다다랐다. 집을 떠나올 때, 며칠간의 여행을 생각했는데 더 길어지고 있었다. 이왕 나선 길에 스승과 함께 오려고 계획했던 곳을 얼추 찾아보기로 했다.

보성에서 우연찮게 자기 이름과 똑같은 동네를 지나게 되었다. 득량(得粮)면이었다. 물론 한자의 의미는 서로 달랐다. 자신의 이름은 제갈량 같은 지혜를 얻으라고 할아버지기 지어주신 이름이었고, 이곳 지명은 양식을 얻는다는 뜻을 지니고 있었다.

오봉산 아래 마천리 주막에서 점심을 먹었다. 바다가 가까워서 해풍에 비린내가 섞여 있었다.

"참말로 못할 짓이여. 바로 죽지도 않고."

"그래도 염 생원이 효자네."

"소록도로 보내버리면 마을도 깨끗하고 자기도 편할 낀디 왜 사서 그 고상을 하는 겨."

"이젠 보내는 수배끼 더 있겄어? 거기가 지상낙원이라는 데 아녀? 서로 잘된 거여. 그간 우리 마을이 얼마나 께름찍했능가 말여."

마을사람들이 주막에서 나누는 얘기를 다 듣고 보니 기가 막힌 사연이었다. 염 아무개라는 사람의 부친이 한센병(문둥병)에 걸려 몸이 썩어들어 갔다. 동네에서 쫓겨날까 봐 그 사실을 숨기고 염씨는 골방에다 모셔놓고 시봉했다. 한센병은 무조건 옮는다고 잘못 알았기 때문에 사람들은 기겁할 게 뻔했다. 관에서 알면 강제수용시설로 붙잡혀 갔다. 1916년 일제가 소록도에 자혜병원을 세워서 강제수용하고 있었다. 그 소록도가 바로 남쪽바다 가까운 곳에 있었다.

오봉산 구렁이바위 근처에 전부터 내려오던 고려장이 있었다. 고려장은 노망든 부모를 생매장하고 물과 먹을 것을 넣어주던 풍습이었다. 장애인을 돌봐주는 시설이 없던 옛날, 일손도 부족하고 어쩔 수 없이 선택한 방식이었다.

엄씨는 부친을 고려장에 안치하고 조석으로 가서 돌봤다. 숨긴다고 했지만 이내 마을사람들에게 들통나 버렸다. 마을에 회의가 벌어졌고 관에 알려서 소록도에 보내기로 했다는 것이다.

소록도는 지상낙원이라고 불렸다. 특정 환자들을 수용할 목적으로 세운 시설이 낙원이 될 수 있을까. 가보지는 않았지만 이름이 낙원이라고 낙원이 될 수는 없었다.

득량은 염씨를 찾았다.

"부친 계신 곳에 가봅시다."

"어디서 나온 분이신가요? 오늘 하루만 더 모시게 해준다고 해 놓구선."

아까 자신을 지리공부하는 사람이라고 소개했는데도 염씨는 득량을 관에서 나온 사람으로 오해하고 있었다. 말쑥한 겉모습이 어디를 봐도 풍수쟁이가 아니었다.

"한 번 뵙고 나중에 돌아가시면 편히 모실 자리 하나 잡아드리고 싶네요. 사정을 듣고 너무 딱해서요. 아무런 대가를 바라지 않아요."

득량은 사정사정하여 고려장에 가 보았다. 움집에 개구멍만한 문을 냈고 안에 짚을 깔아서 보온을 해놓았다. 겨울인데 오죽 추우랴. 환자는 피고름이 묻은 이불을 뒤집어쓰고 오들오들 떨고 있었다. 차마 눈 뜨고 볼 수가 없었다.

문득 전주 예수병원에서 의료 선교사로 일했던 포사이트라는 미국인이 생각났다. 그는 동학혁명이 발발했던 말목장터로 무장괴한에게 습격당한 환자를 치료하러 갔다가 자신도 귀가 잘리고 머리가 깨지는 린치를 당했다. 죽음 직전에 미국으로 돌아가 기적적으로 완치되고 2년 뒤에 다시 한국에 왔다. 고통받는 이웃을 돌보는 삶이 예수님의 뜻이라는 걸 소명으로 알았던 참 신앙인이었다.

목포 선교부에서 일하던 그는 광주 선교부로부터 왕진해달라는 전보를 받는다. 농촌선교를 하던 선교사가 열병에 걸린 것이다. 급히 말을 타고 가던 포사이트는 길에 쓰러져 있던 여자 한센병 환자를 발견한다. 그때가 1909년 4월 진달래가 흐드러지게 핀 어느 봄날이었다.

포사이트는 그 환자를 말에 태우고 자신은 걸어서 광주 선교부에 도착했다. 가서보니 이 환자를 치료할 곳이 없었다. 그는 벽돌가마에 환자를 옮겨놓고 치료를 시작했다. 이것이 광주 한센병원의 시작이었다. 참된 의사이자 선교사였던 포사이트는 1911년 미국으로 돌아가 45세라는 짧은 생을 마친다. 이 땅에 왔던 작은 예수였다.

그런 희생과 봉사의 삶을 사는 풍수가 있었던가. 하늘이 감춘 명당을 훔치고 자기 가문의 명예나 탐하는 도둑심보로 넘쳐나질 않는가.

득량은 산 너머 남쪽바다가 내려다보이는 오봉산 남쪽 기슭에 자리 하나를 잡아주었다. 죽어서라도 편히 잠들 수 있는 자리였다. 하늘이 감춘 천하대지를 정확히 보는 눈이 안 떠져서 그렇지 일반 속사들과 비교할 실력은 이미 넘어섰다.

"선생님, 정말 고맙네요. 그란디 나중 돌아가시면 수용소에서 시신이나 내줄지 모르것네요."

염씨는 닭똥 같은 눈물을 뿌렸다.

"훗날에 유골이라도 수습해 와서 모시면 될 거 아니오."

득량은 고기반찬값을 조금 보태주었다. 여행길이어서 남은 돈이 많지 않았다. 이제 돌아갈 때가 다 되었던 것이다.

"그런데 저기 바닷가에 보이는 저 목책은 뭐죠?"

득량은 묏자리에서 훤히 보이는 구조물을 가리켰다.

"참말로 기가 막히네요. 저것이 우리 집안에서 관리하고 있는 죽방(竹防)이라는 그물이네요. 밀물과 썰물 따라 회유하는 멸치를 가둬서 잡는 거요. 죽방멸치라는 말씀 들어보셨것지요? 저기서 잡은 멸치를 말해요."

염씨는 지난 가을까지도 아버지가 죽방에서 멸치를 잡았었다며 눈물을 뿌렸다. 결국 그의 일터가 보이는 곳에 묻히게 될 판이었다. 염씨는 멸치 한 포대를 주겠다며 집으로 가자고 했다. 득량은 갈 길이 멀다고 사양했다.

그는 득량면을 떠나 벌교와 순천을 거쳐 여수 못 미쳐 여천 소라면 현천리 중촌마을을 찾았다. 스승 태을이 나중에 꼭 한 번 가보라던 특이한 마을이었다.

중촌은 바다를 등지고 선 오룡산 자락에 동향한 마을이었다. 오룡산은 다섯 마리의 용이 둥그렇게 감싼 형국으로 가운데는 들판과 갯벌이 자리잡았다. 오룡혈이 있다는 오룡마을과 연꽃이 물 위에 떠 있는 형태의 중촌이 인접해 있었다. 그런데 유독 중촌마을에서만 쌍둥이가 잇달아 태어났다. 몇 집도 아니고 거의 모든 집에서 쌍둥이가 나왔다. 사람뿐만이 아니었다. 소도 쌍둥이 송아지를 낳았다.

무슨 조화일까.

득량은 아직 해가 많이 남았는데도 부러 마을에서 유숙하기로 했다. 마침 반갑게도 종씨인 동래정씨가 살고 있어서 그 집 신세를 지기로 했다.

삐거덕 철썩! 삐거덕 철썩!

방 안에서는 베 짜는 소리가 구성지게 울려 나왔다. 떡방아 찧는 소리, 다듬이질 방망이 소리와 함께 동네 어디서나 쉽게 들을 수 있는 듣기 좋은 소리였다.

그는 마을을 한 바퀴 돌았다. 오룡산 밑에 약수가 있었는데 물맛이 아주 좋았다. 마을은 그리 크지 않았으나 부드럽고 깨끗한 오룡산에 둘러싸여서 편안했다.

"아재비, 공부를 많이 하셨으니 도대체 무슨 조화인지 알이뵈줘요. 소가 쌍둥이 송아지 낳는 건 대환영인디 사람 쌍둥이는 안 나고자퍼."

항렬을 따져보니 득량이 한 대 위였다. 아버지 같은 종씨는 득량더러 꼬박꼬박 아재비라고 불렀다. 이 일대는 나주정씨들이나 살았지 동래정씨는 거의 없는 곳이었다. 종씨도 세거지가 제주도 애월이었는데 여수에 일하려 왔다가 처자를 만나 이 마을에 터를 잡았다고 했다. 제주도 애월에도 동래정씨 집성촌이 있었다.

"조카님, 제가 뭘 알아야지요."

득량은 자신이 풍수공부를 한다는 얘기는 하지 않았다. 책을 덮고 그저 견문을 넓히려고 유람을 다닌다고 했다.

말은 그래놓고도 정말 무슨 조홧속인지 캐내고 싶었다. 밤이 이슥토록 종씨와 마주 앉아 동래정씨들이 자랑하는 할아버지들 얘기를 나눴다. 득량은 증조부가 철종 때 제주목사를 지냈다는 것, 그 당시에 선정을 베풀고 굶주린 아이들을 자식처럼 거둬서 향민들이 송덕비를 세웠다는 얘기도 꺼냈다. 그 할아버님 얘기는 제주도 애월 정씨문중에서 모르는 사람이 없노라고 종씨가 반가워했다.

이른 새벽에 뒷간에 갔다가 여명이 시작되는 마을을 한바퀴 다시 돌았다. 북쪽 하늘을 우러러 삼태성을 찾았지만 이미 사라지고 없었다. 북두칠성의 명을 받고 아이를 태워준다는 삼신할머니 별자리였다. 새벽 약수터에서 물 한 바가지를 떠 마셨다. 감로수가 따로 없었다. 부지런한 아낙네가 벌써 일어나 물동이를 이고 나타났다.

"안녕하세요? 저는 저쪽 정씨댁 손님입니다."

낯선 사내라 주저하는 기색이어서 먼저 인사를 건넸다.

"아, 네. 그럼."

아낙네는 물을 길어서 똬리를 받쳐 이고 약수터를 내려갔다. 그때 동쪽 멀리 금성체 봉우리 위로 태양이 살짝 얼굴을 내밀었다. 그 햇살이 마을 앞 갯벌에 반사되었다. 아낙네의 물동이 위에서도 하얗게 부서졌다.

물 속에 잠긴 달!

여자가 물 속에 잠긴 달을 건져 마시면 아이를 갖는다는 말이 있었다. 그렇다면 물동이에 담긴 햇살을 퍼 마시면 쌍둥이를 낳는가? 아니다. 이른 새벽 물동이를 이고 물을 긷다가 아침 햇살을 받는 아낙네가 어디 이곳뿐인가.

저것이다. 저 산이다. 태양이 떠오르는 산 정상이 살짝 쌍봉으로 생겼다. 그곳에서 정면으로 비춘 빛을 동쪽으로 감아 돈 오룡산이 고스란히 받아들이는 것이다. 볼록렌즈로 모은 빛을 오목렌즈로 받는 원리와 같다. 이때 햇빛이 마을 앞 멀리 죽림저수지로 흐르는 냇물과 갯벌에 반사되어 쌍봉의 기운을 증폭시킨다.

득량은 부르르 몸을 떨었다. 추워서가 아니었다. 태양의 정기를 받아내는 지형의 특이점이 이런 조화를 만들고 있었다. 누가 풍수를 부인하는가. 확실하지 않으면 모른다고 해야 옳았다. 하늘과 땅과 사람의 삼중주가 이렇듯 오묘했다.

"조카님, 집안에 꼭 쌍둥이를 안 두고 싶은가요?"

조반상 앞에서 득량이 물었다.

"다른 사람들은 몰라도 나는 그렇구먼요. 아직은 다행히 없어요."

"집을 청룡날 쪽에다 남향으로 앉혀 옮기고 동쪽에 은행나무나 감나무를 심어요. 또한 마을 앞 갯벌을 메워 농토로 만들면 쌍둥이를 낳지 않을 거요."

득량이 생각한 염승이었다.

"아재비 말대로 한 번 해볼까요? 앞으로 새 집을 짓게 되면 그렇게 해볼라네요. 개간은 혼자 힘으로 안 되니께 어렵고, 자식들이 여수에 나가 있으니 아예 이사해뻐리던지."

"살기 좋은 동네를 왜 뜹니까? 그리고 쌍둥이는 축복 아닌가요?"

"그건 그려요. 이 동네가 소문난 장수촌이래요."

"조카님, 저 동쪽 동그스름한 산 이름이 어떻게 되나요?"

"안심산이라던가요? 우리 동네에서는 그냥 쌍봉산이라고 불러요."

득량의 짐작은 옳았다. 그렇다. 쌍봉산! 아니, 쌍태산(雙胎山)이다. 저 산 너머에서 올라오는 아침햇살의 정기가 쌍둥이를 잉태하게 만든다.

득량은 종씨를 전주에 한 번 들르라 이르고 여수역에서 상행선 열차에 올랐다.

남원에서 내려 주과포를 마련하여 스승을 찾았다. 막막한 여행길 내내 당신을 그렸다. 열릴 줄 모르는 문 앞에서 당신을 원망하기도 했다. 그러나 짧은 소견일 뿐이었다. 사람은 저마다 자신이 지고 가야 할 짐이 있었다. 그 짐을 대신 져주지 않았다고 원망하는 하는 사람은 어리석다. 자기 앞의 짐, 자기 몫의 짐이 곧 자신의 별이었다. 평생을 통해 빛내야 하는 본명성(本命星)이었다.

득량은 봉황대를 내려갔다.

우규 선생!

어디선가 익숙한 음성이 들렸다. 소리 나는 쪽으로 고개를 돌렸다. 아무것도 없었다. 무덤이랄 수도 없는 평평한 잔디밭 하나가 바위틈에 있을 뿐이었다. 귓전을 스치고 가는 바람소리에 스승의 정겨운 음성이 묻어 있었던 것이다.

우규, 만여 리를 날아간다는 기러기가 솟구쳐 올라가는 드높은 구름길. 스승이 내리신 자호처럼 그런 경지에 이를 수 있을까. 과연 이름값을 할 수 있을까. 이름값만 하고 가도 충분히 성공한 인생이었다.

20
풍운의 땅

삿갓스님과의 해후

10년의 세월이 바람처럼 물처럼 흘렀다.

득량은 그 사이 아들 셋에 딸 하나를 낳았고 전주 본가에서 아내와 더불어 노모를 모시면서 비교적 편안한 삶을 살아왔다. 그 사이 할머니가 돌아가셨고 형 세량은 사금광을 정리하고 몇 번인가 다른 사업을 하려 시도해 보았지만 왜인들의 간섭이 너무 심해 벌어들이는 돈보다 상납하는 돈이 더 많았다. 특히 거금 5만 원을 비행기 강제 상납금으로 빼앗아간 일은 가문의 수치였다.

세량이 임시정부에 독립자금을 대왔다는 사실이 들통난 게 빌미였다. 일본 헌병대는 세량더러 전주 형무소에 갇혀 콩밥을 먹든지 비행기 한 대값을 상납하든지 약자택일 하라고 협박했다. 득량의 경성제대 법학부 동기가 판사로 내려와 있었기에 그의 도움을 받았다. 저들이

요구하는 돈의 절반을 무기명으로 내는 데 합의했다. 이왕 뺏기는 것이니 적게 뺏겨야 했고 수치스러운 일이니 형의 이름을 밝혀서는 안 되었다. 막대한 현금을 만드느라 수백 마지기의 논을 처분해야 했다. 형 세량은 끙끙 앓아누워 버렸다.

 1937년 7월 일본의 침략으로 중국 전역에서 중일전쟁이 벌어졌다. 그 전인 1931년에 이미 만주사변을 일으킨 일제였다. 일제는 그 전쟁을 성전(聖戰)이라 칭하며 갖가지 명목으로 국방헌금을 모았다. 신사참배에 창씨개명을 강요하는 것도 모자라 학교, 기업, 종교단체, 부인회를 동원해 군수물자까지 조달하게 했던 것이다.

 "예전에 진태을 선생님께서 하셨던 예언이 맞는 것 같네. 전쟁이 벌어져 버렸어. 아우, 어떻게 하면 좋겠는가?"

 세량은 얼굴이 반쪽이 되어서 한숨을 쉬었다.

 "형님, 난세에는 재물로 목숨을 보전해야 합니다. 재산을 지키려고 연연하지 맙시다. 전쟁이 동아시아에서 그칠 것 같지 않습니다. 독일이 폴란드를 침입했고 자칫 세계대전이 다시 발발할 조짐입니다. 아이들 교육이나 시키면서 몸을 낮추고 삽시다."

 득량은 재산이 축나는 걸 두려워하지 않았다. 어려운 시절에 재산을 모으는 건 부덕한 일이었다. 일제의 수탈로 굶주린 사람들이 넘쳐나는데 혼자만 배부르게 지낼 수는 없었다.

 몇 년 전, 구례 운조루(雲鳥樓)에 다녀온 이후 득량은 세량과 상의하여 솟을대문 문간방에 만인고(萬人庫)를 만들었다. 누구든지 양식이 떨어진 이가 와서 사는 곳과 이름을 적어놓으면 한 되를 무료로 내주었다. 하루에 쌀 세 가마에 한해서였다. 다만 여러 사람에게 혜택이 돌아가도록 같은 집에서 열흘 안에 한 번 이상은 오지 못하도록 했다. 처음에는 양심에 맡겼으나 수시로 와서 쌀을 가져가는 이들이 많아서 예방책을 썼다.

이 나라 최고의 양택 명당 운조루에는 특이한 쌀뒤주가 있었다. 타인능해(他人能解, 누구든지 열 수 있음)라고 써놓은 뒤주를 마련해놓고 배고픈 이들이 와서 조금씩 양식을 가져가도록 했다. 가난한 이들에 대한 배려였다. 종손 유영업(柳瑩業, 1886~1944)이란 분을 만나보았는데 살림살이가 그렇게 가멸지는 못했다. 본래 잘 살던 집이었는데 늘 베풀면서 살다보니 재산이 늘지 못했다. 커다란 집을 수리할 때면 빚까지 내는 형편이었다. 그래도 타인능해 쌀독은 채워두려고 애썼다. 이 나라에서 둘째간다고 하면 서운해 할 금구몰니형(金龜沒泥形, 거북이가 진흙 속으로 들어가는 형국) 명당에 사는 사람들의 마음이 더 큰 명당이었다. 집주인의 아름다운 마음씨를 돌아보려는 듯, 섬진강 건너 안산 토고미봉(兎顧尾峯)이 운조루를 돌아보고 있었다. 산을 올라가던 토끼가 꼬리 쪽을 돌아보는 모양이었다.

산을 돌려세우는 훈훈한 마음에 명당이 있다.

득량은 크게 깨달은 바가 있었다. 어떻게 산이 돌아보겠느냐? 본래 그렇게 생긴 산이 보이는 데다 집을 지었겠지. 이렇게 따지는 사람은 자연의 가르침을 모른다. 하늘의 뜻을 모른다. 선행에 순서란 중요치가 않다. 만일 선행을 하지 않았다면 토고미봉은 더 이상 토고미봉이 아니다. 배고픈 승냥이가 곳간을 노리는 형국으로 변했을 것이다. 이게 풍수였다.

지금 민초들은 강제징용을 당해 전쟁터로, 탄광으로 끌려갔다. 만주나 일본으로 붙들려 가는 조선사람 가운데는 갓 결혼한 새신랑도 있었고 이제 달거리가 생긴 어린 소녀도 있었다. 조선사람들은 여지없는 황색노예였다. 남자들은 총알받이로, 여자들은 전장의 군인들 노리개로 희생되었던 것이다.

득량은 독서인으로 조용히 살았다. 조카들과 자식들 공부를 돌봤고 이따금 다가산 밑 사정(射亭, 활터)에 나가 바람결에 활을 실어 보냈다. 그것도 재미없어지면 기린봉에 오르내리며 바람을 쐬었다.

스승 태을이 돌아가신 이듬해 마이산 금당사에 주석해 있던 구암선사도 떠나갔고 그토록 만나고 싶어했던 삿갓스님 하성부지도 구암선사의 뒤를 따랐다. 하성부지는 구암선사보다 10년 연상이었다.

돌아가시기 전, 삿갓스님이 전주 득량의 집을 찾았다.

"스님!"

득량은 죽었던 사람이 살아온 것처럼 반가웠다. 그는 하성부지 앞에 무릎을 꿇고 엎어져 눈시울을 붉혔다.

"왜, 이제야 오신 겁니까?"

그간 얼마나 만나보고 싶었던 분인가. 정체파악조차 안 된 사람의 첩지 한 장이 집안의 운명을 갈랐고, 득량의 인생에 결정적인 영향을 끼쳤다. 득량은 따지고 싶었다. 무안 승달산 천하대명당과 정씨가문을 연결해준 까닭, 그러니까 증조부 정 목사와 하성부지의 관계를 상세히 알고 싶었다. 아무리 뜻이 좋아도 결과가 나쁘면 악연 아닌가.

"아직 산공부 포기한 건 아닌 모양일세. 허허허."

여전히 깊은 삿갓으로 얼굴을 가리고 다녔다.

"그간 어디에 계셨는지요? 계룡산 동학사만도 수 차례나 찾아갔었답니다."

"금강산 토굴에서 칩거하고 있었다네. 내 재주로는 한없이 피폐해져만 가는 이 나라 민초들을 도울 수 없었고 차라리 아니 보는 것만 못해서 숨어살았네."

"그럼 이렇게 나오신 것은… ?"

"내 별이 떨어졌다네. 죽기 전에 자넬 만나고 가려고."

"무슨 말씀을 하시는 겁니까?"

"자네가 아직 천문을 보지 못하는군."

하여튼 자기를 신비화하는 데는 남다른 재주가 있는 스님이었다.

"별자리보다 더 보고 싶은 게 있습니다. 스님의 얼굴과 제 증조부와의 관계입니다."

득량은 어느새 다그치는 어조로 돌변해 있었다.

"곡차 한 잔 마실 수 있을까?"

형 세량이 자리를 함께하여 술자리가 벌어졌다. 하성부지가 갑자기 삿갓을 벗고 얼굴을 드러냈다. 팔순을 넘겨 눈썹이 흰 노승이었다. 홍조어린 얼굴과 맑은 눈빛이 깨끗한 인상이었다.

"스님! 왜 그처럼 청수한 얼굴을 가리고 다니셨습니까?"

득량은 이해가 되지 않았다.

하성부지가 팔십 평생 이야기를 풀어놓았다.

그는 제주도에 약탈 나온 왜구와 양씨 처자의 소생이었다. 왜구에게 겁탈당한 양씨 처자는 해녀가 되어 물질을 하며 아들을 길렀다. 성씨도 없는 아들을 기르던 홀어머니는 병을 얻어 일찍 돌아가셨다. 그때 제주 목사로 온 분이 득량의 증조부였다. 정 목사는 집 없는 아이들이 떠돌다가 노비가 되거나 종이 되는 것을 안타깝게 여겼다. '어린이가 곧 하늘이다'라는 게 그의 생각이었다. 정 목사는 노비청과 책방 옆에 고아들을 돌보는 집을 세워 그들을 돌봤다. 그때 샛별이라고 불리던 하성부지도 그 집에 들어와 살게 되었다.

샛별이는 출신답지 않게 귀공자로 생겼다. 정 목사의 딸 가운데 샛별이와 동갑내기가 있었다. 득량의 조부 정 참판의 누이였다. 소꿉동무로 자라던 정 목사의 딸과 샛별이는 정 목사가 5년 임기를 마치고 상경하면서 헤어지게 되었다. 사춘기에 접어든 소년 소녀는 이별을 앞두고 애틋한 정을 주고받았다. 신분을 초월한 사랑이었다. 아전의 눈에 띄었고 정 목사에게 알려졌다. 정 목사는 아이들 우정으로 여겨 가볍게 넘겼다. 그런데 사달이 생겼다.

딸이 샛별이와 혼례를 시켜달라며 금식에 들어갔다. 아무리 열린 사고를 지닌 정 목사였지만 허락할 수 없는 일이었다. 공방을 시켜서 샛별이 먼저 육지로 배를 태워 내보내 버렸다. 공방은 샛별에게 다시 눈에 띄면 목숨을 부지하지 못할 거라며 엄포를 놓았다. 딸은 그 사실을 알고 그대로 곡기를 끊고 죽어버렸다.

한양에 흘러들어온 샛별이는 나중에 그 사실을 알게 된다. 때마침 일본인들이 몰려들어왔고, 샛별이는 피가 부르는 대로 일본군 장교의 심복이 되었다. 그는 절반이 일본인이었다. 그 사실을 밝히고 조선을 무너뜨리는 데 일조한다. 신분제도에 대한 불만과 출생에 대한 원한이 뒤섞인 변신이었다.

동학이 일어났고 우금치전투에 참가했다. 일본군 장교를 수행하는 부관이 되었던 것이다. 차마 눈 뜨고 볼 수 없는 대살육전이 벌어졌다. 일본군의 총탄 앞에서 흰옷 입은 조선사람들의 목숨이 추풍낙엽처럼 떨어졌다. 그래도 총질을 계속했다. 그러다가 죽음을 무릅쓴 동학군 돌격대와 맞닥뜨렸다. 총에 맞아 계곡으로 굴러 떨어졌고 정신을 잃었다.

"그때 이 죄 많은 목숨을 살려낸 분이 내 스승 미후랑인이네. 나는 사실대로 말했고 내 스승은 나를 동학사로 데리고 가서 불제자로 삼았어. 우린 공통점이 있었다네. 둘 다 맺을 수 없는 사랑의 아픔을 경험했거든. 나는 내가 지은 악업이 너무도 부끄러워 일생 동안 얼굴을 가리고 다니며 속죄의 나날을 보내왔네. 하물며 유년시절 같이 뛰어놀며

자란 정 참판 앞에서 어떻게 얼굴을 드러냈겠는가. 하도 옛날 일이라서 기억하지 못한다 해도 삿갓을 벗어 보일 수가 없었다네. 그러면서도 정 참판에게 내 스승이 남긴 승달산 호승예불형 첩지를 건넨 건 속죄의 일환이었어. 이제 죽음을 앞둔 내가 무엇을 더 숨기겠는가. 다 털어놓으니 후련하다네."

너무도 선한 얼굴이었고 미워할 수 없는 행적이었다. 악업을 깨끗이 닦아낸 사람만이 지을 수 있는 표정이었다.

세량과 득량은 무슨 말을 해야 할지 몰랐다.

"선불여불선(善不如不善)이라는 말이 있다네. '좋은 게 좋은 것이 아니다'라는 역설일세. 사람들은 모두 착한 일을 하라고 하네. 하지만 아무나 착한 일을 하고 남에게 베풀 수 있는 게 아니야."

"무슨 말씀이신지?"

득량이 물었다.

"나는 내가 원치 않는 살인을 했네. 사랑하는 사람을 죽게 만들었고 농민군을 향해 총을 쏘았네. 누가 악업을 짓고 싶어서 지었겠나? 마찬가지로 선한 일도 아무나 하는 게 아니네. 사람은 참 알 수 없는 짐승이네. 하긴 득량이 자넨 잘 알겠지. 하늘과 땅과 사람, 곧 천지인 삼재가 한 이치야. 사람을 알면 천문도 알고 지리도 알게 돼 있거든."

"그야 그렇죠."

"사람은 알 수 없는 짐승이라는 게 딴 게 아니네. 처음부터 매몰차게 하면 그런 것으로 알고 그대로 받아들이네. 하지만 잘해주면 자꾸 기대게 되고 나중에 더 못해주겠다고 하면 해코지를 하게끔 돼 있네. 이상하지. 못해준 것도 아니고 잘해주다가 더 이상 잘해주지 않는 것인데도 원한을 품게 돼. 그래서 머리 검은 짐승은 거두지 말라 했던 거야. 결국 선불여불선이지. 좋은 게 좋은 것이 아니라 오히려 나쁜

거지. 처음부터 그럴 줄을 감수하고 직수굿하게 음덕을 베풀지 않으면 선업의 열매를 맺기 어려워. 좋은 일도 덕이 있어야 가능한 거야. 나는 사십 이후로 반평생을 구도자로 떠돌면서 겨우 그 이치 하나를 깨닫고 간다네."

"그렇다고 죄업을 지으며 살 수는 없지요."

이번에는 세량이 나섰다. 그 말은, 당신이 결국은 조부의 여동생을 죽게 만들었고 조부님 산소자리도 잘못 일러준 것 아니냐는 힐난이었다.

"물론이오. 멸적이(滅跡易)이나 난불행지(難不行地)라. 잘못 찍힌 발자국을 지우는 일은 차라리 쉽지만 처음부터 땅에 발자국을 찍지 않기란 정말 어려운 일이지요. 그래도 애초부터 잘못을 저지르지 않는 게 상책입니다."

"그런데 왜 조부님에게 그런 자리를 소개했습니까?"

이번에는 득량이 따지고 나왔다.

"정 참판 어른의 묘는 천하명당이 분명하네."

"한데요?"

"아직 때가 멀었네. 멀어도 한참 멀었네."

하성부지가 눈을 감았다.

"왜 그런 자리를 권하셨습니까?"

"옥룡자 도선국사께서 말한 98대 향화지지라는 천하대명당이 발복하지 않을 리가 있겠나. 반드시 왕기가 서렸다고는 못해도 복지임에는 틀림없지. 다만, 그런 대지는 국운(國運)과 함께 가는 자릴세. 이 나라가 독립하고 제 목소리를 내게 될 때 힘을 발휘할 걸세."

하성부지의 말은 조심스러우면서도 단호했다.

"그렇습니까? 저는 스님이나 미후랑인의 실력을 믿지 못하겠습니다.

그 자리는 분명 좋은 자리지만 호승예불형의 정혈은 아닙니다. 다닥다닥 열린 명당 가운데 하나일 뿐이지요. 제 스승 진태을 선생님께서 돌아가시기 전에 벌써 이장하셨습니다."

"언제 그런 일이! 설마 이장까지야 했겠나?"

그런 사실을 알 리 없었던 하성부지는 믿으려 하지 않았다.

"사실입니다."

세량이 나서서 다시 확인해 주었다.

"그 좋은 자리를 도대체 왜?"

"조부님의 자리가 아니었답니다. 발복시기는 더 아니었고요."

역시 세량이 말했다.

"시기는 몰라도 자리는 분명하오."

"그 자리가 왜 98대 향화지지가 되는지 아시고서 하시는 말씀입니까?"

득량이 근거를 따졌다.

"그야 옥룡자 도선국사의 도안(道眼)으로 밝힌 것을 나 같은 속사가 어찌 알꼬? 안다고 하면 거짓이요, 허세지. 다만 《옥룡자 유산록》에서 운로(運路)를 헤아려서 그렇다고 했으니 용절을 재어서 이른 것임에는 틀림없네."

하성부지는 진솔한 사람이 분명했다. 아는 걸 안다고 하고 모르는 걸 모른다고 하는 것이 참으로 아는 것이라고 공자가 말하지 않았던가.

"하오면 스승되시는 미후랑인께서는 용절을 재셨던가요?"

"그건 내가 모르겠네. 감히 큰스님이시자 스승께서 하신 일을 내가 의심할 수는 없었다네."

"거기서 사달이 생긴 겁니다. 아무리 스승이라도 검증은 해봐야 하지요. 도선국사라도 신이 아닌 이상 틀릴 여지가 분명 있습니다."

"음….."

하성부지는 득량의 논파에 비명을 물었다. 과연 이 젊은 친구는 예사로운 재목이 아니었다. 듣던 대로 번뜩이는 수재였고 강단이 있는 청년이었다.

"나쁜 의도가 있었던 건 전혀 아니라네. 내가 현장에 가서 확인해 본 그 자리는 미혈 가운데 미혈이었어."

"압니다. 저도 다녀왔습니다. 통맥법으로 재서 43절에 혈이 맺어야 함을 확인했지요. 정혈은 아직 확실히 가리지는 못했습니다. 하늘이 감추고 땅이 숨긴 대지라서 혈증을 잘 찾을 수가 없었어요."

"통맥법이라고 했나?"

"예."

"자네가 그 전통적인 그 묘법을 어떻게 아는가?"

하성부지는 깜짝 놀라며 바랑을 풀었다.

"돌아가신 스승님께서 쓰신 법술이지요. 신안이 열리신 분이라서 굳이 재지 않아도 정혈을 찾아내셨지요."

"나도 이런 책들을 입수해서 연구하려고 애써왔다네. 그런데 도무지 가닥을 잡을 수가 없었어."

하성부지가 꺼내 보여준 책은 《삼의록》이었다. 통맥법이 수록된 비전의 지가서 가운데 하나로서 중국풍수의 영향을 받았으면서도 자생풍수의 독자성을 발견할 수 있는 책이었다. 《경세록》과 《동사심전》, 《금낭비장》 등과 함께 보면서 연구해야 비로소 통맥법의 실체에 접근할 수 있었다. 이 모든 책들은 형기에 눈을 뜬 이후에야 진가를 발휘했다. 《경세록》 같은 경우는 형기에 도통한 경지에서 핵심을 적어 놓은 책이었다.

무엇이 명당(明堂)인가. 산개왈명(山開曰明)이요 수회왈당(水回曰堂)이라. 산이 열림을 명이라 하고 물이 모임을 당이라 한다. 산이 열리기만 해서는 안 되고 물이 모이게끔 국을 갖춰야 비로소 명당이 된다. 얼마가 간략하고 핵심적인 형기법인가.

득량이 서가에서 《경세록》을 펼쳐 보이며 말하자, 하성부지는 합장했다. 조복한다는 뜻이었다.

"내가 너무 부끄러워서 낯을 들 수가 없네. 고맙네. 나 같은 사람을 깨우쳐줘서 정말 고맙네. 부디 조선풍수의 맥을 이어서 나라의 보배가 되시게. 나는 이대로 가서 눈을 감아도 여한이 없다네."

하성부지는 아까 꺼내놓았던 《삼의록》을 바랑에 챙겨 넣지도 않고 몸을 일으켰다. 그만 동학사로 돌아가겠다는 거였다.

"이왕 오셨으니 며칠 묵었다 가세요."

"그러세요."

세량과 득량이 붙잡았지만 하성부지는 단호했다.

그렇게 보고 싶었던 삿갓스님을 만나고 정체를 알고 나니 득량은 후련함 대신 속이 쓰렸다. 기구한 운명에 맞서 분투했지만 젊은 날의 삶은 그대로 죄업이 되었다. 그것을 깨달은 뒤, 하늘이 부끄러워 남은 반생 내내 삿갓을 쓰고 다녔던 그는 이제 팔순을 넘겼고 죽음의 문턱에서 찾아와 과거를 고백했다. 맑은 눈빛과 청수한 얼굴이 이미 거듭난 사람임을 증명하고 있었다. 그의 이름은 끝까지 하성부지로 남았다. 태생이 험하여 성씨가 무엇인지 모른다는 말이 곧 이름이 된 사람이었다.

세량과 득량은 하성부지가 남긴 말을 마음에 새겼다. 선한 일은 누구나 베풀 수 있을 듯하지만 덕이 있어야 제대로 베풀 수 있다는 명언이었다.

문간방의 만인고에 더 이상 쌀을 내놓지 않으면 그 날로 그 쌀에 의지해 살던 사람들로부터 원망을 산다. 좋은 일은 항상 해야지 하다가 말면 도리어 빈축을 사고 화를 자초한다. 세상사는 이치가 정말 쉽지 않았다.

무지개의 그림자

서울 북촌.
정원 단풍나무가 붉게 물든 풍경 속에서 반백이 된 조영수가 아이를 안고 있었다. 댓살 된 사내아이였는데 작고 동그란 눈이 영락없이 아비를 닮았다.
"아빠 팔 아프시겠다, 그만 내려온."
부엌 쪽에서 여인의 목소리가 울려나왔다.
"싫어, 싫어. 아빠 괜찮지? 그치?"
아이가 머리를 도리질치며 어리광을 부렸다.
"그럼, 금자동아 우리 왕자, 은자동아 우리 왕자."
조영수는 둥개둥개 헹가래를 쳐주었다. 쉰이 다 돼서 얻은 늦둥이라 사랑이 각별했다.
"그만 내려와서 누나하고 놀아! 어서!"
소학교 저학년인 계집애와 함께 마당에 모습을 드러낸 여인은 바로 조선호텔에 근무하던 최민숙이었다. 10년이라는 세월이 흐르면서 청순하던 그녀는 완연한 부인의 모습이 돼 있었다.
조영수를 사업하느라 사십줄이 된 노총각으로 봤던 최민숙은 조영수의 사랑을 기꺼이 받아들인다. 북촌에 잘 꾸며놓은 저택도 있겠다, 두 사람은 곧 살림을 차렸다. 딸아이를 낳을 때까지 신혼의 단꿈을 꾸었다. 사주단자를 주고받으며 육례를 갖춘 혼인이 아니었지만 아이를 호적에 입적시켜야 하니 혼인신고를 해야 했다. 그런데 조영수는 그럴 기미가 없었다.

이때부터 조영수는 최민숙의 집요한 바가지에 시달렸다. 결국 사실을 말했고 강변에 엉덩이 덴 소처럼 길길이 뛰던 최민숙이 아이를 업고 친정집으로 가버리는 일이 벌어졌다.

그 무렵 조영수의 사업은 날로 번창하고 있었다. 동경의 갑부 노리유키 상이 쌍둥이 형제를 낳았고, 인왕산 아래 저택을 짓고 입주한 남대문 상인 안씨는 조영수에게 골동품을 맡겨 집치장한 것에서 그치지 않고 과천 청계산 자락에 수만 평의 산을 사서 명당까지 썼다. 양쪽에서 자그마치 4만 원이라는 거액의 수입이 들어왔다. 뿐더러 귀인들을 얻었다. 노리유키 상이나 안 부자 모두 조영수를 복 많은 측근으로 생각하며 사람들을 소개해 주었다.

재주 많은 친구 장일곤은 어느덧 골동품 수집에 미립을 얻어 쉽게 만져보지 못할 명품들을 만들어오곤 했다. 그것들은 인사동 사거리에 낸 가게나 경성미술구락부, 혹은 모리타 상을 통해서 거래했고, 부잣집 방을 꾸미는 데 조영수가 직접 활용하기도 했다.

노리유키 상의 경우, 백자도 그림의 효험을 봤는지 천마의 약효를 봤는지 아니면 심리적인 효험을 봤는지 알 수 없었다. 어쩌면 복합적으로 작용했는지도 모른다. 일이 잘 되려니까 어떻게 쌍둥이 형제를 나버렸다. 노리유키는 잔머리를 굴리는 사람이 아니었다. 모리타를 통해서 약속한 만 원의 두 배인 2만 원을 보내왔다. 조영수로서는 명당바람을 탄 걸로 굳게 믿었다.

이럴 수는 없었다. 엿장수 노릇으로 거저 얻다시피 한 백자도 그림 한 점을 아들 낳는 데 써먹고서 그림값을 포함해 3만 원을 벌게 했다. 이게 말이나 되는가. 아무리 조화를 잘 부리는 조영수라도 제 살을 꼬집고 볼 정도였다. 게다가 열여섯 살이나 아래인 향기로운 처자 최민숙을 얻었다. 돈이 잘 벌리니 귀인까지 함께 따라 들어왔다.

승달산 호승예불혈 명당의 바람이다.

그게 아니고는 이렇게 일이 잘 풀릴 수가 없다.

조영수는 당장 롤스로이스 자동차를 마련해서 무안 승달산에 다녀왔다. 이미 아이를 가지고 있던 최민숙과 함께였다.

"아버님, 아버님 손자를 가진 며느리를 데려 왔어요. 축복해주세요. 흐흑!"

술을 따라놓고 절을 올린 조영수가 묘 앞에서 엉엉 소리 내 울었다. 명당에 들어가려다가 당했던 몰매사건으로 돌아가실 때까지 장독으로 뼈아픈 고생을 하셨다. 집안을 일으켜서 보란듯이 살아달라는 주문이 입에서 떨어지지 않았다. 이제는 기반을 잡았다. 수단과 방법을 가리지 않고 돈을 벌리라. 그 돈으로 자식들도 공부시키고 권력도 잡으리라.

"당신, 너무 슬퍼하지 마세요. 뒤늦게라도 제가 아들딸 낳아서 대를 이어드릴게요."

세상물정 모르는 최민숙은 조영수가 생전의 아버지한테 손자를 안겨드리지 못한 회한 때문에 우는 것으로 알고 갸륵한 말만 골라가며 말했다. 대구에서 중학교에 다니는 큰딸 자영이를 비롯하여 소학교에 다니는 자식들이 다섯이었다. 게다가 조영수보다 두 살이나 더 먹은, 사철 맨발로 부엌데기 노릇을 하는 조강지처가 있었다.

조영수는 어깨를 감싸주는 최민숙을 올려다보며 내심 걱정이 솔솔 생기기 시작했다.

명당바람이 나면 다 좋은데 새 여자가 생기는 게 걱정이로구나.

젊고 어여쁜 씨앗을 보는 일은 가슴 설레게 좋은 일인데 뒤가 께름칙했다. 명당바람으로 살림이 일어난 부자들이 여자문제로 집안이 복잡해진다는 말이 과연 틀린 말이 아니었다.

"내려온 김에 고령 본가에도 들렀다 가요. 어머님과 형님 내외분 좀 뵙게요. 오죽 반가워하시겠어요? 잘 할게요. 전 손이 귀한 집에서 자랐잖아요."

최민숙은 야무진 꿈을 꾸고 있었다. 의당 그래야 할 일이지만 지금은 때가 아니었다. 출산이나 해놓고 사실을 털어놓아야 했다.

"이 사람이 속편한 얘기를 하고 있네. 내가 말했지? 백만장자가 되기 전에는 절대로 고향에 가지 않겠다고. 이제 겨우 10만 원 재산가야. 두고 봐. 같이 금의환향하는 날이 곧 올 테니까."

조영수의 비상한 머리와 순발력에는 누구도 당해내지 못했다.

"당신 참 집념이 강한 분예요. 꼭 그렇게 될 거예요. 위대한 당신, 적당히 쉬어가면서 하세요. 나이도 있는데 건강을 생각하셔야죠."

최민숙은 애를 가져서 자신도 힘들면서 조영수의 어깨를 주물러 주었다. 야무진 여자여서 손끝에 힘이 팍팍 들어갔다. 조영수는 그 손끝이 그리 반갑지만은 않았다. 언제고 자기를 할퀴고 대들 매서운 어우 발톱이었다.

그 발톱은 정말 사나웠다. 딸을 낳고 호적에 올리는 문제로 다투다가 그제야 사실을 밝힌 조영수의 얼굴을 그대로 할퀴어버렸다. 해사한 목덜미를 드러내며 향기를 풍기던 최민숙은 온데간데없고 여우로 돌변한 그녀는 핏덩이나 다름없는 딸을 안고 양평 친정집으로 가버렸다.

자동차에 선물을 잔뜩 싣고 가서 최민숙의 부모님 앞에 무릎을 꿇었다. 그 딸에 그 부모였다. 본처와 이혼하고 와서 정식 혼인식을 올리고 데려가라는 거였다. 하늘이 노랬다. 명당바람이 불면 무지개만 뜨는 줄 알았다. 이렇게 암울한 그림자도 숨기고 있을 줄은 전혀 예상치 못했다.

며칠간 숙고한 조영수는 친구 장일곤과 상의했다.

"자네도 참 아까운 인물이네."

"무슨 얘긴가? 묘책을 내놓으랬더니 왜 말이 그래?"

"한 세대만 전에 태어났어도 능력 있으면 측실을 열둘이라도 얻는 것인데 갑오경장에 일제시대로 세상이 바뀌어버렸으니 딱하네. 영웅호색이라고 용은 본래 잠기는 못이 하나일 수야 없지. 철 따라 오르고 내리는 게 용이 아니던가."

장일곤은 입만 열면 너스레가 걸었다.

"그래서?"

조영수는 속이 터졌다. 친구라는 놈이 샘이 나서 약 올리는 것도 아니고 웬 변죽이 이리 심한가. 저런 너스레로 귀한 물건들을 헐값에 장만해오는 수완을 발휘하겠지만 오늘만큼은 반갑지가 않았다.

"그냥, 생활비나 보내주면서 모르는 체하고 놔두게."

"자네 눈에는 그 사람이 그러면 돌아올 사람으로 보이는가? 친정집에 안 가봐서 그러네. 식구들이 모두 똑 부러져."

조영수가 그 생각을 안 해본 게 아니었다. 그 정도 꾀를 못 짜내서 장일곤과 상의하는 게 아니었다. 사실 그는 고령 조강지처를 설득할 요량이었다.

"자네, 그렇다고 제수씨를 버리겠다는 건 아니겠지? 그럼 벌 받네. 제수씨가 무슨 잘못이 있는가. 노부모 섬겼지 그 많은 식구들 건사했지, 아이들 대구 나가기 전에는 숯공장 인부들까지 해서 서른 명분이나 되는 밥을 지었다면서."

장일곤이 아픈 곳을 찔렀다.

"버리긴 누가 버린다고 그러나. 내 사정 좀 봐달라고 애원해야지."
"왜? 신당동 진흙구덩이 할맨지 누님인지한테 가서 물어보지 그래?"
"이 사람, 자네 오늘 왜 그러나? 그 누님께 안 물어보고 일 저지른 줄 알아? 뒤로 오는 범은 피해도 앞으로 오는 팔자는 못 피한다는 게야."
"그래서 그 점쟁이 할망구가 조강지처 버리라고 이르던가? 하여간 배움 없이 신이 내려서 씨부리는 것들은 하나같이 그 모양들이야! 그러니까 점쟁이들의 말로가 사납고 자손들이 안 되는 걸세!"

구레나룻 무성한 장일곤의 얼굴 가득 노기가 번졌다.

조영수는 다가가서 두툼한 손을 부여잡았다. 한결 같은 믿음과 반석 같은 항심을 지닌 사람이 가질 만한 손이었다.

"친구! 나 한 번만 이해해주게. 자네가 모르는 일이네만 자네 전주를 뜨고 없었을 때, 우리 아버지가 정씨집안의 몰매를 맞고 산송장이 되어 버려진 일이 있었네. 호남의 정반대쪽 고령에 숨어살게 된 이유가 그거였네."

조영수는 사실을 다 털어놓고 가문의 한을 풀기 위해서 그가 돈을 벌어야 한다는 걸 역설했다. 그리고 최민숙같이 일본어도, 영어도 살 하는 맹렬여성의 내조가 필요하다고 했다. 비단 사업상뿐만이 아니라 속궁합도 너무 잘 맞아서 이제야 인생의 참맛을 알면서 살게 되었노라고 실토했다. 실제로 그녀를 들이고서 사업도 불같이 일어났다.

"자네가 그렇게 원하는 사람인데 내가 무슨 수로 말리겠나. 하도 그러니 나는 못 본 걸로 하겠네. 다만 제수씨에게는 정말 잘해줘야 하네. 서류를 정리하더라도 죽을 때까지 조강지처네. 자주 찾아보고 한 식구처럼 해줘야 해."

조영수는 입바른 소리를 하면서도 끝내는 친구를 이해해준 장일곤을 끝까지 변함없는 사업 파트너로 삼겠다고 다짐했다.

고령에 내려간 조영수는 형 조민수에게 뺨을 맞아가면서 자신의 뜻을 관철시켰다. 막무가내로 나오는 아우 이기는 형 없었다. 장남은 부모 맞잡이였고 자식 이기는 부모 없는 것과 똑같았다. 물론 노모도 처음에는 불에 덴 것처럼 야단이더니 자식이 사업상 필요한 사람이라는 말에 쥐죽은 듯 조용했다.

이제 남은 것은 아내 당사자였다. 조영수는 왜무같이 오동통한 아내를 단장하게 하여 차에 태우고 무안 승달산으로 달렸다.

"이 양반이 바쁜 사람 데리고 왜 갑자기 아버님을 찾아가자는 거여. 한식명절도 아니고 추석명절도 아닌데."

투박한 아내는 앞으로 무슨 일이 벌어지는지 몽상조차 못하고 나부댔다. 아무 잘못 없는 보살 같은 사람이었다. 열아홉 살에 기운 조씨 집안에 시집와서 소같이 일하며 오남매를 낳았다. 시부모 봉양 잘했고 고령으로 옮겨 살면서부터는 숯공장 인부들 반찬까지 댔다. 풍수쟁이질 다니네, 총독부 일 거드네, 서울에 사업장 열었네, 하면서 남편은 밖으로 돌았다. 혹시 무슨 사고라도 생길까봐 장독대에 정화수를 떠놓고 비는 시어머니를 따라 함께 빌었다. 남편은 떼돈을 벌어왔고 자식들은 공부를 잘 했다. 시아버지의 소원대로 이제 집안이 일어나는가 싶어 콧노래가 저절로 나오는 이즘이었다.

"외제 자가용이 참말로 꼬습기는 하네. 좋다! 남들은 도라꾸도 못 타보는 판에 서방 잘 만나서 자가용 타고 여행도 가고."

조영수는 운전을 하면서 입술을 깨물었다. 아무것도 모르는 아내는 옆자리에서 흥을 내고 있었다. 저런 사람을 버려야 한다고 생각하니 맨 정신으로는 못할 짓이었다. 그러나 뭔가 큰일을 할 사람은 뭐가 달라도 달라야 한다. 이런 잔정에 얽매여서는 필부밖에 되지 못한다. 사슴을 쫓는 사람은 토끼를 보지 않는 법이다. 그렇다. 밑거름 없이 거목이 될 수 없다. 희생하는 사람 없이 거물이 나올 수 없다. 나는 용이다. 하늘을 나는 용이다. 춤추는 용에게 걸림돌이 되는 것들이 있어서는 안 된다. 인간의 역사는 대를 위해서 소가 희생돼온 역사였다. 왕조가 그랬고 전쟁이 그랬고 장수가 그랬고 세상의 모든 지도자와 갑부들이 다 그렇게 해서 기반을 구축했다.

조영수는 아무리 돈을 많이 벌어도 비석 하나 반듯이 세울 수 없는 아버지 조판기의 묘 앞에 꿇어앉아서 대성통곡을 했다.

서러웠다. 지금까지 살아온 세월이 서러웠다. 아전의 아들로 태어나 나라가 망하자, 이번에는 풍수쟁이 아들이 되었다. 야심을 지닌 계략이 들통나 피걸레가 된 아버지를 들춰 업고 빗속을 뛰었다. 밤 봇짐을 싸서 타관으로 도주했고 풍수쟁이, 도굴꾼, 총독부 끄나풀, 엿장수 노릇까지 해서 오늘날 돈을 좀 만지게 되었다. 불알 두 쪽 가지고 사업을 하자니 남들 앞에서 참기름 바르는 얘기만 해왔지 당당하게 속내 한 번 제대로 드러내지 못했다.

이제 본격적으로 다른 사업에 손을 대보고 싶은데 조강지처가 걸림돌이 되었다. 오남매를 낳아 기른 사람을 쫓아내야 할 판이니, 이 무슨 운명의 장난인가. 남들은 모양새가 사납지 않으면서도 잘만 성공하던데 어찌 이렇게 돼 가는가. 서럽고 서러웠다. 그래서 울었다. 아버지가 못다 울고 가신 몫까지 대신 울어주었다. 목구멍에서 피가 올라왔다. 그래도 울었다. 영문을 몰라 말리고 섰던 아내도 언제부턴지 곁에 퍼질러 앉아서 뗏장을 쥐어뜯으며 통곡했다. 그녀인들 저간의 세월이 왜 서럽지 않았겠는가.

"당신 참 좋은 분이네. 잘되면 제 탓이고 못되면 조상 탓이라는디 당신은 돈 좀 벌었다고 이렇게 조상님부터 찾으니 효자네."

속이 후련해질 만큼 울고 난 뒤, 두 살이나 위인 아내가 아랫사람 다루듯 칭찬을 아끼지 않았다. 쓰는 말도 한결같이 반말이었다.

"여보, 당신 나 좀 도와줘야 쓰겠네."

조영수는 아버지 묘 앞에서 아내의 더덕장아찌같이 거친 손을 덥석 잡고 애원조로 일렀다. 대낮에 산 위에 올라서 보니 주름도 많고 새치도 많은 아내의 맨얼굴이었다. 박가 분(粉)도 바를 줄 몰랐고 기껏 멋을 냈다는 게 동백기름 발라 옥비녀 꽂은 낭자머리였다. 향수 뿌린 세련된 양장, 미장원에서 커트하고 지져서 손질한 최민숙의 세련된 머리와는 비할 바가 아니었다.

"이 날까지 나 죽었소, 하고 살아온 사람이오. 서방 돕는 일이라면 죽는 시늉이라도 하지 뭐. 이 손 놓고 말해. 누가 볼까 부끄럽소."

아무도 보는 이 없는 산 속에서도 남의 눈을 의식하는 옛날 여성이었다. 살림 잘하는 그녀는 이내 손을 빼내어 보따리에 챙겨온 수정과 병을 꺼냈다. 대접에 수정과를 따라 남편에게 건네며 제물로 올렸던 떡과 과일을 들이밀었다.

"넋 놓고 울고 났더니 목마르네. 자영이 아버지, 먼저 들이키소. 나도 좀 마셔야쓰것어."

치마를 걷어 속바지에 사과를 쓱쓱 문대고 나서 양손으로 쪼갰다. 손가락 힘이 장사였다. 대식구들 건사하면서 곰살갑던 구석이 모두 억세져버린 사람이었다. 이런 여자를 놔두고 씨앗을 본 건은 정말 잘못된 일이었다. 하지만 이미 엎질러진 물을 어쩌랴. 보살 같은 사람에게 매달려야지 깍쟁이 같은 사람에게는 어림도 없었다.

"자영이 엄마, 그간 참으로 고생 많았네. 내가 그 공덕 다 아네."

조영수는 살갑게 어르기 시작했다.

"이 양반이 시방 왜 그래쌓은 거여."

아내는 별반 감동받지 않았다. 그러거나 말거나 조영수는 눅진하게 뜸을 들였다. 공들이지 않고 되는 일은 세상에 없었다.

"나 돈 잘 벌고 있어. 서울에서 쌔빠지게 고생고생하면서 거의 자리 잡아가는구먼. 다 당신이 빌어주는 덕이야."

한편으로는 무덤 속에 누워계신 아버지의 음덕을 기대하면서 초장을 쳐댔다.

"뭔 애길 할라고 그러냐니께. 아까 내가 안 그라요? 서방 돕는 일이라면 죽는 시늉이라도 한다고."

사과를 아삭아삭 소리 내 씹어 먹으며 말했다.

"내가 큰일을 한 번 하려고 하네. 임자는 이제부터 힘든 일 그만하고 대구에 집 한 채 만들어 줄 테니까 거기서 편히 사소. 아이들 학교 뒷바라지만 하던지. 언제까지고 형님과 한집에서 살 수도 없잖은가. 아이들도 나가 살고 나도 서울서 살고 하니까 임자는 그 집에서 부엌데기밖에 더 해?"

"하긴 그려. 대구에 따로 집을 살 게 아니고 내가 나가고 거기 일해주는 사람을 고령으로 불러도 되겠네. 아니, 그럴 게 뭐가 있겠소? 차라리 서울 따라가서 당신 밥해주고 빨래해줘야겠네."

얘기가 엉뚱한 데로 흘러가고 있었다.

"차차 그럴 날도 오지 않겠나? 하지만 아직은 일러. 물건들 쟁여놓고 사업 벌인 데 가서 편하게 살 수 없지. 몇 년 죽으라고 고생하고 나서 기회를 노려봅시다. 우선은 임자가 내가 하자는 대로 해줘야겠네. 가자는 데 함께 가서 서류정리만 합시다. 사업상 꼭 그래야 할 일이 생겨서 그러오."

"뭔 서류정리하는디 그리 고민일까? 내가 다 해주께. 서방 잘 되는 일이라는디 그걸 못해줘요? 난 또 양잿물 마시라는 줄 알았네."

"고맙네. 나 잘되면 그건 모두 임자 공덕이오. 우리 아버님께 인사하고 그만 하산합시다. 대구법원은 내일 들러야겠네. 오늘은 서둘러 가도 너무 늦었어."

조영수는 그렇게 첫 번째 아내와 이혼했다. 무슨 서류를 꾸미는 줄도 모르고 따라나선 아내는 일이 끝나고서야 사실을 파악했지만 돌이킬 수 없었다. 아이들도 서울서 학교 보낸다며 하나 둘 빼가고 급기야 대구 집에 혼자 남게 되었다.

최민숙은 조영수의 결단에 감동받고 본처 소생 아이들을 건사했다. 그 자신도 남매를 낳았다. 서울에 온 아이들은 처음에 아버지에게 대들고 야단이었지만 성취동기를 강하게 키운 덕으로 이내 복종했다. 마침, 골동품을 거래하다 만난 미국 사업가의 도움을 받아 큰딸 자영이 연희전문을 마치자마자 아들놈과 함께 묶어서 미국으로 유학 보내버렸다. 박사가 되지 않고서는 돌아오지 말라고 엄포를 놓았다.

조영수는 골동품과 풍수로 벌어들인 돈을 밑천으로 명치정(명동)에다 신용조합을 설립했다. 말이 신용조합이지 고리대금업이었다. 손님을 물어오는 거간꾼도 있었고 뒷배를 봐주는 일본 순사도 있었다.

그가 손대는 사업은 나날이 번창했다. 그는 막대한 자금을 굴리면서 모은 재산의 일부를 덜어서 강남 일대의 땅들을 닥치는 대로 사 모았다. 농사짓는 땅들이어서 김제평야에 있는 땅값이나 별로 큰 차이가 없었다.

자배기에 뜨는 별

득량이 지리에 일가견이 있다는 소문이 전주 일대에 퍼졌다. 그전부터도 천하 명풍 진태을의 유일한 수제자라는 건 은연중에 알려져 있었다. 문제는 풍수쟁이 노릇을 하지 않는데도 이름이 나버린 것이다.

만인고에서 쌀을 가져간 사람들이 어떻게 알고 흘린 소문일까. 하성부지나 그 밖의 주변사람들도 얼마든지 말을 낼 수 있었다.

나라를 잃어버린 사람들에게 풍수는 독 깨고 사발 챙기는 격에 지나지 않았다. 망한 나라에서 묘 잘 쓴다고 당장 뭐가 될 게 있겠는가. 그래서 득량은 조용히 산공부를 해왔고 《주역》과 천문공부를 병행했다. 그뿐이었다. 남의 묏자리를 잡아주고 돈 받는 행위는 일체 하지 않았다. 그런데도 사람들은 정초부터 전주 경기전과 오목대 사이에 있는 솟을대문집을 찾아와서 묏자리를 의뢰해왔다.

"여기가 경성제국대 출신 청년명풍 정득량 선생님 댁인가요?"

"그란디 어찌 오셨소?"

문간방에서 쌀을 퍼주는 머슴이 대꾸를 할라치면 청지기 최 서방이 나서서 들입다 쏴붙였다.

"풍수나 점 때문이라면 잘못 찾아왔소. 애야, 오늘은 쌀도 그만 내주고 대문 걸어 잠가라."

"이상하네. 분명 이 집이라던데?"

"글쎄 그런 것 안 한대두요."

최 서방은 그런 사람들을 비상으로 알고 밀쳐냈다.

사람들이 비단 풍수 때문에만 오는 게 아니었다. 만주에 가서 안 돌아오는 남편이나 북해도 탄광에 끌려간 자식의 생사여부, 형무소에 갇힌 아버지가 언제 출소할지를 묻고자 오는 사람들도 많았다.

득량은 그것을 알아맞힐 수가 없었다. 동양학의 기본이자 최고의 경전인 《주역》을 점치려고 배운 것도 아니었고 용케 점을 쳐서 적중했다 하더라도 남에게 내세울 일이 아니었다. 자신의 몸과 마음을 수양하는 방편으로 활용할 따름이었다.

혈육의 생사를 모르는 것처럼 답답한 일도 없다. 달리 지옥인가. 생이별이 지옥이었고 만날 기약이 없는 세월이 지옥이었다. 득량이 봉래산 절벽의 소나무도 아니고 홀로 푸른 척할 이유가 없었다. 어지러운 세상에는 사람들과 같이 부대끼고 때를 묻히며 살아야 진짜 도를 아는 사람이었다. 문제는 아직 제대로 개안이 안 됐다는 점이었다. 본의 아니게 실수해서 죄를 지을 바에야 처음부터 손대지 않는 게 옳았다.

'잘못 찍힌 발자국을 지우는 일은 차라리 쉽지만 처음부터 땅에 발자국을 찍지 않기란 정말 어려운 일이지요.'

하성부지가 남긴 금과옥조였다. 세상의 얼마나 많은 역술가들이 틀린 상담으로 무책임한 일을 저지르며, 얼마나 많은 묘들이 엉뚱한 자리에 써져 있는가. 진인을 만나기가 정말 어렵다.

득량은 아직도 배우는 과정이었다. 솔직히 자기 집안일인 승달산 호승예불혈의 정혈도 제대로 찾아내지 못하고 있는 형편이었다. 절대로 남의 일을 해줄 처지가 아니었다. 세상에 그렇게 완벽한 직업인이 얼마나 있느냐고 물어도 별수 없다. 스스로를 만족시키지 못하면 남 앞에 서지 않는다는 게 득량의 소신이었다.

속 터지는 사람들의 절박한 심정을 왜 모르랴. 하지만 득량은 그런 손님들을 받지 않았다. 안타까웠지만 도리가 없었다. 그때마다 득량은 먹을 갈아 난을 치고 글씨를 썼다.

"우리 작은서방님이 가난한 집에서 태어나셨다면 벌써 정득량이 아니라 제갈량이 됐을 거네요."

득량이 실력을 숨긴다는 걸 잘 아는 김 기사가 자발맞게 나부댔다.

"그런 소리 마세요. 내가 뭘 압니까?"

득량은 단단히 입단속을 시켰다.

그런데 봄이 깊어가던 어느 날, 거절할 수 없는 손님이 찾아왔다. 신간회(新幹會) 중앙집행위원장을 지냈던 가인(佳人) 김병로(金炳魯, 1887~1964) 변호사였다. 메이지대학을 나온 민족주의자였다. 고향 순창에 다녀오는 길에 들렀다고 했다.

"우규 선생, 세계정세가 심상치 않게 돌아가고 있소. 머잖아 큰 변란이 생길 것만 같은데 《주역》에 밝으시다니 고견을 들읍시다."

"소생은 청맹과닙니다. 뭘 잘못 듣고 오신 듯하니 차나 들고 가세요."

득량은 죄진 기분이었다. 김 변호사는 진태을 선생 얘기를 꺼냈다. 예전에 집안일로 모신 적이 있다고 했다. 하긴 남원과 순창은 옆동네였다.

"그렇습니까? 저희 선생님께서는 훤하셨지요. 선생님 말씀을 하시니 몇 자 적어드리겠습니다."

득량은 붓을 들어서 네 글자를 썼다.

碩果不食(석과불식).

"우규 선생, 박괘(剝卦) ䷖ 상구(上九) 효사에 나오는 말씀이로군요. 무슨 뜻으로 풀이해야 하오?"

"괘의 모양을 보면, 아래서부터 다 먹혀들어 올라왔지만 맨 위 온 줄 하나가 남았지요. 그것이 큰 과일이요, 군자의 도리요, 희망입니다. 그 큰 과일은 먹히지 않지요. 하여 복괘(復卦) ䷗로 회복됨을 보게 됩니다."

스승이 돌아가신 이래 득량은 처음으로 남 앞에서 아는 소리를 했다.

"그렇구려. 그럼 언제를 그 시점으로 봐야 하오?"

"선생의 상을 보니 이마가 높고 콧날이 바로 섰으며 일월이 영명하시오. 환갑 지내면 곧바로 삼정승에 오를 상입니다. 실례지만 올해 몇이나 되십니까?"

"섣달이면 만으로 쉰둘이오."

"제가 무엇을 알까마는 오늘 마침, 선생의 귀상을 보고 미루어 짐작컨대 앞으로 10년 안에 좋은 세월이 올 듯하오."

득량은 변죽을 울렸다.

"지조를 잘 지켜오던 인물들이 하나 둘 변절하는 시절이오. 세상이 일본천하가 될 것이니 미련 그만 버리고 부역하라는 거외다. 30년을 견뎠는데 10년도 안 되는 세월을 왜 못 참고 기다리겠소. 오늘 큰 위안을 받고 돌아가오."

그는 마다는데도 글씨를 받은 답례라며 봉투를 내놓고 갔다. 처음으로 받은 복채인 셈이었다. 득량은 금액도 확인하지 않고 쌀을 사서 만인고에 보태라고 내주었다.

"우리 작은서방님 저런 성격이시니 천생이 선비랑게요. 저 양반처럼 변호사 시험 쳐서 나가시고 정치도 하시고 하면 좀 좋것어요?"

김 기사가 또 나섰다. 득량은 못 들은 체하고 넘겨버렸다.

득량은 틈나는 대로 집을 나섰다. 그는 한 번 나서면 몇 달씩 떠돌던 예전과는 달리 공부를 하다가 막히는 대목이 나온다거나 궁금한 점이 발견될 때마다 그에 준하는 자리를 찾아서 연구하고 돌아오는 식의 짧은 나들이를 자주 했다.

밤에는 달빛이 없는 맑은 날을 가려서 별자리를 연구했다.

《보천가》나 현대천문학 이론이야 거의 암송하다시피 했다. 득량이 보는 것은 전통적인 고천문학이었다. 이십팔수(二十八宿) 별자리를 통해서 국운(國運)을 보고 개인의 운명을 알아보는 고도의 은비학이었다. 단순한 천변현상의 관찰에서 나아가 점성술을 시도한 것이다.

고대 그리스의 철학자 피타고라스나 중세 프랑스의 노스트라다무스, 덴마크의 티코 브라헤, 조선의 장영실, 정북창 등이 하늘의 별을 관찰했던 과학자일 뿐만 아니라 점성술에도 일가를 이룬 사람들이었다.

똑같은 별자리를 보고 개인과 국가의 미래를 점치는 것 역시 아무나 가능한 일이 아니었다. 밤하늘 별을 보고 인물이 떨어졌다거나 탄생했다는 것, 전쟁이 발발할 조짐 등을 어떻게 알겠는가. 오직 눈이 열린 사람, 대원경지(大圓鏡智, 삼라만상이 비치는 큰 거울 같은 지혜)에 들지 않은 사람이면 어림도 없었다.

이십팔수는 황도(黃道, 태양의 길목)를 28 영역으로 나눠 별자리로 만든 것이었다. 5천 년의 역사를 지닌 동양천문학의 핵심이었다. 황도는 적도에 대해 23.5도 기울어져 있었다. 두 괘도가 만나는 지점이 춘분점과 추분점이었다.

동쪽 청룡의 뿔로부터 꼬리까지 일곱 개 별자리, 북쪽 현무, 서쪽 백호, 남쪽 주작 이렇게 사신도의 모습을 가졌다고 여겼다. 하늘의 별자리가 그러하니 그 별들이 비춘 땅도 그러하다. 거기서 풍수의 좌청룡 우백호, 주산과 안산의 개념이 나왔다. 나아가 12띠도 이 28수에서 나왔다. 28수가 동쪽에서 시작하여 남쪽으로 한 바퀴 도는 순서라면, 12띠는 북쪽 현무 중간인 허수(虛宿, 쥐)에서 시작하여 우수(牛宿, 소)를 거쳐 동쪽 남쪽 서쪽 북쪽으로 역순한다.

스승 태을에게 마이산에서 천문을 배우기 전에 득량은 이미 서양식으로 큰곰자리, 작은곰자리, 전갈자리, 페가수스자리, 오리온자리를 배운 바 있었다. 별은 천체가 운행하는 관계로 계절에 따라서 시야에서 사라졌다가 나타나곤 할 뿐이다. 그 가운데서 혜성이라는 것은 긴 꼬리를 달았는데 수십 년 혹은 수백 년을 주기로 머리 위의 천공을 지나갈 뿐이었다. 별똥별이라고 하는 유성은 거의 매일 산 너머로 떨어지곤 했다. 그런 걸 가지고 나라의 미래를 점친다는 것이 자못 우습게 여겨졌다. 하늘에 무지하던, 그야말로 호랑이 담배 먹던 시절의 얘기였다. 그래서 흘려듣고 덮어버린 것이었다.

그런데 스승이 떠나고 10년이 지난 지금, 갑자기 고천문학이 떠올랐다.

득량은 마당 평상 위에 검은 옹기 자배기 가득 물을 떠다놓았다. 자배기는 소반 같이 만든 넓적한 그릇이었다.

"여인숙(旅人宿)이라고 할 때는 잘 숙(宿)이라고 읽지만 별자리에서는 별자리 수라고 읽는다. 유념해라. '천문도'를 '성수도'라고 부르지 않더냐?"

산이 높아 하늘이 좁은 마이산 금당사 마당에서 스승은 일러주었다. 이제 득량 혼자서 기억을 떠올리고 《보천가》와 《오덕결》 등을 봐서 익힌 내용을 바탕으로 고천문학에 빠지고 있었다. 방에 불을 꺼서 반사광을 줄인 상태로 본가 마당에서 자배기를 통해 별을 보았다.

자배기에 담긴 물은 고요하고 잔잔했다. 그것은 검고 둥근 하나의 거울이 되었다. 마음을 가다듬은 뒤 가만히 들여다보면 그 속에 밤하늘이 내려왔다. 별이 반짝거렸다. 반사망원경이 된 것이다.

조선의 천문은 중국의 천문과 함께 자미성궁(紫微星宮)에 속하며 그 변화가 너무 유사하여 예로부터 선후를 달리할 뿐, 나머지는 차이가 없었다. 이를테면 조선이 나라를 세우면 그 시점을 전후하여 중국에서도 새 왕조가 들어섰고, 조선에 병란이 일면 중국에서도 병란이 일었으며, 조선이 망하면 중국도 망하기에 이르렀으니 이웃해 있으면서 그 변화가 너무도 다른 일본과는 뚜렷한 변별점이 있다.

동방칠수는 초저녁 봄에 뜨는 별자리들이며 남방칠수는 여름, 서방칠수는 가을, 북방칠수는 겨울에 뜨는데, 이는 천기가 연주운동을 하기 때문이고, 이 천기의 운행으로 사시사철 절후가 생성하며 한 해에 이르는 것이다.

스승 태을은 동방칠수부터 남방칠수까지 28수를 노래처럼 암송했다. 이제 득량 또한 그렇게 하고 있었다.

각(角), 항(亢), 저(氐), 방(房), 심(心), 미(尾), 기(箕)
두(斗), 우(牛), 여(女), 허(虛), 위(危), 실(室), 벽(壁)
규(奎), 루(婁), 위(胃), 묘(昴), 필(畢), 자(觜), 참(參)
정(井), 귀(鬼), 류(柳), 성(星), 장(張), 익(翼), 진(軫)

다 외우고 나니 스승이 옆에 계신 것처럼 기억 속에서 음성이 울려 나왔다.

"이 별자리들은 대개 그 빛이 맑으면 길하고 탁하거나 보이지 않으면 흉하다. 하지만 유독 북방칠수 가운데 우수만은 정반대로 맑으면 흉하고 어두워야 길하다. 무릇 나라의 흥망성쇠는 물론 전쟁이나 병마, 기근, 모반, 군주의 재위나 폐위, 큰 인물의 탄생과 죽음을 주관하는 각각의 별자리를 관찰해서 능히 예견할 수 있으니 계절에 따라서 초목이 성하고 쇠하듯 땅 위의 모든 인간사가 별자리의 영향을 받지 않는 게 없다.

　모든 별은 제각기 해당하는 분야가 있다. 동방칠수 가운데 각수는 용의 뿔처럼 두 개의 별이 남쪽으로 늘어서 있는데 옥과, 진안, 순창, 임실, 전주, 김제, 금구, 태인, 흥덕, 담양고을 등 전라도 일대의 길흉을 중점적으로 조림(照臨)하며 그 밖의 지역에도 부분적으로 영향을 미친다. 그 빛이 맑게 빛나면 나라가 태평하고 그 빛이 쇠하거나 어지러이 움직이면 나라가 평안치 못하다.

　항수는 네 개의 별이 마치 구부러진 활모양을 하고 있는데 역시 무주, 금산, 장수, 함양, 운봉, 용담, 남원고을 등 전라도 일대의 길흉을 조림한다. 그 빛이 맑으면 대길하고 자리를 뜨면 나라 안에 질병이 돌고 아예 보이지 않으면 나라에 큰 가뭄이 찾아온다.

　저수는 네 개의 별이 흡사 네모진 말(斗) 모양을 하고 있는데 연산, 공주, 은진, 한산, 사천, 홍산고을 등 충청도 일대의 길흉을 조림하며 그 빛이 밝으면 대길하고 보이지 않으면 장수나 신하가 모반을 일으킬 징조다.

　방수는 네 개의 별이 아래로 곧장 늘어서 있는데 부안, 용안, 만경, 임피고을을 조림하며 제왕의 덕성을 주관한다. 그 빛이 맑으면 길하고 혜성이 침범하면 병란이 일어날 징조다.

　심수는 세 개의 별이 짙은 흑색으로 보이는 매우 특이한 별로 옥구, 함열, 여산, 익산, 고산고을을 조림하며 제왕의 재위를 관장한다. 세 개의 별이 모두 밝으면 길하나 빛이 변하면 왕후에게 근심하는 일이 생긴다.

미수는 아홉 개의 별이 갈고리 모양으로 늘어서 있어 흡사 용의 꼬리와 같으며 덕원, 안변, 고원, 문주, 함흥, 무산 등 함경도 일대를 조림하며 왕비의 유덕과 부덕을 관장한다.

기수는 네 개의 별이 키질을 하는 모양으로 삼수, 갑산, 종성, 회령 등 함경도 북방을 조림한다. 그 빛이 맑으면 오곡이 풍년이 들고 유성이 침범하면 민란이 일어날 징조다.

북방칠수 가운데 두수는 여섯 개의 별이 흡사 북두와 같은 모양을 하고 있다. 하동, 거제, 진해, 합천, 의령, 해남, 거창, 단양고을 등 경상도와 전라도 남녘 일대를 조림한다. 그 빛이 맑으면 제왕과 신하가 서로 도와 천하가 태평하지만 빛을 잃으면 재상이 폐위되거나 죽을 징조다.

우수는 여섯 개의 별이 은하수 언덕 편에 있으며 아래로 아홉 개의 별이 가지런히 도열해 있다. 대구, 창원, 성주고을 등 경상도 북방을 조림하며 이 별이 맑으면 오랑캐의 침입이 있고 어두우면 무사태평하니, 모든 별자리 가운데 유일하게 어두울수록 좋은 셈이다.

여수는 네 개의 별이 키 모양을 하고 있으며 밀양, 김해, 부산, 황산, 양산, 경산, 울산고을 등 경상도 남녘을 조림한다. 그 빛이 맑으면 나라 안에 계집애의 출산이 많고 자리를 옮기면 부녀자들의 출산이 원활하지 못하며 왕비가 폐위될 징조다."

스승의 말씀은 남방칠수 끝별인 진수까지 세세하게 이어졌다. 본래 머리가 비상한 분이지만 칠순의 연세라고 믿어지지 않을 만큼 또렷한 기억력이었다. 애초 기억력에 의존한 공부가 아니라 일상생활화한 공부여서 그럴 거였다.

득량 세대만 해도 일부러 암기해야만 했다. 이미 실생활에서 떠나버린 천문학이었다. 일부 농부들에게만 정월 대보름날, 서방칠수 가운데 묘수를 보고 한 해 농사를 점치는 유습이 남아 있었다. 이른바 좀생이별이었다. 참성(參星, 오리온자리)이라는 별은 겨울에 쉽게 눈에 띈다. 그 별 오른편 큰 별 위쪽에 아주 밝은 별이 보인다. 거기서 다시 오른편으로 한 뼘 옆자리에 무리를 지어 떨기를 이룬 주홍색 별자리가 좀생이다. 서방칠수인 백호 가운데 있고 황도십이궁으로는 황소자리에 속한다. 그래서 황소 옆구리에 붙은 파리라고도 한다. 농부들은 좀생이별이 밝게 빛나면서 달보다 한참 뒤에 떨어져 가면 풍년이 든다고 하고 앞서 가면 가뭄이 든다고 믿었다.

이제 그 철지난 점성술로서의 고천문학을 득량이 붙들고 있었다. 청명한 날, 고개 들어 밤하늘을 우러르면 별은 보였다. 그런데 굳이 자배기를 이용하는 것은 비전(秘傳)의 영성체험이었다.

자배기에 뜬 별들을 보면 저절로 명상이 된다. 옅은 물이지만 지상에서 가장 깊은 연못이 된다. 아니, 우주 전체가 된다. 숨을 죽이고 생각의 물고기가 되어 유영한다. 물결을 일으키지 않는 신비한 물고기다. 거기서 자연의 원형을 만나고 만물을 만나고 신(神)을 만난다.

그곳에는 태초의 하늘이 있었다. 만물의 기본이 되는 물의 정(精)이 있었다. 그 물의 정과 뇌파가 교감하면 우주의 비밀이 보였다. 숫자가 떠올랐고 영상이 드러났다. 전혀 새로운 세상이 그 안에 있었다.

득량은 무아지경이 되어 그 세계에 몰입했다. 세상에는 언어가 아닌 것이 없었다. 세상 만물은 모두 말을 하고 있었다. 저마다 고유한 글씨를 써 보이고 있었다. 다만 인간의 언어와 문자가 아니었기에 사람들은 그것을 알아듣지 못했고 해독하지 못했다.

현묘수경(玄妙水鏡).

번개처럼 떠오른 자배기 거울의 이름이었다.

세상의 모든 것이 그 속에서 그에게 말하고 있었다. 세상의 모든 경전과 책들이 그 안에 저장돼 있었다. 넘기고 또 넘겨도 책장이 끝없이 넘어갔다. 스승의 모습도 보였다. 스승의 유년시절과 청년시절, 득도하던 장면과 지금 천상에 계신 모습도 보였다. 말씀을 나눠보았다. 생전과 똑같이 대화를 나눌 수 있었다. 득량은 자신이 무중력 상태에 있음을 느꼈다. 인간의 마을과 멀어져 다른 세상을 지나는 것 같았다. 뒷골이 쭈뼛하면서 극심한 공포가 몰려왔다. 그는 그대로 무너져 내렸다. 현묘한 수경은 깨져버렸다. 우주도 깨졌고 별도 만물도 사라져버렸다. 경전도, 책들도 모두 지워져버리고 얼굴에 차가운 물벼락만 남았다.

득량은 하늘을 향해 두 손을 모으고 기도했다.

이 신비한 체험을 어떻게 받아들여야 할까. 그것은 분명 영성체험이었다. 잡신에 홀린 것은 아니었다.

득량은 불 꺼진 집 마당에서 주변을 살폈다. 아무도 본 사람이 없었다. 그는 우물에서 다시 물을 떠서 자배기에 담은 다음, 서재로 들어갔다. 이번에는 방 안에 불을 밝히고 들여다보았다. 자신의 얼굴이 비쳤다. 그 자화상을 지우려고 눈의 초점을 가무렸다. 무언가 보이는데 분간이 되지 않았다.

이번에는 불을 껐다. 깜깜해서 아무것도 보이지 않았다. 그렇거니 자배기가 있는 지점을 알기 때문에 계속 들여다보았다. 시나브로 자배기의 형체가 드러나기 시작했다. 집요하게 안을 들여다보았다. 현묘한 수경이 나타나기를 염원하면서 계속 응시했다.

보였다. 별이 보였다. 아까 마당에서 보았던 그 별들이 보였다. 시간이 흘렀으므로 서녘으로 다소 기운 별자리들이 그곳에 빛나고 있었다. 이것이로구나. 이렇게 해서 대낮에도 천문을 본다고 하고 앉아서도 우주를 본다고 했던 것이로구나. 그렇게 생각한 순간, 현묘수경 안에서 스승 태을이 환하게 웃고 계셨다. 반가워서 뭐라고 말을 붙이려는데 바람처럼 사라져버렸다.

무안 승달산을 떠올렸다. 수경 안에 산맥이 흘렀고 정혈이 발광체가 되어 선연히 드러나 보였다. 명산도 첩지에 나온 자리는 미후랑인이 치표한 자리가 아니었다. 그 아래 낮은 곳에 숨어 있었다. 그곳은 지난번에 득량이 통맥법으로 재어 본 자리였다. 그런데 왜 못 보고 지나쳤던 것일까. 역시 영안(靈眼)이 열려야지 속안(俗眼)으로는 발로 밟고 있어도 못 보는 것이었다.

이제 경전을 떠올려 보았다. 경전이 아까처럼 고스란히 담겨 있었다. 조부님의 얼굴을 보고자 했다. 생시 때처럼 그대로 나타났다.

득량은 불도 켜지 않은 방에서 덩실덩실 춤을 추었다. 그 옛날 진묵 대사가 크게 깨치고서 읊었다는 오도송(悟道頌)이 생각났다. 춤추는 소매가 곤륜산에 걸릴까 염려스럽다고 노래했던가. 과연 그 경지를 알 것도 같았다.

얼마쯤 그렇게 열락을 즐겼던 걸까. 문득 시상(詩想)이 떠올라 불을 켜고 그대로 적어 내렸다.

봉황은 본시 계류련만
오동 없다고 닭 될쏘냐.
저양촉변(羝羊觸藩) 미워 마소
달관하면 천지로세.
천도우리(天道佑利)
지도우리(地道佑利)
인도우리(人道佑利)

우리 우리 우리 삼우리 속에
삼성영태(三星靈台)를 깨달으니
일성태(一星台)가 분명코나.

득량의 오도송이었다. 저간의 힘겨웠던 과정이 잘 드러난 깨달음의 노래였다. 봉황은 본래 닭 종류다. 죽순이 아니면 먹지 않고 오동나무가 아니면 깃들이지 않는 영물이다. 그러나 안타깝게도 때를 잘못 만나 집 지을 만한 오동나무가 없다. 그렇다고 닭이 될 수는 없는 노릇이다.

저양은 숫양이다. 뿔로 치받기를 좋아하다가 가시덤불에 걸린다. 그렇다고 자신의 뿔, 곧 남다른 재주나 처지를 원망할 일이 아니다. 수행하면 천지간에 대자유인(大自由人)이 된다. 하늘도 돕고 땅도 돕고 사람들이 돕는 가운데 천지인 삼재를 깨닫고 보니, 세상이치가 하나더라는 내용이었다.

그 순간, 아주 잠깐 득량은 종교를 창시한 교주의 마음을 알 것도 같았다. 하늘이 자신에게 특별한 영성을 주었으니 그것을 세상사람들에게 알리고 싶었을 것이다. 지난 1936년 지병으로 죽었던 차 천자도 이와 유사한 종교체험을 한 것은 아닐까. 2만 평 대지에 거금 50만 원을 들여 지은 천자궁의 꿈은 무산되었지만 수백만의 신도들을 거느릴 수 있었던 데는 분명 남다른 카리스마가 있었을 것이다. 차 천자는 나라 잃은 민중들의 메시아 역할을 했다. 로마의 식민지에서 예수가 난 것과 크게 다를 바 없었다.

이것은 분명 천명(天命)이다. 이제 무엇을 할 것인가. 고승들이나 선사들, 스승 진태을도 이와 흡사한 체험을 했을 것이다. 범속한 인간의 한계를 뛰어넘어 우주와 교감하는 경지를 맛보았을 것이다.

명문가의 400년 묘지싸움

한동안 득량은 서재에서 두문불출했다.

아내와 잠자리도 삼갔고 가족들과의 말수도 줄였다. 조카들과 자녀들에게 공부를 가르치는 것만 겨우 했다. 그렇게 몸을 가진 여인처럼 조신하며 그해 봄날을 명상으로 보냈다.

새벽 금성이 명징한 빛을 발하는 보리수 아래서 정각(正覺)을 얻은 석가는 7일간 그 자리에 앉은 채, 스스로 깨달은 진리를 즐겼다고 한다. 예수쟁이들을 핍박하기 위해 다메섹(Dammeseq)으로 가던 중, 하늘로부터 부활한 예수의 음성을 들은 바리새인 사도 바울(使徒 Paul)은 사흘 동안 실명하고 식음을 전폐했다고 한다. 다시 눈을 뜬 바울은 유대교에서 기독교로 개종하고 소명을 깨달아 복음의 역군이 되었다.

거듭나는 계기가 득도(得道)였다. 득량은 성자가 된 것도 아니고 영성체험을 한 것에 불과했지만 더욱 신중해지고 무덤덤해졌다. 본래 감정표현을 잘하는 성격은 아니었다. 이제 더 무채색이 되었으므로 맹물 같았다. 절박한 것도 없었고 재밌는 것도 없었다.

득량은 초여름 어느날, 홀연히 집을 나섰다.

서산 마애삼존불의 미소를 만나보고 한남정맥을 따라 걸어서 강화도로 들어갔다. 강화도는 단군 이래 이 땅의 역사가 여실히 살아 숨쉬는 유서 깊은 곳이었다. 주산은 고려산으로 정족산, 길상산, 마니산(摩尼山, 머리산)을 솟구쳐 올린 영성어린 섬이었다.

풍수적으로 본다면 한강과 임진강의 수구를 막아서서 서울과 경기도라는 하나의 커다란 명당으로부터 기가 빠져 달아나는 것을 방지하는 모양이다. 김포, 개풍과 함께 수사(囚謝, 물이 빠져나가는 곳을 끊어 막은 듯한 모양)라 할 수 있는데 이렇게 되면《금낭경》"사세편"에 나온 대로 이반부절(以返不絶, 기가 되돌아와 끊임없음)하게 된다. 명당수가 흘러가는 출구가 관쇄돼 있어서 기의 순환작용이 끊임없이 지속되게 마련이었다.

일찍이 단군이 머리산 꼭대기에 참성단을 쌓고 하늘에 제사지냈으며 고려조에 몽고군이 침입해 왔을 때는 한 시절이나마 나라의 도읍지가 되기도 했다.

이 강화도는 남쪽 제주도, 동쪽 울릉도와 더불어 이 나라를 떠받들고 있는 삼발이, 곧 세 개의 발 가운데 하나였다. 이 나라에는 수많은 크고 작은 섬들이 있었다. 섬이라고 해서 명당이 아닌 게 아니었다. 백두산의 기운은 바다를 건너 독도는 물론 일본열도까지도 이어지기 때문이다. 기운이 세차기 때문에 바다 위로 솟구칠 수 있었다. 그리하여 옛날부터 시대를 흔들었던 걸출한 인물이 심심찮게 섬에서 태어났다. 신라 때의 해상왕 장보고가 완도 태생이며, 고구려 연개소문은 바로 이곳 강화도 태생인 것이다. 그 외에도 수많은 인물들이 섬에서 태어나 천하를 호령했다.

득량은 언제부턴가 상실감에서 벗어났다. 스승이 계셨더라면 더 좋았겠지만 없다고 해서 막막한 느낌은 더 이상 갖지 않게 되었다. 혼자서도 충분히 보고 온전히 느끼는 그런 여정이었다. 사람들을 만나도 최소한의 필요한 말밖에는 하지 않았다.

경기도 파주 광탄면 분수리 박달산에는 고려조에 대원수를 지낸 명

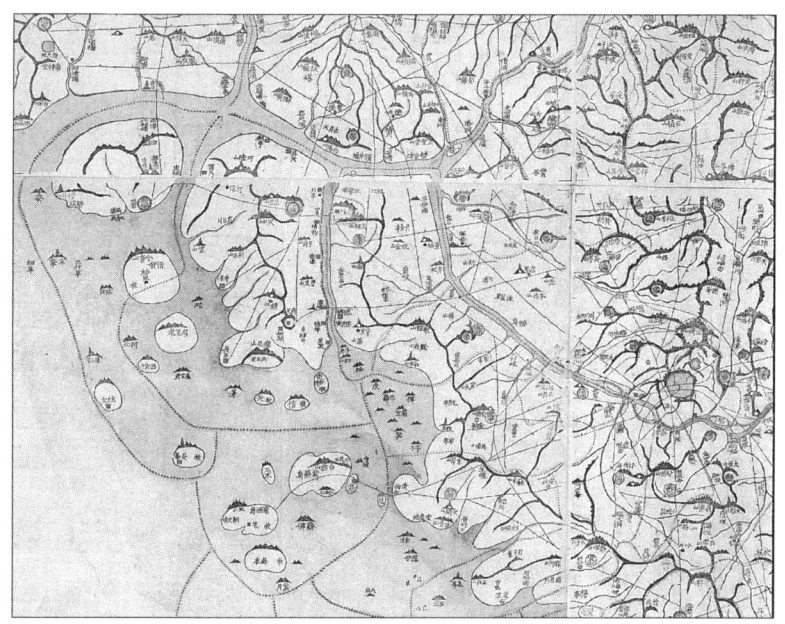

대동여지전도 강화도 부분, 성신여자대학교 박물관 소장

장 윤관(尹瓘, 1040~1111)이 안장돼 있다. 문과에 급제한 장군은 그 야말로 문무를 겸했으며 여진족을 정벌했고 두만강 북쪽 7백 리까지 국경을 확장했다. 장군은 풍수에도 밝아서 고려 숙종의 명을 받아 남경(南京) 터를 잡고 도성을 축조했다. 이성계가 경복궁터를 잡기 300년 전의 일이다. 한양의 밑그림을 일찍부터 윤관 장군이 그린 셈이다.

장군의 묘는 등을 매달아 놓은 모양의 괘등형(卦燈形)이다. 이런 혈자리는 반드시 혈 앞에 기름병 모양의 안산이 필요한데 과연 동그란 모양의 유병안(油甁案)이 혈장 앞 길 건너 논 가장자리에 있다. 옥대를 놓은 듯한 안산, 겹겹이 두른 나성, 금국체의 백호 날이 가지런하나 안산 줄기가 끝에서 역두(逆頭)로 솟았고 청룡 날의 허리가 다소 허한 게 흠이다. 그렇지만 명묘임에는 틀림없다.

파평윤씨가 고려조에는 삼한갑족(三韓甲族)으로, 조선조에는 418명의 문과 급제자를 내어 844명을 낸 전주이씨에 버금가는 집안이 되었다.

이런 윤관의 묘도 한때 잃어버리게 된다. 조선 연산군 6년(1500)에 고양, 파주, 양주 일대를 왕의 수렵지로 묶어 백성들의 출입을 금하면서 자연 실전(失傳)되어버린 것이다. 파주땅이 연산군의 사냥터로 묶인 관계로 성묘를 할 수 없게 되자, 윤씨들은 윤관의 산소를 차차 잊을 수밖에 없었다. 고려조의 손꼽히는 명장이자 가문의 자랑인 윤관 대원수에게 성묘할 수 없게 된 윤씨들은 송구스런 마음을 금치 못하면서도 어명을 거역하지 못했다. 그러다가 후대로 내려오면서 그만 묘를 잃어버리고 만 것이다.

공자 같은 성인도 아버지 숙량흘의 묘를 잃어버린 적이 있었다. 세 살 때 아버지를 잃고 가세가 빈곤하여 일찍이 집안살림을 꾸려가야 했다. 그러다 보니 아버지의 산소를 돌볼 여유가 없이 살았다. 스물네 살 때, 어머니 안징재를 여의었고 임시로 장사지냈다. 훗날, 아버지의 상여를 멘 사람의 어머니가 귀띔해 주어 비로소 아버지의 유골을 찾아 합장할 수 있었다.

묘가 실전된 지 200년 이상을 넘긴 영조 때, 후손 윤동규가 윤관 할아버지의 묘가 실전된 것을 안타깝게 여기던 중, 드디어 아들과 함께 보서(譜書)에 기입된 지형을 답사하기에 이르렀다. 여러 날을 찾아다닌 보람이 있어서 윤동규는 박달산에 이르러 선조 윤관의 묘로 여겨지는 작은 봉분 하나를 발견하는 성과를 거뒀다. 한데 비석도 없고 봉분도 도원수의 것이라고 하기에는 너무 작고 초라하여 처음에는 윤관의 산소가 아닌 것으로 여겼다.

더구나 불과 10여 보밖에 떨어지지 않은 윗자리에 문인석과 상석,

비석까지 세운 커다란 묘가 있었다. 비문을 읽어보니 효종 때 영의정을 지낸 심지원(沈之原)의 묘였다. 심 정승의 묘 바로 위에 두 개의 묘가 더 있으니 우편 구릉에 있는 것은 심 정승의 부친 묘요, 심 정승의 묘 바로 위에 있는 것은 그의 조부의 묘였다. 말하자면 이 일대는 심씨들의 선산이나 다름없었다. 왕에게 주청(奏請)하여 사패지(賜牌地)로 받은 땅이었다. 심 정승이 묻힌 때는 1662년이었다.

윤동규는 보서에 나와 있는 윤관 도원수의 산소 위치가 잘못 기록됐다고 믿었다. 그리하여 주변의 다른 산을 찾아보려고 청룡 날을 넘었다. 그때 아들이 큰 소리로 외치는 것이었다.

"아버님, 저 밑에 깨어진 비석이 있습니다. 석물도 어지럽게 널브러져 있는데요?"

윤동규가 달려가 확인해보니 내용 파악이 불가능할 정도로 심하게 깨진 비석이었고 무덤 위에 곡담을 쌓았던 것으로 보이는 석물들이 한 무더기였다. 일부는 흙에 묻히고 일부가 드러난 것이었다. 벌써 오래 전에 깨지고 묻힌 석물들로 보였다. 비바람에 마모된 흔적이 역력했다.

"아버님, 왜 이 석물들을 부숴서 땅에 묻었을까요?"

아들이 사뭇 의심스럽다는 어조로 여쭈었다.

"글쎄 말이다. 비석에 새겨진 글자들을 다 부숴놨으니 누구 묘 앞에 서 있던 건지를 확인할 수가 없구나."

윤동규도 고개를 갸웃거렸다.

"아까 그 산소 말씀예요. 앞쪽으로 묘역이 무척 넓던데 봉분이 아주 작은 게 좀 이상하던데요. 혹시 누가 삭소(削小, 깎아 줄임)라도 한 게 아닐까요?"

"나도 그것이 좀 이상했다."

"그렇다면 아버님, 심씨들이 할아버지 산소 위에 압장(壓葬)을 하고 그 근거를 없애려고… ?"

"설마 일국의 정승을 지낸 분이 그 해괴한 짓을! 청송심씨들은 얌전한 가문이다."

"명당이라면 체면 따질 게 있겠습니까? 정승이 아니라 왕도 남의 자리를 빼앗는데요."

그렇다면 심씨들의 짓인가!

윤씨 부자는 그 길로 귀가해 문중회의를 열고 중지를 모은 다음, 날을 잡아 산역꾼들을 모았다. 그 초라한 산소가 윤관 할아버지의 묘라면 분명 지석(誌石, 죽은 사람의 인적 사항이나 무덤의 소재를 기록하여 묻은 판석. 매장자가 토지신에게 땅을 샀다는 매지권)이 나올 것이었다. 지석을 보면 누구의 묘라는 게 분명히 드러날 것이다. 예상대로 지석이 나왔고 분명한 윤관의 묘라는 게 입증되었다. 묘를 찾아나선 지 장장 8년 만의 개가였다. 윤동규는 심씨들이 일을 벌인 걸 알았다. 그는 즉시 이 지석을 들고 입궐했다.

"전하, 눈을 뜨고 감시하지 않아도 세상 모든 일이 바르게 되어 가는 까닭은 예법이 있기 때문입니다. 한데 어찌하여 심씨들은 저희 윤문의 산소를 침입했는지 좀처럼 납득이 되지 않습니다. 심씨들이 전조의 명신 윤관 장군의 산소에 압장하는 과를 범했으니 이를 법으로서 다스려주소서."

영조는 친히 사건의 전말을 알아보았다. 과연 윤관의 묘 위에 심씨들이 압장하고 근거를 없애느라 곡담이며 마석, 능인석, 비석을 깨서 버린 게 분명했다. 그렇다고 조선조의 정승을 지낸 심지원의 묘를 다른 곳으로 이장하라고 할 수가 없었다. 벌써 오래 전에 쓴 묘였고 양가 모두 까마득한 후손들만 있을 뿐 당사자들은 묘밖에 남아 있질 않는 상태였다.

영조는 양쪽 모두를 만류하여 다툼을 금했다.

"윤관은 고려의 명상이고 심지원은 우리 조선조의 명상이다. 당시에는 사패지로 받아서 그리 한 것이니 오늘날 모양이 좋지 않더라도 각기 묘를 수호하여 서로 침범치 말고 봉사하라."

동산소를 하라는 말이었다. 하지만 양쪽 가문의 묘 싸움은 좀처럼 그칠 줄을 몰랐다.

윤씨문중 사람들이 심 정승의 묘를 파헤치기로 뜻을 모았다. 그들은 돈을 모아 인부들을 거느리고 가서 심 정승의 봉분을 파헤쳐 버렸다. 이 소식을 접한 심씨네가 무리를 지어 박달산으로 몰려와서 산역을 마쳐가고 있는 윤씨들을 두들겨 팼다. 양쪽 집안사람들 가운데 뼈가 부러지는 등 크게 다친 사람들이 부지기수였다. 하지만 아무리 싸워도 해결될 기미가 없었다. 두 집안 가운데 한 집안이 이장을 하지 않는 이상 화해란 불가능했다. 왕이 명령하여 다툼을 금하라 했지만 모두 소용없었다.

양쪽 가문의 벼슬아치라는 벼슬아치는 다 몰려와서 왕의 선처를 구했다. 윤씨나 심씨 모두 대족으로서 조종의 덕의를 크게 입고 있는 처지들이었다. 놔두고 있다가는 기강이 무너지고 풍속이 어지러워질 여지가 많았다.

이에 왕이 친히 문책하기로 했다. 왕은 양 가문의 유사들을 입궐토록 명했다. 1765년 영조 41년 윤달 2월 24일이었다. 이미 해가 기울었는데 왕이 친문(親問)을 시작했다. 홍화문 앞에 횃불이 밝혀지고 양가의 유사들이 부복해 있었다. 입직한 옥당관(玉堂官) 김노직 등이 여러 가지 이유를 들어 친문을 그만 거두도록 간원했다.

"전하, 아무리 큰 산송이라 하나 이는 윤·심 양대 가문의 사적인 송사이옵니다. 집안 유사들에게 회부시킴이 옳다고 사려되나이다. 전하께옵서 친문하심은 국체를 손상시키는 일이라 아니할 수 없사옵고 이미 밤이 깊었사온데 사적인 일로 임문(臨問) 하심은 부당하옵니다. 그만 거두어주소서."

김노직 외에도 여러 신하들이 뜻을 같이했다. 하지만 그들은 다소 소극적이었다. 오직 김노직만이 국체 손상을 들어 집요하게 말리고 나왔다.

"이걸 어찌 사적인 송사라 하느뇨? 윤·심 양 가문이 하루를 거르지 않고 다퉈 조정이 어지러울 지경인데 그래도 사적인 일이더냐!"

영조가 어안을 부라렸다.

"전하, 그래도 친문할 일이 못 되옵니다. 그만 거두어주소서."

김노직도 굽히지 않았다.

"과인이 이미 친문을 하고자 양 가문의 유사들을 입궐케 했으니 물릴 일이 아니로다. 경은 과인의 뜻을 거역하지 말라."

영조의 옥음에 노기가 어렸다. 이른 봄 밤공기가 뒤흔들렸다.

"전하, 사가(私家)의 일개 산송을 제왕이 친문하셨다는 말씀은 일찍이 들어보지 못했나이다. 이는 예법이 아니옵니다. 그만 두소서."

김노직도 참 어지간했다.

"뭣이! 하면 과인이 지금 예법에 어긋난 일을 하고 있다는 게냐! 저런 불충한 자를 봤나. 당장 파직시키고 형장을 가하라!"

영조가 몸을 떨었다. 아무도 더 이상 이의를 제기하지 못했다.

왕이 윤·심 양가의 유사를 친문했다. 전 첨정(僉正) 윤희복과 전 도정(都正) 심정최는 늙어 벼슬에서 물러나 이제는 양가의 유사를 보고 있는 처지들이었다.

"전하, 이미 선대에 쓴 묘를 압장한 것은 부당한 처사이옵니다. 윤관 장군을 바로 위에서 누르는 격이니 후손된 도리로 절대로 동산소할 수 없사옵니다."

윤희복이 완강하게 버텼다.

"신도 뜻을 같이하옵니다. 남의 산소를 침입한 건 처음부터 도리가 아닌 것으로 아옵니다."

입시대관(入侍臺官) 윤승렬이 윤희복의 편을 들었다.

"하면 나중에 쓴 심씨문중에서 다른 곳에 이장함이 어떨꼬?"

"천부당만부당이옵니다. 결과적으로 압장하는 꼴이 됐다 하나 이미 사패지로 받아서 쓴 묘를 이장할 수는 없사옵니다. 차라리 이 미천한 아랫것을 죽여주옵소서."

심정최도 이빨 하나 들어가지 않았다. 입시대관 이보관도 전대의 임금이 심 정승에게 내린 사패지에 심 정승이 묻혔으니 이장할 이유가 없겠노라고 감싸주었다.

"하면 어찌해야 이 넌더리나는 산송을 끝낼꼬!"

"죽여주옵소서."

영조의 고민에 두 유사가 땅에 이마를 박았다.

"이런 괘씸한 것들! 두 사람을 매우 쳐라!"

차례로 형장을 가한 영조는 멀리 귀양을 보내버렸다. 입시대관 이보관과 윤승렬 등도 좌우를 감싼 죄가 있으므로 파직을 명했다. 한낱 사가의 산송이라고 하기에는 너무 희생이 컸다.

친문을 갈무리하면서 왕이 말했다.

"내가 가장 미워하는 것은 허풍치고 과장하는 것인데, 이번 심·윤 양가의 일 역시 가문의 세력을 모아 과도한 송사를 벌여서 이리 된 것이다. 비록 엄하게 치죄하였으나 무릇 나의 신하들은 마땅히 이로써 경계하고 각각 조심할 것을 생각하라. 주문공(朱文公, 주자)이 이른

바, 비록 한 가지 일이지만 여러 가지 사단을 경계할 수 있다는 말로 오늘의 친문을 가름하고자 한다."

밤이 깊어 친문이 끝났으나 동산소하라는 명은 그대로 둔 셈으로 훗날 산송의 씨를 남겼다. 윤희복은 나이 칠순이 넘은 노쇠한 몸으로 형장을 받았던 게 치명적이었다. 며칠이 되지 않아서 귀양가는 도중 죽으니 이는 산송 끝에 장살(杖殺) 당한 것이었다. 명백하게 남은 화근의 불씨였다.

득량은 언제고 그 불씨가 봄날의 여우불이 되어 되살아나리라고 생각했다. 명당은 밝은 터인데 그 그늘이 너무 짙었다. 조상의 묘를 잘 돌봄은 분명 아름다운 효행의 일환이었다. 주자의 말씀대로 살아계실 때처럼 정성을 다해 조상께 제사하고 묘를 돌봄은 미풍양속이다. 하지만 두 집안이 한 자리를 두고 다투다 보니, 죽은 조상이 산 자손에게 복을 주는 게 아니라 아예 잡는 꼴이 되고 말았다. 청송심씨나 파평윤씨가 특별히 악하다거나 심술궂다는 말은 세상에 없다.

백두산 천지에서

스승 태을이 눈물을 뿌렸던 임진강을 건넜다. 스승께서 왜 그랬는지 이제는 훤히 알고 있는 득량이었다. 개인에게도 운명이 있듯이 국운도 있었다. 개인의 운명을 바꾸기도 어렵지만 국운은 더 어쩔 수 없었다. 그것은 천하장사라고 태풍에 맞서는 행위와 똑같았다. 어림도 없었다.

득량이 지금 할 수 있는 일은 국토의 허리가 부러지기 전에 예전에 미처 가보지 못했던 산하를 밟아보는 일이었다. 그리고 새로운 세상이 열릴 때까지 공부하면서 후손들의 밑거름이 돼주는 일이었다.

 개성 송악산 북쪽과 만수산 남쪽에는 왕릉들이 즐비하다. 고려 태조 왕건의 능을 찾은 다음, 공민왕과 원나라에서 시집온 노국공주의 능을 찾았다. 송악의 서쪽 개풍군 해선리 무선봉 산중턱에 나란히 자리잡은 능이었다. 공민왕은 그토록 사랑하던 왕비가 죽자 자신이 죽을 때까지 9년 동안 직접 설계하고 감독하여 아름다운 쌍무덤을 만들었다. 이전까지는 왕과 왕비의 무덤이 따로 만들어졌는데 공민왕 때 처음으로 한자리에 조성되기 시작했다.

 여기에는 애틋한 두 사람의 사랑이 담겨 있다. 공민왕은 원나라가 어지러워진 틈을 타서 자주개혁 노선을 편다. 노국공주는 모국보다 고려의 편에 선다. 그 때문에 더욱 왕의 사랑을 받았다. 그런데 시집온 지 8년 동안이나 아이가 생기지 않았고 어렵게 잉태했으나 난산으로 죽고 만다. 공민왕은 공주의 초상화를 그려놓고 마주 대하며 못 다한 사랑을 아파했다. 결국 정신착란 증세까지 겪게 되고 측근들에게 시해된다.

 두 사람은 죽어서 다시 만났다. 벽화가 그려진 화강암 판돌 널방은 화려했다. 천장에는 북두칠성과 삼태성이 빛났고 태양도 떴다. 두 개의 능 널방 사이에는 비밀통로가 있었다. 석벽 가운데다 두 널방이 서로 통하는 작은 구멍을 뚫었던 것이다. 혼끼리 서로 만나 못 다한 사랑을 나누고자 함이었다.

 도굴꾼들에게 일찍이 도굴되었지만 두 사람의 사랑만큼은 그 어떤 도적도 훔쳐갈 수 없었다.

개마고원은 이 나라의 용마루였다. 민족의 영봉 백두산이 만년설을 머리에 이고 북쪽하늘에 치솟아 있고 서쪽으로는 그림 같은 부전고원이 장엄하게 펼쳐져 있다. 백두산의 기운찬 맥을 바로 코앞에서 받는 이 개마고원은 수려한 산맥들이 끝없이 이어졌고 기암절벽과 태고의 원시림이 하늘을 가렸다. 이깔나무나 가문비나무, 붕비나무, 자작나무, 황철나무 따위의 한대림이 주종을 이뤘고 호랑이, 승냥이, 곰, 멧돼지, 이리 등의 맹수들이 밀림을 누볐다.

고원에 사는 사람들은 화전을 일궈 감자, 찰기장, 조 따위를 밭에 심고 틈틈이 사냥도 했다. 집은 대부분 통나무집이었다. 그러나 옹기종기 마을을 이루고 있는 산촌의 인심은 더없이 좋아서, 지금 이 사람들이 일제치하에 살고 있는 것인가, 아니면 어디 딴 나라에 도피해 와 살고 있는 것인가를 의심해야 할 정도였다.

백두산 가는 길은 이미 잘 나 있었다. 여관들도 있었고 여름 성수기라서 등산객도 많았다. 주로 일본인들이었다. 득량은 굳이 화전민의 귀틀집이나 사냥꾼들의 산막을 찾았다. 번다한 사람들과 어울리고 싶지가 않았다.

백두산으로 향하는 득량의 마음은 무겁고 어두웠다. 천하명당이 있다고 하자. 그런데 그 주인은 누구인가. 제왕이나 위인 한 사람이 차지해버리는 곳이 과연 천하명당일까. 나라가 깨졌는데 그런 명당이 무슨 소용일까. 머잖아 국권이 회복되기는 한다. 하지만 혼란은 계속 이어진다. 그럴 때 명당의 역할은 무엇인가.

득량은 그 모든 의문들을 짐 지고서 백두산을 오르고 있었다. 백두산 초입 보천보에서 차돌같이 야무진 짐꾼 한 사람을 샀다.

초입을 벗어나니 그때부터는 별반 가파른 곳이 없었다. 그저 밋밋한 평지를 걷는 느낌이 들었다. 그러나 멀리 구름 속으로 백옥을 깎아 만든 거대한 탑과도 같은 봉우리가 웅자를 드러내고 있어서 과연 높은 산이라는 걸 짐작할 뿐이었다. 길은 입추의 여지없이 빽빽하게 들어차 있는 삼나무와 전나무, 자작나무숲 사이로 흐르고 있었다.

천수동, 동석동을 지나니 그때부터는 갑자기 하늘을 뒤덮던 원시림이 사라지고 키 작은 관목 숲이 나타났다. 곳곳에 마른 풀 사이로 초원이 몸피를 부풀려가고 검은 화산암이 쌓여 언덕을 이루었다. 그 돌들 틈새로 수백 년 묵어 넘어진 아름드리 나무들이 짐승의 뼈처럼 썩어가고 있는 게 보였다.

여관에서 묵고 다음날 민둥산을 더 올라 마침내 천지(天池), 하늘연못에 다다랐다.

하늘연못!

선녀의 옷자락 같은 구름 사이로 장광이 드러났다. 감탄하며 망연히 바라보고 서 있었더니 홀연히 불어온 바람이 구름을 몰아 거대한 장막을 드리워버렸다. 이내 후두두 비가 내렸다. 황량한 바위 밑에서 우장을 걸치고 비바람을 피했다. 건곤이 먹장구름에 가려졌다. 여리게 풀어놓은 먹물 속에 잠긴 기분이었다. 귀청을 때리는 돌풍이 불어서 폭포 떨어지는 듯한 굉음을 냈다. 모래와 자갈을 동반한 바람이 석벽에 부딪쳐서 내는 소리였다.

"백두산 산신님은 조화를 곧잘 부리시지비. 그래도 운이 좋아서 잠시나마 천지 구경했소꼬마. 오늘은 이제 틀렸소. 적당히 틈을 봐서 날래 하산해야지비. 안 그라믄 일나네요. 저 아래 여관에서 묵었다가 맑아지면 다시 와야 하겠소꼬마."

짐꾼이 하산을 독촉했다. 백두산 짐꾼노릇으로 잔뼈가 굵은 사내였다. 쉽게 갤 일기가 아닌 것이다.

"천제(天祭)를 지낼 준비를 해왔소만 아쉽군요."

득량은 더 버텨내지 못하고 산정을 내려왔다. 강풍에 날아가지 않도록 짐꾼과 서로 끌어안고서 겨우 바람이 잔잔한 지점에 도착했다.

부산여관이라는 곳에 들어가서 둘이서 어렵게 방 하나를 구했다. 여름철 성수기라 방 잡기가 하늘의 별 따기였다. 오후 내내 바람이 불고 비가 내렸다. 저녁에도 마찬가지였다. 경우에 따라서는 사흘 내리 흐린 경우도 있다고 했다. 천지신명께 빌면서 다음 날이라도 개기를 기다렸다.

오후가 돼서야 날이 맑아졌다. 짐꾼이 빨리 가자고 부산을 떨었다. 때를 기다렸다가 천지에 오르는 사람들이 수십 명이나 되었다. 득량은 짐꾼의 도움으로 가장 먼저 천지에 올랐다. 그리고 티 하나 없이 드러난 장엄한 하늘연못을 보았다. 충격적이었다.

청동거울!

아니, 자배기에 담겨 있던 영험한 거울, 현묘수경이 거기에 있었다.

득량은 두 손을 모으고 경건하게 기도했다. 민족의 영산(靈山)이라고 학습 받아서가 아니라 저절로 그렇게 숙연해지던 것이다.

조촐한 제물을 진설해놓고 천제를 모셨다. 고유문은 속으로 읊조렸다. 이 강산에 아직 어둠이 짙으나, 조만간 시련을 이겨내고 세계만방에 힘을 떨치도록 기운을 몰아달라고 빌었다. 쇠말뚝이 박힌 산천, 겨레의 멍든 가슴을 하늘의 약손으로 어루만져 말끔히 낫게 해달라고 빌었다.

민족의 영산, 백두산!

머리에는 하늘연못을 이고, 가슴속에는 이글거리는 불을 머금고 있는 기운찬 천하명산이었다. 삼천리강산이 모두 이 백두산 낙맥이었다. 때문에 이 땅은 세계 어느 나라보다 풍수의 영향을 그대로 받는 곳이었다. 다만 지금은 때가 악했다. 어머니 품처럼 온유한 이 산국에서 순박한 하늘 백성들이 살고 있었다. 단지 근대화에 늦었다고, 강대한 군사력이 없다고 오랑캐들이 침범했다. 누구의 잘못일까. 자기 나라에서 선하게 살아온 사람들이 잘못인가, 힘이 없다고 유린한 세력들이 잘못인가.

하늘은 그 답을 안다.

강자가 약자를 빼앗고 그네들만 살아남는 세상이라면 그것은 분명 천도가 아니라 패도(覇道)가 지배하는 난세다. 약육강식이야말로 동물의 세계다.

이 높은 산에도 들꽃들은 피어난다. 이름 모를 들꽃들은 저마다 다른 모양, 다른 색깔로 피었다. 소박하게, 애잔하게, 화려하게 제각각 피어나 자기 세상과 자기 하늘을 지녔다. 그것이 자연이고 천도였다.

곧 돌아오는 것인가. 잠자고 있던 이 땅의 힘이 곧 돌아오는 것인가. 그리하여 어둠을 밀쳐내고 예전의 그 모습을 되찾을 것인가.

한 번 치명적인 절망을 맛본 존재는 다시는 본래 모습으로 돌아갈 수 없다. 어둠에 짓이겨지고 싸우는 동안 어둠의 실체를 보고 어쩔 수 없이 닮아간다. 제발 선량한 마음의 원형만은 그대로 지녔으면 얼마나 좋을까.

일찍이 스승 태을은 돌아오는 하원갑자년인 1984년이 민족융창의 기점이라고 했다. 아직은 멀었지만 분명 그날은 온다. 오고야 만다.

절을 올리는데 뒤에서 다른 사람들도 함께 따라했다. 더러는 일본인의 말소리도 들렸다. 가해자건 피해자건 지금 이 하늘연못에서는 한마음이었다. 가정이 평안하며 몸 건강하고 사랑하는 사람과 행복하게 살기를 기원하는 마음은 모두 같았다.

"아, 당신은!"

귀에 익은 목소리였다. 돌아보니 그녀였다. 하지인, 그녀였다. 10년 전에는 한강이 합수치는 두물머리에 대기하고 있더니 오늘은 백두산 천지에 와 있었다. 저간 까맣게 잊고 있었던 첫정이었다.

"여기까지 어떻게 온 거요?"

득량은 죽은 사람을 만난 것처럼 놀랐다. 같은 색 등산복 차림의 일행들이 보였다. 단체로 등반온 모양이었다.

"방학이라 동인지 시인들과 함께 여행왔어요."

하지인은 예전 모습 그대로였다. 단발머리도 여전했고 야무져 보이는 얼굴에는 잔주름 하나 없었다. 이제 서른넷이 되었을 그녀였다. 가정도 꾸리고 아이들도 뒀을 게다. 자못 미안한 마음이 들었다.

득량은 지인의 일행들에게 머리를 숙였다. 연령층이 다양한 남녀들로 열 명 남짓이었다.

"하 선생, 이제 보니 잘 생긴 저 신사를 백두산에 숨겨놓고서 독신주의자라고 했군 그래."

그 중 가장 연만한 반백의 사내가 농을 던졌다.

"맞아요. 제 영원한 사랑이죠."

예전이나 지금이나 스스럼없이 속내를 표현하는 하지인이었다. 오히려 득량의 얼굴이 붉어졌을 뿐 그녀는 사람들의 이목을 개의치 않고 득량에게로 바투 다가섰다.

"오늘 내가 산상 결혼식 주례 좀 서줄까? 찬물 한 사발 떠놓고 식 올린다고 했잖아. 백두산 천지를 거기에 비하겠어?"

"멋지네요!"

여기저기서 박수가 터져 나왔다.

"문학하시는 분들이라 유머가 넘치시네요. 이 과일들 좀 드세요. 여기 이 분이 이걸 짊어지고 올라오시느라 진땀을 뺐지요."

득량이 관심을 돌렸다. 사람들이 웅성대면서 과일을 집어들었다. 득량과 하지인은 한쪽으로 비켜서서 서로 못 보았던 10년 동안의 신상을 물었다. 하지인은 정말 여태껏 독신이었고 교사생활을 하는 시인이었다.

"당신에 대해서는 얘기 안 해줘도 돼요. 매일 당신을 생각하면서 온전히 느끼고 있으니까요."

과연 맹렬 신여성다웠다. 득량의 신상에 대해서 알아보려면 얼마든지 알 수 있는 일이었다.

"그럼 우리 스승께서 돌아가신 것도 알고 내가 사남매 아버지라는 것도 알고 있겠구려."

"그 노인네 참 모질었어요. 저 같은 사람은 왜 안 된다는 건지 지금도 납득할 수 없어요. 저라면 득량 씨를 보란 듯이 출세시켰어요. 지금 당신의 그런 모습도 나쁘진 않지만요."

"난 이대로 구족하오. 당신이 혼자인 게 걸리는군."

"왜 혼자예요? 전 당신을 떠나보낸 적이 없어요."

눈부신 햇살 아래 두 눈이 반짝거렸다. 본래 초롱초롱한 눈이었는데 물기가 어려서 더 그랬다.

"그 노인네는 율곡의 어머니 신사임당 같은 여인을 바랐나 보죠? 미안한 말씀이지만 저는 그런 현모양처는 답답하고 재미없어서 안 할래요. 저는 허난설헌(許蘭雪軒, 1563~1589) 같은 여걸(女傑)이 되고 싶었답니다. 여자로 태어난 걸 한탄하며, 중국이 아니라 조선에 태어난 걸 한탄하며, 졸장부 김성립의 아내가 된 것을 한탄했던 그런 여걸 말씀예요."

하지인은 득량의 스승 진태을 꼬박꼬박 노인네라고 호칭했다. 감정이 섞였지만 솔직한 표현이었다. 이제 그런 표현에 언짢아할 득량이 아니었다. 얼마든지 그럴 수 있었다. 다만, 불세출의 여류시인이자 혁명가 기질을 가지고 태어났던 허난설헌을 꿈꿨다는 그녀에게 묘한 감정을 느꼈다.

"당신도 시인이 됐고 영리한 사람이니 맘껏 날아보지 그러오. 식민지 나라 조선에 태어나서 안 되는 거요?"

득량은 좀 안쓰러웠다.

"그것은 오히려 기회죠. 시절이 험하니 얼마든지 더 좋은 시가 나올 수 있지 않겠어요? 전 허난설헌이 못 돼요. 우선 천재가 아니라서 그분처럼 요절할 수 없고, 너무 걸출하여 구름 속에 가린 비룡(飛龍)을 그리워하느라 너무 많은 시간을 허송해버렸어요."

득량을 구름 속에 가린 비룡이라고 여기는 눈치였다.

"지인 씨, 난 숨어사는 선비에 불과하오. 한 번이라도 날아본 적이 있어야 비룡이지. 그만 날 놓아버리고 좋은 사람 만나요."

"웬 내정간섭! 내 삶은 내가 주인공이에요. 당신에게 절대 부담주지 않아요. 내 방식대로 당신을 바라보고 내 방식대로 내 삶을 개척해 가겠어요."

너무 단호하여 부러질 것만 같았다. 백두산 하늘연못가에서 나누는 대화 치고 너무 전투적이었다.

"우리 하늘연못에 손 좀 담그지 않겠소?"

득량이 어색한 분위기를 바꾸며 먼저 내려갔다. 한여름 뙤약볕에 달궈졌는데도 차갑기만 했다. 하지인이 곁에 나란히 앉아서 손을 적시다가 득량에게 물세례를 퍼부었다. 얼굴과 옷이 흥건하게 젖었다.

"아이 차가워!"

득량도 맞장구를 치려다가 참았다. 여교사의 옷을 젖게 할 수는 없었다.

"이리 오세요, 함께. 사진 찍는대요!"

위쪽에서 하지인의 일행이 불렀다.

"함께 가요."

"아니오. 난 시인이 아니잖소."

"득량 씨야말로 진짜 음유시인이시죠. 바람의 얼굴을 보고 물의 노래를 부를 줄 아는 자연주의 시인 말예요."

"참 여전하구먼."

"알았어요. 그럼 나 먼저 가서 찍을 테니 나중에 올라와요. 우리 둘이 여기서 만났으니 기념사진 한 장은 남겨야겠네요."

그것까지 거절할 수는 없었다. 나중에 둘이서 하늘연못을 배경으로 사진을 찍었다. 저녁에 한 여관에서 묵었고 백두산을 내려올 때까지 사흘 동안 동행이 되어주었다.

그 무렵 득량은 어떤 일이고 재미를 느끼지 못했다. 매사가 물처럼 맹맹하고 담담했다. 본래 자극적인 데가 없는 사람이지만 현묘수경을 체험하면서부터 세상사가 싱거워졌다.

하지만 하지인의 경우는 달랐다. 그해 늦여름의 사흘 동안 그녀는 백두산에 함께 여행 온 동료들의 이목과 시샘을 아랑곳하지 않고 신혼과도 같은 단꿈에 젖어들었다.

당신은 바람의 얼굴을 보았다고 하셨나요.
내게는 당신이 바람입니다.
낮동안 물 위를 걷는 바람과
저물녘 산 아래로 손을 더듬어 내려오는 바람,
지금 내 곁에 잠든 바람이 당신의 한 얼굴입니다.

언젠가 나는 당신과 하나의 돌탑이고자 했으나
오늘은 돌을 다듬어 무지개다리를 놓습니다.
눈부시지만 잡을 수 없는 것이 무지개라서
사람들은 바위를 쪼아 무지개다리를 만듭니다.
떨어져 있음이 이별이 아님을 다리는 말합니다.
한 번 영혼이 서로 맞닿으면
만 년의 세월 동안 이별 없는 홍교(虹橋)의 사랑

21
불멸의 혼

해방, 다시 일어서는 산하

백두산 아래서 하지인과 헤어지고 난 이후 정득량의 행적은 분명치 않다. 대구에 살고 있는 정한수 교수의 숙부는, 가정생활에 충실한 나날이었다고 기억한다. 당시 소학교에 입학해 있었는데 틈틈이 아버지 정득량으로부터 《천자문》과 《동몽선습》을 배웠다고 했다. 지금은 고인이 된 형, 그러니까 정득량의 장남이자 정한수 교수의 부친은 아버지와 함께 시베리아 바이칼 호수를 여행했다고 한다. 1944년 여름방학 때였으니, 중학교 1학년이었다.

정득량이 죽고 몇 달 후에 정한수 교수의 부친도 췌장암으로 죽었다. 매우 건강했는데 몸이 무거워 병원에 가봤더니 이미 림프에 전이된 상태였다. 가망성이 없는 상태에서 수술받고 항암치료를 받았지만 그 해를 넘기지 못했다. 그래도 99세를 산 선친 정득량보다 뒤에 갈 수 있어서 다행이라며 대학병원에 시신을 기증했다. 불치병에 가까운 췌장암을 연구하라는 생각에서였다. 풍수의 후예로서는 다소 의외지만 인권변호사를 지낸 이력다웠다.

정득량은 중국여행도 그 무렵에 했던 것으로 보인다. 곤륜산에서 하서회랑을 거쳐 황하를 따라 내려오자면 여름이 적격이었다. 곤륜산은 9월만 돼도 추위가 몰아닥쳐 여행이 어려웠기 때문이다.

산지조종(山之祖宗)은 곤륜이요, 수지조종(水之祖宗)은 황하라 한다. 세상의 모든 산의 조상은 곤륜산이고 모든 강물의 으뜸이 황하라는 것이다. 하지만 그것은 문서로 전하는 잘못된 정보일 뿐이다. 나는 물의 천국, 바이칼에도 갔었고, 히말라야를 바라보며 수미산이라는 천하명산도 갔었다.

바이칼은 북방의 모든 민족의 성지다. 그곳에는 문명의 원초적 빛이 있다. 세상에서 가장 크고 맑은 담수호는 바다를 연상케 한다. 실제로 그곳 원주민들은 바다라고 부른다. 알혼섬의 샤먼바위에서는 영성이 뿜어 나온다.

수미산을 티베트인들은 캉린포체라 부른다. 갠지스강이 발원하며 여러 종교의 성소다. 머리에 만년설을 이고 있는 거대한 피라미드는 우주의 중심으로 통한다. 그리하여 힌두교나 불교의 발상지가 된 것이다. 가보지 못했지만 모세가 산상에서 야훼신의 계시를 받은 시나이산이나 나일강, 티그리스강이나 유프라데스강 역시 신성을 지녔음에 틀림없다. 아메리카의 산들과 강인들 그렇지 않으랴.

영성에 관해서는, 비록 그 규모가 작아도 백두산과 한강을 빼놓을 수 없다. 한국의 산하는 세상에서 가장 맑고 올망졸망한 조화가 깃든 곳이다. 지구는 둥글고, 그 때문에 어디나 세상의 중심이 될 수 있다.

우리들 정신의 구한말을 경계하자! 조선인들은 열패하고 명당에는 쇠말뚝이 박혔다고 주눅들지 말자. 가장 운세가 사납고 무기력했던 모습이 우리의 얼굴은 아니다. 힘이 돌아와 세계가 놀라는 때가 머잖아 돌아온다. 나는 하원갑자 원년인 1984년 직후에, 이 땅에서 개최된 88서울올림픽을 보면서 나의 스승과 산에서 만난 자하도인 등이 했던 말씀이 그리 헛된 것이 아님을 실감했다.

에세이 같은 간략한 메모가 그 무렵 정득량의 행적과 생각을 엿볼 수 있게 한다. 대구에 사는 작은아들의 얘기와 목포 하득중이 어머니 하지인으로부터 들었다는 얘기들을 종합해보면 해방 직전에 일본에도 다녀왔다고 한다. 김 기사와 자손의 행방은 찾을 수 없어서 기록을 정리하는 데 별 도움을 받을 수 없었다.

그런데 뜻밖의 소득을 가까이에서 얻었다. 강 박사가 정득량의 유품들 가운데 구월산 자하도인으로부터 받은 학의 다리뼈 피리를 수소문하던 중, 놀라운 사실을 얻어냈다. 바로 정한수 교수의 형인 정 차관으로부터였다.

"그 뼈피리는 동대문 근처 지청오 박사께서 가지고 계셨었네."

"예!"

강 박사는 무엇에 홀린 것 같았다.

"어떻게 그곳으로 흘러들어 갔던 거죠?"

"나도 처음에는 놀랐지. 그런데 얘기를 들어보니 이해가 됐어."

"그분은 서울 동작동 국립묘지와 대전 국립묘지 자리를 잡았고, 정부종합청사와 계룡대, 여러 공단부지 선정을 도맡다시피 하신 당대의 국사(國師) 아닙니까? 이승만, 박정희 대통령을 비롯한 역대 정치인들과 삼성가 등 재계인사들의 묘를 소점(所占)했다지요?"

"그렇지. 현대 풍수 인물 가운데서는 최고의 영광을 누리고 가신 분일세. 한국 역학계의 영원한 대부이시고. 지난 1999년에 돌아가셨지. 우리 할아버지보다 17년 연하지만 3년 먼저 가셨네."

지청오 박사가 유명세를 날리며 영화를 누렸다면 정득량은 숨어지내며 백수(白壽, 99세)를 누렸다.

"두 분이 어떻게 만났던 걸까요?"

"만나야 할 사람들은 자연스럽게 만나게 돼 있는 걸세. 돌아가시기 몇 년 전, 내가 국장 때였어. 지청오 박사께서 연수원에 특강을 오셨는데 강의 도중 청년시절에 만난 도학자 얘기가 나왔네. 가만히 듣고 있자니 우리 할아버지 얘기였어. 나중에 따로 찾아뵙고 내가 그분의 장손이라고 했더니 깜짝 반가워하시더군. 관상을 정말 잘 보셨는데 나더러 차관을 거쳐 그 이상도 바라볼 관운이 있다고 하셨네."

작년에 차관이 되었으니 과연 명관상이었다.

1945년 3월 말 일요일, 동경 시부야에 있는 명치신궁(明治神宮).

명치천왕과 소헌황태후를 제사하는 대신사(大神祀)였다. 드넓은 숲으로 둘러싸인 신궁 주변에 따사로운 봄 햇살이 쏟아졌다.

키 작은 청년 하나가 신궁을 한가롭게 거닐고 있었다. 주변은 가족을 동반하거나 연인끼리 온 소풍객들이 대부분이었다. 하지만 청년은 혼자였다.

청년은 조선인이었다. 경기도 시흥 군자에서 소학교를 마치고 열네 살 어린 나이에 혈혈단신 일본에 건너왔다. 어렵게 고학하여 중학교와 일본 정치대학교 공학부를 졸업한 뒤, 가와사키 제철소의 일급기술자로 있었다.

고향에 계신 홀어머니가 그리웠다. 저간 10년 동안 한 번도 조선에 나가본 적이 없었다. 그저 편지나 주고받으며 육친의 정을 달랬다. 이제 갓 입사했으니 월급을 모아서 한 번 고향에 다녀올 셈이었다.

지금은 전시였다. B29 미국 폭격기가 동경 시내 깊숙이 날아와 곳곳에 소이탄을 퍼붓고 가는 이즘이었다. 큰 피해를 입히는 건 아니었지만 그때마다 번번이 화재가 일어났고 대피소동이 벌어졌다. 좋은 직장을 잡았지만 어수선하고 불안했다. 그래서 바람을 쐬러 나온 마당이었다. 동경에서 10년을 지냈지만 명치신궁으로 소풍을 오기는 이번이 처음이었다. 친구들과 어울려 비뚤어지게 술을 마신다거나 아는 사람 집을 방문해서 밥 먹고 오는 게 일반적인 휴일 보내기였다. 그런데 오늘은 왠지 이곳으로 봄나들이를 하고 싶던 것이다. 아마 따사로운 햇살 때문이었을 것이다.

그는 이곳저곳을 둘러보다가 드디어 신사 앞까지 오게 되었다. 그때 한 신사가 왼손 안에 뭔가를 쥐고서 신사 주변을 돌고 있는 게 보였다. 청년은 짚이는 것이 있어서 그 옆으로 바투 다가갔다. 건장한 그의 손에 들려 있는 건 예상했던 대로 작은 패철이었다.

"조선에서 오셨습니까?"

일본인들은 패철을 보지 않았다. 청년은 혹시 몰라서 일본말로 신중하게 물었다. 콧날이 수려하게 뻗은 신사가 그렇다고 대답했다. 자신은 오랫동안 풍수공부를 한 사람인데 지금 명치천왕 신사의 향을 따져보고 있다는 것이었다. 청년이 그건 조선에서나 따지는 것이 아니냐고 물었다. 어렸을 적에 집안 어른들이 선영 묘를 찾아서 뜬쇠를 놓고 향을 따지는 걸 여러 차례 본 바 있었다.

"일본 사람들이야 묏자리보다는 집터를 더 소중히 여기지. 지금 이 신사를 풍수적으로 따져서 뭣 하겠나. 그저 심심파적으로 향을 본 것이네. 한데 젊은이 뭘 하고 있는가?"

"강관주식회사에서 용광로 감독으로 있습니다."

"출세한 조선청년이로군."

그는 호주머니에 뜬쇠를 넣고는 한쪽에 자리를 잡고 앉았다.

"내가 인상학을 좀 배웠네. 젊은이 금강석처럼 영롱한 눈을 지녔군. 재주가 비상한 사람일세. 제철소 일을 그만두고 《주역》과 도학공부를 하면 장차 나라 안팎으로 크게 이름을 떨칠 걸세."

신사는 참으로 잘생겼고 키가 장대했다. 청년이 옆에 서면 자신의 이마가 그의 어깨에 닿을 정도였다.

"저는 돈을 벌어야 합니다. 그 돈으로 고향집에 계신 형님들과 홀어머니를 봉양해야 해요."

목소리 또한 눈빛처럼 카랑카랑했다.

"그렇다면 더 빨리 결단을 내려야겠군. 될 수 있는 한 빨리 제철소를 때려치우고 서둘러 귀국하게. 일본은 올해 안에 망하네."

거부할 수 없는 힘이 어린 말이었다. 감히 누가 이런 말을 할 수 있는가. 일본제국은 대동아 공영권을 부르짖으며 전쟁에 총력을 쏟고 있었다. 중국대륙을 짓쳐 들어갔고 하와이에 있는 진주만을 기습폭격해서 미국을 상대로 태평양전쟁을 벌이고 있었다.

"선생님, 점잖으신 분께서 무슨 근거로 그런 말씀을 하십니까?"

청년은 특유의 눈빛으로 신사를 쏘아보았다. 체구가 왜소한 청년이 무슨 눈빛이 저리도 형형할까. 도무지 똑바로 바라볼 수 없을 지경이었다.

"그 영롱한 눈으로 그렇게 사태파악을 못하겠는가? 물극필반(物極必反)이라. 거품이 극에 다다르면 꺼지는 걸세."

밤마다 폭탄을 들이퍼붓고 가는 미군 비행기들이 떠올랐다. 10년 공부 끝에 드디어 좋은 직장을 얻었는데 이게 무슨 낭패인가. 내심 불안하던 이즈음이었다.

"사실 저도 좀 걱정입니다."

"내가 일전에 명치천황릉을 답사했었지. 혈도 아니고 좌향이 엉터리였네. 그런 자리에 묻혔으니 명치가문은 삼대를 온전히 넘기지 못하네."

신사의 말은 정으로 돌에 새기는 것처럼 뚜렷했다. 묏자리에 그깟 좌향이 틀어졌다고 나라가 망하기야 할까. 그런데 이상하게도 머리는 아니라고 부정하는데 가슴에 그대로 와 박히는 것이었다.

"함자를 알 수 있겠는지요?"

"얼굴을 봤는데 이름은 알아서 뭐 하려나?"

신사는 더 말하지 않고 자꾸 청년의 얼굴을 보고 또 봤다. 그러면서 연방 고개를 끄덕거렸다.

"이거 가지고 가게. 자네한테는 군함을 만들 만큼 많은 쇠가 필요한 게 아니라 이 패철 안에 떠 있는 작은 바늘토막만큼의 쇠면 족하리. 군함은 기껏 바다 한쪽을 겨냥하지만 이 뜬쇠는 우주 전체를 겨냥할 수 있네. 곧 새로운 세상이 열린다네. 자네가 우주를 겨냥해보시게."

신사가 선뜻 자신이 쓰던 패철을 꺼내 청년에게 건네줬다. 정교하게 글자가 새겨진 목제 패철이었다. 엉겁결에 그것을 받아든 순간, 청년은 어떤 강렬한 기운에 사로잡혔다.

청년의 생각은 찰나에 걸쳐서 가문의 역사에 미쳤다.

철종 때, 가선대부를 지낸 증조부가 고향 군자산 아래로 낙향하면서 가지고 왔다는 수십 권의 고서들, 그리고 고종황제의 유모였던 대고모의 시어머니로부터 물려받은 수많은 전적들이 잡과(雜科)와 관련한 음양학과 풍수관련 서적들이었다. 청년은 유년시절부터 그 고서들이 책상에 가득 쌓여 있는 글방에서 《천자문》과 《논어》를 배웠다. 음양학과 풍수서적들은 아직 손도 못 댔는데 지금 동경 명치신궁 안에서 그 책들을 떠올리고 있었다. 신사와의 운명적 만남 때문이었다.

패철을 받아든 청년은 가녀리게 떨고 있었다.

"점심이라도 같이 하지요. 제가 모시겠습니다."

"아닐세. 내가 한 말이나 명심하게나. 자네가 《주역》과 지리공부를 제대로 한다면 머잖아 다시 만나게 될 날이 있으려네."

신사는 소걸음으로 성큼성큼 걸어서 신궁을 빠져나갔다. 청년은 양복 주머니에 손을 넣고서 패철을 만지작거리며 우두커니 서 있었다. 신사는 곧 시야에서 벗어났다. 조선 풍수가 왜 이 명치천황릉에 온 것일까. 범상치 않은 외모가 한낱 풍수로 보이지는 않았다. 처음 보는 청년에게 손때 묻은 패철을 선뜻 건네주는 건 또 왜였을까. 그것으로 볼일이 다 끝났다고 여기는 사람처럼 어디론가 사라져 가버린 신사라니! 알 수 없는 인연이었다.

다음날 청년은 사직서를 냈다. 상관이 그 이유를 물었다. 청년은 집을 떠난 지 너무 오래고 또, 이만큼 기술을 익혔으니 고향으로 돌아가 거기서 일을 하겠노라고 말했다.

"네 기술이 아주 좋으니 원산제철소나 평양제철소, 혹은 중국 청도 제철소 가운데 어디든 책임자로 발령을 내주겠다. 희망지를 말해라."

"집에서 제일 가까운 곳이 그 중 평양제철소입니다."

평양제철소 소장자리가 떨어졌다.

5월 1일, 청년은 점점 폭격이 더 심해지는 동경을 떠났.

보다 안전을 기하느라 요코하마항에서 시모노세키로 가는 배를 탔다. 시모노세키에서 다시 관부연락선에 올랐다. 5월 2일 시모노세키를 떠난 배는 다음날 부산에 도착했다. 고국에 돌아온 것이다. 그는 열차 편으로 수원까지 와서 거기서 수인선 협궤열차로 갈아타고 군자역에서 내렸다.

가족들과 회포를 푼 청년은 며칠만에 평양과는 정반대쪽 가야산 어느 암자로 떠났다. 증조부가 남긴 고서들을 가방에 챙겨 넣은 채였다. 벌써 평양제철소에는 젊은 조선인 소장이 부임하리라는 연락이 갔을 터였다. 소장이 출근하기로 한 날짜에 도착하지 않으면 고향집으로 경찰을 보낼 게 뻔했다. 전시였기 때문에 군수물자를 생산하는 제철소의 업무는 막중했다. 싫다고 제 맘대로 안 나가도 되는 때가 아니었다.

가야산은 남녘의 영산이다. 임진왜란 때 금강산, 지리산, 속리산, 덕유산이 모두 왜적의 전화(戰禍)를 입었지만 오직 이 가야산만큼은 소백산과 더불어 스스로 지켜냈다. 예로부터 삼재(三災)가 들지 않는다는 말씀을 증명했다. 감결에도 도읍지가 들어설 만한 대지이자 복지라고 기록돼 있다. 산의 형세는 천하의 절경이요, 지덕은 해동에 두루 미친다(山形絶於天下 地德渡於海東)고 했던가. 이 땅의 신선도와 풍류도를 말하면서 결코 빼놓을 수 없는 신라 때의 대학자 고운 최치원이 골 입구 무릉교에 신발만 벗어 남겨두고 몸을 감춘 산이 바로 그 산이었다.

스님아, 청산 좋다 이르지 마라.
산이 좋다면 어찌하여 다시 세상에 나오느뇨.
먼 훗날에 내 종적을 눈여겨 보시게들.
한번 청산에 들면 다시는 안 나오리니.

청년은 고운 선생처럼 종적을 감추려고 입산하는 게 아니었다. 잠시 피해 있다가 세상이 바뀌면 나올 셈이었다. 그래서 해인사에 딸린 백련암에 몸을 기탁했다.

그로부터 3개월여 만에 해방이 되었다. 청년은 명치신궁에서 만났던 신사의 선경지명에 탄복하지 않을 수 없었다. 덕분에 일본의 패망을 예상하고 미리 나올 수 있었던 것이다. 이름도, 거처도 알 수 없는 은인이었다.

해방 소식을 듣고 산에서 내려와 보니 온 천하가 환호의 물결로 출렁거렸다. 빼앗겼던 산하를 다시 찾은 기쁨이 일시에 터지고 있는 것이었다. 고향집에 오니 평양제철소에서 사람이 와 있었다. 해방된 조국의 산업발전을 위해 제철소 소장을 맡아달라는 부탁이었다. 옛날로 치면 평양감사보다 나은 자리라 했다. 청년은 고사했다. 웬일인지 세상사람들의 명리에는 그리 애착이 가지 않았다. 청년은 어떤 비밀한 힘에 바이없이 이끌리고 있었다.

칠장산에서 호서정맥과 갈린 한남정맥이 인천 계양산을 만들고 김포까지 달리던 도중 군포 수리산을 솟구친다. 그 맥이 조금 더 뻗치다가 시흥 군자산을 만드니 드넓은 평야지대 가장자리에 빼어난 문필봉이다. 천 마리의 닭이 있으면 그 가운데 봉 한 마리가 있는 격이다. 군자산 아래 군자리에는 도인이 출현한다는 풍수전설이 전해지고 있었다.

청년은 도학자가 되고 싶었다. 선대에서 천문과 지리, 상학에 크게 이름을 떨쳤고 관상감 교수를 지낸 분들이 많았다. 그런 충주지씨 집안에서 태어나 귀한 전적들을 물려받았다. 동경 명치신궁에서 만난 신사와 그에게서 받은 패철 등이 미래를 인도하는 나침반으로 여겨졌다.

청년은 홀어머니와 하직하고 그 길로 태백산 자락에 잠겼다. 일찍이 전설적인 명풍수 진태을이 그의 제자 정득량을 데리고 다니며 팔도 명당순례를 할 때, 태백산 밑 봉화를 지나며 장차 큰 공부를 할 만한 길지라고 말해줬던 바로 그곳이었다.

물론 청년은 진태을과 정득량을 전혀 몰랐다. 하지만 청년이 지금

천문과 지리, 상학 공부를 위해 그 봉화땅을 찾아가고 있으니 이것은 우연인가 필연인가. 천하의 명풍수 진태을은 15년 뒤, 눈에 영채가 뻗쳐 나오는 한 청년이 봉화 땅에 와서 큰 공부를 하리라는 걸 알고 있었더란 말인가.

태백산 아래 봉화군 봉성면 외삼리 박씨댁에 방을 얻어 들어간 청년은 그날부터 꼬박 3년간 공부에 매달린다. 낮에는 해독하기 어렵다는 《주역》과 천문, 지리, 인상학 책들을 독파하고 밤이면 산에 올라가 별자리를 관찰했다.

악연은 없다

해방된 조선은 활기로 넘쳤다.

독립자금을 제공하다가 곤란을 겪은 세량은 지도자로 추대되었다. 처음에는 건국준비위원회에서 직책을 맡았다가 조선국민당 창당에 관여했다. 좌익진보 세력에 반발한 민족주의 세력이 만든 정치조직이었다. 인촌 김성수나 송진우, 장덕수 등은 임시정부의 귀국을 기다렸다. 나중에 세량도 그편에 서기로 했다. 해방되고 한 해가 지났건만 아직 나라꼴이 말이 아니었다.

"형님, 해방된 조국에서 무슨 일이건 맡아 하시는 건 좋습니다. 그런데 저는 왠지 심상치가 않습니다. 다소간의 혼란은 어쩔 수 없겠지요. 그런데 이건 너무 어수선해요. 저는 깊은 산촌에 들어가서 조용히 살고 싶군요."

득량은 처음으로 분가(分家) 얘기를 꺼냈다.

"아우는 공부하는 사람이니 이런 세월이 안 맞을 거야. 터를 물색하 게. 가산을 정리해서 아우 몫을 만들어보겠네."

가산도 이제 예전과 같지 못했다. 일제를 겪으면서 절반 이상이나 축나 있었다. 거기서 또 얼마를 덜어낸다면 허울만 남는 부잣집이 될 것이다.

"새끼들 공부시킬 정도만 있으면 족합니다."

그럴 만한 돈이 사실 큰돈이었다. 득량의 자식들은 이미 취학하고 있었고 큰아들은 서울 유학중이었다. 학비와 하숙비가 만만치 않았 다. 세량은 겉으로 표현은 안 해도 내심 부담스러워하고 있었다. 한 집에 살면 살림이 축나지 않았다. 이 커다란 저택 별채를 비워두고 다 른 곳에 터를 잡자면 소요경비가 적잖이 들어간다. 그곳에 전답을 만 드는 것도 다 돈이 있어야 했다. 선대가 물려준 재산을 팔아서 다른 곳에 장만하는 것이니 아랫돌 빼서 윗돌에 고이는 셈이었다.

득량은 세량이 불편해하는 걸 잘 알고 있었다. 그가 이러는 데는 다 이유가 있었다. 고택과 사당을 지키는 일만 아니라면 세량도 함께 가 자고 하고 싶었다. 여건상 절대 그럴 수 없었다.

"작은서방님! 먼데서 손님이 오셨는데요."

청지기 최 서방이었다. 점을 치기 위함이거나 풍수 일로 온 건 아니 었다. 그런 사람을 들일 최 서방이 아니었기 때문이다.

밖으로 나온 득량은 어리둥절했다. 분명 어디서 본 듯한 노인인데 도무지 기억이 나지 않았다.

"뉘신지?"

"정득량 선생님! 워낙 오래 전에 뵈어서 기억이 나지 않으시갔디오. 이 늙은이는 대동강변 순천고을에 살던 오가라오. 왜, 황 풍수라는 사 람과 선친의 묘를 감정하셨씨요. 이향사라며 고향을 뜨게 된다고."

"아! 맞습니다. 제가 몰라 뵈었네요."

20년 가까이 지난 일이었다. 더구나 오 생원은 많이 늙어서 상노인이 돼 있었다.

"진태을 선생님은 발씨 돌아가셨지요?"

"그해 초겨울에 바로 선화하셨습니다."

득량은 사랑방으로 안내하고 주안상 앞에 마주 앉았다.

"그래, 이 먼데까지 어인 걸음이시오?"

"작년에 해방되면서부터 많이 고민했씨요. 지난 겨울에 솔가해서 부안 변산으로 내려왔지라."

자신을 이향사에 묻게 하여 자손이 고향을 등지게 만든 숨은 실력자의 풍수 법술이 빛을 발하기 시작했다. 변산을 택한 것은 그곳이 십승지 가운데 하나이기 때문이리라. 십승지 가운데 유일하게 바다와 접한 곳이 변산이었다. 본래 바닷가는 십승지가 못 된다. 왜구나 해적들의 노략질을 당할 우려가 있어서다. 변산은 바다와 접해 있으면서도 천혜의 산성으로 둘러싸인 요새였다.

"내변산 청림리로 오셨나요?"

득량은 이미 그곳에 가본 적이 있었다. 정감록에는 호암(壺巖) 아래라고 했지만 그곳은 십승지가 될 수 없었다. 바다가 바로 붙어 있었고 외부에 노출된 곳이라서 부적합했다.

"역시 영통하시오. 청림리 맞씨요."

오 생원이 입이 떡 벌어졌다.

"청림리 아니면 직소폭포 근처 산비탈 골짜기밖에 더 있겠습니까? 아무튼 잘 오셨습니다. 곧 변란이 생길 것이니 두고 보십시오. 임진강 이북은 정말 곤란합니다."

작은 기미를 보면 천하의 대변동을 알 수 있다. 득량은 오 생원을 잘 대접해 보내고 며칠 있다가 등산복 차림으로 집을 나섰다. 자신의 복거(卜居, 살 만한 곳을 가려서 정함)를 위한 여행이었다.

먼저 양백(兩百)간을 찾았다. 태백산과 소백산 사이 풍기는 이 땅에서 최고로 치는 십승지였다. 그곳에는 이미 전국 각지에서 사람들이 몰려들었다. 세상사람들은 어리석어 보이지만 참으로 귀신같이 알기도 한다. 일본이 망해나가고 얼마 있으면 난리가 난다는 건 알 만한 사람들은 다 알고 있었다. 그것은 천문을 보고 국운을 점치는 이인이나 알 수 있는 일이었다. 어찌 그렇게들 잘 알고 산골 구석구석마다 피난처를 찾아온 사람들이 있었다.

도적의 눈에는 도적만 보이고 부처의 눈에는 부처만 보인다던가. 이즘 득량의 눈에는 감결파(감결을 보고 숨어들어온 사람들)만 보였다.

득량은 금계동을 찾아보고는 돌아섰다. 굳이 금계동이 아니라도 그 많은 봉화 골짜기 어딘들 난을 피하지 못하랴. 단지 난을 피할 만한 터를 찾는 그가 아니었다. 삼재가 들지 않는 터를 찾되 섭생이 원활한 군자 가거지(可居地)를 찾고 있었다.

득량은 좀더 남쪽으로 내려갔다. 예천과 안동은 득량이 전부터 마음에 담아둔 곳이었다. 전주와 흡사한 양반문화가 있었고 보수적인 동네였다. 예천 금당실과 맛질마을은 십승지로 알려진 곳이었다. 사실 십승지라기보다 평상시에도 살 만한 가거지에 가까웠다.

"곧 난리가 난다니 속리산 우복동으로 들어갈까 하오."

정사 할아버지의 직계 후손이라는 종씨를 만나 살 만한 땅을 추천해 달라고 하니 그렇게 말했다. 일제 때, 평안도나 함경도에서 십승지를 찾아 내려왔던 사람들도 하나 둘 떠나갔다는 것이다.

궁궁(弓弓)을 찾아라.

을을(乙乙)을 찾아라.

감결에는 궁궁을을이라는 말이 자주 나온다. 궁궁이나 궁궁을을이 몸을 숨기기에는 가장 좋은 곳이라는 것이다. 비밀에 붙여야 하는 터를 밝히는 것이니 파자와 은어를 많이 사용하는 게 감결이다. 궁궁을을은 중요한 단서요, 비밀코드다. 복잡하게 따지기 시작하면 끝이 없다.

한자는 상형문자다. 풍수 역시 형기를 기본으로 삼는다. 궁궁과 을을은 산과 물이 돌아나가는 산태극 수태극을 가리켰다. 그 안에 호리병처럼 생긴 터가 있다면 그곳이 바로 십승지였다. 밖에서는 안이 보이지 않지만 안에서는 밖이 훤히 보인다. 유사시에 기민하게 움직일 수 있다. 마을 뒤쪽에 다른 곳으로 통하는 비밀통로가 있기 때문이다. 십승지는 경계지역에 많았다. 옮겨가기에 편한 곳이 피난살이에 적합한 터다.

양백간 궁궁을을인가. 가야산이나 팔공산 아래 가거지인가. 득량은 예천과 안동은 후보지에서 뺐다. 전주나 마찬가지로 봤던 것이다.

안동 임청각 앞을 지나는데 얼토당토않은 풍경이 눈에 들어왔다. 얼마 전에 놓였던 중앙선 철로가 임청각 뜰을 관통하고 있었다. 명당을 깨트리려는 목적이 아니고서는 이럴 수가 없었다.

저들이 마지막까지 풍수 탄압을 했구나.

영남산이 낙동강으로 급하게 떨어지는 경사면에 자리잡은 임청각이었다. 그 사이에 철길을 냈으니 집터를 깨트릴 속셈이었다. 집주인 이상룡 선생은 독립운동을 하다가 타국에서 해방도 보지 못하고 돌아가셨다. 그가 꿈꾼 이상향은 서간도의 독립군마을이었다. 일본인들 꼴을 보지 않으려고 99칸 고택을 버리고 망명한 독립지사였다.

일본인들은 그런 임청각이 꼴 보기 싫었을 것이다. 이하역에서 곧장 남쪽 직선거리로 길을 내어 안동역에 다다르면 될 것을 동남쪽으로 빙 돌아서 사동, 성남, 와룡터널을 지나고 임청각 마당을 통과하게끔 돌렸다. 덜커덩대며 지축을 울려서 명당 기운을 흔들어놓자는 계산이었다.

본래 명당이란 지기가 고르고 편안한 곳이다. 길은 물이고 명당 근처의 물이 울면 흉한 터가 돼버린다. 형제간에 서로 말을 듣지 않고 반목질시하게 되는 것이다. 가족들을 거느리고 서간도에 망명하여 독립운동을 펼친 석주 이상룡 선생 가문에 대한 응징이었다. 풍수를 역으로 이용하여 보복한 셈이다.

명당을 잡아도 때가 악하면 그 명당을 지켜내지 못한다. 아니, 명당을 지켜내는 것보다 지조를 지켜내는 일이 더 큰 것임을 석주 선생은 비장한 행동으로 여실히 보여주었다.

터와 집이 아무리 중요해도 사람이 우선이다. 목숨을 보전하고 대를 이어가는 것이 최고의 발복이라는 말이 있었다. 들풀과 같은 사람들은 생존에 급급할 수밖에 없지만 위인은 꼿꼿한 삶을 지키면서 살아남는 길을 선택한다.

득량은 석주 선생의 고택을 나서며 부끄러웠다.

차라리 이 머리 잘릴지언정
어찌 내 무릎을 꿇어 그들의 종이 될까보냐.

눈보라치는 압록강을 건너면서 선생이 읊었다는 절창이었다.

이제 그들이 물러갔건만 아직도 이 땅은 어둠이 채 가시지 않고 있었다. 좌우익 양 진영의 정치적 다툼이 계속되었고 친일파들을 처단하는 문제로 시끄러웠다. 적은 외부에만 있는 게 아니라 내부에도 있었다. 내부의 적이 외부의 적들과 내통하며 모사했다. 그래서 아직도 여전히 난세였다. 그 난세를 피하기 위해 터를 잡아야 했다.

득량은 지사가 아니었다. 목숨을 내놓고 테러도 하지 않았고 독립운동도 하지 못했다. 고작 신음하는 삼천리강산을 어루만지듯 쏘댄 것밖에 없었다. 때로는 울고 때로는 분노했지만 용기가 없었다. 그저 혈에 박힌 쇠말뚝을 뽑았고 굶주린 이웃에게 쌀을 내주었다. 법조인이 될 수도 있었지만 포기했다. 꼭 풍수공부 때문만은 아니었다. 일제에 이용당할 수 있다고 봤기 때문이었다. 이제라도 법조인이 되려고 하면 왜 못 되겠는가. 그러나 이미 자유인의 혼에 깃들었고 우주의 비밀을 궁구하는 철학자가 돼 있었다.

득량의 발길은 어느새 금오산 아래 명당 상모리 박씨 집 앞에 다다랐다. 사립문 너머 초가지붕 위로 보름달 같은 박이 여러 개 열렸다. 그 옛날 스승과 함께 토장국을 얻어먹던 기억이 새뜻했다.

안으로 들어서니 초로의 아낙네 하나가 나왔다.

"뉘를 찾아오셨소?"

"박성빈 씨를 만나러 왔습니다만. 그새 주인이 바뀌었습니까?"

"어디예. 우리 시아부지 되시지예. 발씨 돌아가셨능기라."

아낙네는 큰 며느리였다.

득량이 오래 전에 방문했던 얘기를 꺼내자, 저간에 있었던 일들을 털어놓았다. 명당 쓴 집이라고 할 수 없을 정도의 신산을 겪고 있었다. 육척장신에 포용력이 커서 집안사람들이 대통령감이라고 해쌓던 셋째 박상희가 구미폭동으로 총에 맞아 죽었다. 《동아일보》 구미지국장이자 신간회 간부를 지낸 인사였는데 해방 직후 좌우익 싸움에 희생된 것이다.

박정희는 대구사범을 나와 문경보통학교 교사를 지냈다. 방학 때 시골에 내려와 떠밀리다시피 결혼했는데 금실이 좋지 못했다. 청년 박정희는 교사로 만족할 사람이 아니었다. 일본군관학교와 일본육사를 나왔고 만주에서 돌아와 지금은 조선경비사관학교(육사 전신)에 다닌다고 한다. 무인의 길을 걷기로 한 모양이었다.

이 집안의 선영인 정충골 이씨부인의 묘 앞에 네모진 바위를 보고 스승은 말했었다.

"나는 옥새도 될 수 있다고 보는데 나중에 네가 꼭 확인하도록 해라. 훗날 내가 죽고 없더라도 이 집 자손 가운데 군왕이 나오거든 내 말이 옳았구나, 여겨라."

그러면서 인물이 출중했던 셋째보다 막내아들 박정희를 유념해서 보았다. 워낙 관상을 잘 보신 스승이었다. 그래도 그때는 흘려들었다. 이제 보니 셋째가 도중에 꺾여버렸고 나머지는 평범했다. 두 눈이 성성했던 박정희가 그나마 군인의 길을 걷고 있었다. 스승은 그가 체구는 작아도 관운이 매우 좋은 귀인상(貴人相)이라고 했었다.

글쎄, 과연 그런 상을 귀인상이라고 할 수 있을까. 꼭 대추씨같이 생겼고 덕이 없어 보였다. 더구나 군인의 길을 걷고 있는 사람이 잘돼야 장군이었다. 물론 변수가 있었다. 시대상황이 그것이었다. 인물은 태어나기도 하지만 시대가 부르기도 하는 것이다.

명당은 고통을 주기도 하는 것인가.

동래정씨들처럼 묏바람을 잘 탄 집안도 없었다. 하지만 득량네 집만큼은 시련의 연속이었다. 이들 박씨들도 같은 처지 같아서 동정이 갔다.

가을산은 나그네를 달뜨게 한다. 득량은 대구 일대를 조망하기 위해 팔공산에 오르기로 했다. 구미를 벗어나 팔공산 서쪽 파계사 쪽으로 산을 탔다. 대구를 동북쪽에서 감싼 팔공산은 웅장한 산세와 기암

괴석이 절경이다. 특히 최정상 비로봉에 서면 봉황이 날개를 편 듯한 형국으로 보인다.

꼭 대구가 아니라도 남쪽 비슬산과 동남쪽 멀리 운문산 기슭이라도 좋을 것이다. 가능하면 낙동강 동쪽, 금호강 남쪽에 터 잡는 것이 좋으리라. 분명하게 뭐라고 지목할 수는 없지만 전란은 북쪽에서 시작된다. 태백산과 소백산 남쪽만이 그 전란을 피할 수 있다.

득량은 다음 코스를 비슬산으로 잡았다. 수태골로 곧장 내려가기로 했다. 그러다가 문득 원효의 석굴이 비로봉에 숨어 있다는 말이 생각났다. 금강산 박 처사에게 들었던 정보였다.

원효는 죽음을 무릅쓴 수행자였다. 그는 주로 바위굴에서 참선했다. 깎아지른 바위굴에서 메아리와 더불어 살았다. 바위는 자연의 정기 덩어리다. 명당에 깨끗한 바위가 있으면 좋은 혈이 맺힌 증거로 삼는 까닭이 그래서다. 원효는 그 기운을 활용해서 차크라(Chakra, 정신의 뇌관)를 열었고 우주와 교감했다.

비로봉 정상 바로 아래 석벽. 사람 하나가 앉을 만한 천연의 작은 석굴 안을 부분적으로 손질했다고 했었다.

비로봉 남쪽 석벽은 천길 낭떠러지였다. 바위틈에 소나무와 진달래가 뿌리를 내렸지만 위에서 아래로 타고 내려가기에는 너무 위험했다. 처음에는 정상 바로 아래쪽을 얼추 살펴보면 석굴이 나올 줄 알았다. 그런데 그게 아니었다. 가파른 석벽에 매달려서 지그재그로 훑어봤지만 석굴은 없었다. 어느덧 팔부능선까지 내려와 있었다.

박 처사가 거짓말을 했다는 것인가.

포기하고 위로 올라가려고 했다. 그런데 석벽을 타고 내려가면 하산하는 거리가 절반도 안 된다는 생각이 들었다. 발 아래서 수태골이 그를 부르고 있었다. 그는 손으로 나무줄기를 그러쥐고 조심조심 발을 디디며 석벽을 타 내려갔다. 그리고 행운을 만났다. 동굴이었다. 손으로 움켜쥔 작은 소나무 너머로 검은 석굴이 비쳤다. 높이 1m 가량밖에 안 되는 작은 동굴이었다.

산삼을 발견한 것보다 더 기뻤다. 득량은 조심스레 턱을 딛고 올라와서 동굴 속을 들여다보았다. 깊이도 그리 깊지 않았다. 두 사람이 차례로 들어가 앉을 만한 공간이었다. 동굴 천장이 쌍봉낙타의 등처럼 패여 있었다. 자세히 보니 인공을 가미한 흔적이었다. 머리를 그 안에 넣고 가부좌를 틀고 앉았다. 멀리 동남방으로 산맥능선과 파란 가을 하늘이 선경처럼 보였다. 아침이라면 해돋이를, 저녁이라면 별을 바라기할 수 있었다.

무엇을 더 바라랴.

이 작은 동굴에서 명상하면 그것으로 구족했다. 생식으로 시장기를 달래고 저 산맥과 하늘을 조망하며 원효는 우주를 가슴에 품었다.

산다는 것은 욕망을 채워가는 것, 혹은 채울 수 없는 욕망과 화해하고 시간을 벌면서 기다리는 것.

대개 기다림의 끝은 허망하여 빈손으로 돌아가야 한다. 어디로 가는 줄도 모르면서 단지 생의 등불이 꺼졌으므로 하염없이 떠밀려가야 한다. 그것을 죽음이라고 한다. 얼마나 가엾은 삶인가. 인생은 본질적으로 소모적이다.

원효는 마음의 본질을 꿰뚫었다. 그리하여 욕망을 불러일으키는 마음의 생태학을 지도로 그려냈다. 말씀의 경계를 떠나서도 그려냈고, 말씀에 의지해서도 그려냈다. 그는 최고의 석학이 되어 경전을 주석했고 반미치광이가 되어 거리를 활보했다. 도(道)는 문자 속에도 있었고 문자 밖에도 있었다.

득량은 원효의 석굴에서 즐거운 은자(隱者)의 길을 보았다. 우주에는 기필코 해야 하는 것이 하나도 없었다. 지금 자기가 그 일을 하지 않는다고 해서 우주에 이상이 생기는 게 아니었다. 기꺼이 밑거름이 되면 누군가 훗날에 그것을 자양분으로 하여 더 큰 열매를 맺는다. 그것이 은자의 길이었다.

잠시 동안이었던 듯한데 시간이 많이 흘러 있었다. 득량은 충만해진 가슴으로 바위 벼랑을 타기 시작했다. 전문 산악인이 아니었지만 기다란 팔다리를 이용해서 능숙하게 내려갔다.

"앗!"

손으로 잡았던 진달래 뿌리가 뽑히면서 몸이 허공에 떴다. 아찔했다. 본능적으로 무엇이든 잡아야 한다고 생각했다. 하지만 아무것도 보이지 않았다. 득량은 꿈을 꾸듯 아늑한 상태에서 의식을 잃고 말았다.

절벽 아래, 계곡은 벌목장이었다. 산판 허가를 받고 통나무를 자르고 나르는 사람들이 구슬땀을 흘렸다.

"방금 무슨 소리 못 들었능교?"

"톱질하는 사람이 귀도 밝다 아이가!"

"분명 비명소리가 들렸다 캐도."

이마에 수건을 질끈 동여맨 인부 하나가 참나무숲 너머 바위벼랑 쪽으로 올라갔다.

"이누마야, 똥 마려우믄 곱게 갔다 온다 캐라!"

옆에 있던 사내가 소매로 땀을 씻어내며 비아냥댔다. 그런데 그게 아니었다. 조금 있다가 그 사내 역시 바위벼랑 쪽으로 달려가야 했다.

"사람이 낙상했다! 퍼뜩 와보그래이."

다급한 외침이 메아리를 불러일으켰다.

인부들이 숲을 헤치고 달려가 수건과 옷으로 응급 처치한 다음, 부상자를 업고 내려왔다. 피를 많이 흘려서 서둘러 병원으로 가야 했다. 마침, 계곡 아래에 트럭이 대기해 있었다.

한 시간가량 뒤, 병원에 당도했다. 응급실로 들여보내 놓고 사장에게 전화를 했다. 산판 인부는 아니지만 현장에서 벌어진 사고였다.

"놀래라. 우리 인부가 당한 사고인 줄 알았다. 그걸 왜 나한테 먼저 알리노? 등산객이니 경찰에 신고해라."

사장은 가슴을 쓸어내렸다. 산판을 벌이면 크고 작은 사고가 늘 벌어졌다. 험한 산을 오르내리며 돈 벌기가 쉬운 일이 아니었다.

다음날, 사장은 벌목현장에 들르기 전에 병원을 찾았다.

"아니! 작은 도련님?"

"조, 민, 수?"

두 사람 모두 소스라치게 놀랐다. 20여 년 만에 다시 만나는 순간이었다. 득량이 아이 적부터 조민수를 봐왔었다. 나중에, 조 풍수가 명당을 훔친 사건 때문에 줄행랑을 놓았지만 그전까지는 가까운 이웃이었다. 다시 만난 두 사람이 쓰는 호칭으로도 예전 관계를 짐작할 수 있었다. 한편은 미우나 고우나 상전이었고 다른 한편은 나이 차이가 20년이나 돼도 반말이었다. 세상이 변했으므로 득량은 곧 '씨'라는 인칭대명사를 붙였다.

"조민수 씨가 여길 어떻게 왔습니까?"

득량은 무서운 야심가 조 풍수로 인해 피해를 입은 당사자였다. 아니, 설령 피해가 없었다고 하더라도 모시는 상전의 묏자리를 훔친 건 간악한 일이었다. 마음 깊은 곳에 무서운 사람들이라는 생각이 똬리를 틀고 있었다.

"도련님, 어제 낙상하신 비로봉 아래 수태골이 제가 산판을 낸 현장이었어요. 가야산에서 숯공장을 하고 있는데 참나무가 달려 이쪽에서 만들어 가는구만요. 하늘이 도왔어요. 도련님이 너무 많은 피를 흘리셔서 정신을 놓고 쓰러져 있는 것을 우리 인부들이 발견하여 병원에 모셨다고 하네요. 천만다행입니다요."

환갑을 맞은 조민수는 많이 늙어 있었다. 다리 골절로 병상에 누운 득량은 이게 무슨 인연일까, 생각했다. 도대체 이 팔공산에는 어떤 비밀한 힘이 있어서 나를 죽이려 했고, 하필이면 죄를 짓고 사라진 조판기의 큰아들 조민수가 그 아래서 산판을 냈더란 말인가. 만일 그가 이곳에 산판을 내지 않았더라면 정신을 잃은 채로 죽어버렸을 것이다. 기이한 인연이었다. 불구대천의 원수가 생명의 은인이 된 것이다.

득량은 전주 본가에 전화를 넣어 아내만 오도록 했다. 세량이 알면 가만두지 않을 게 뻔했다.

조민수는 저간에 있었던 일을 대충 털어놓으며 용서를 빌었다. 물론 아버지 조판기가 승달산 정씨들 산에 묻힌 얘기는 할 수 없었다.

"다, 지난 옛일입니다. 집안 잘 되게 하려는 욕심이 과했을 뿐 다른 저의가 있었던 건 아닐 테니까요."

득량은 이쯤으로 과거사를 씻어내고자 했다. 일이 거꾸로 되어서 이쪽에서 고맙다는 말을 해줘야 할 판이었다.

조영수의 벼락출세 소식을 병상에서 들었다. 서울에서 큰돈을 버는 사업가가 됐다는 거였다. 명동에서 막대한 돈을 굴리면서 빌딩과 땅도 엄청나게 많이 소유하고 있다고 했다. 외제 승용차를 굴리고 자식들도 모두 해외로 유학가서 크게 성공했단다.

"그분이 샘이 많았지요."

득량은 담담하게 받아넘겼다. 조민수는 조영수의 연락처를 건네주었지만 받아만 두었지 만날 생각이 없었다. 처음부터 길이 다른 사람들이었다. 조민수와도 과거사만 씻어내는 것이지 서로 연락하며 지낼 이유가 없었다. 이제 적도 이웃도 아닌 건조한 관계였다. 오래 묵은 원한이 있는 관계이므로 그것이 가장 이상적인 인연풀이었다.

청년 명풍 지청오

득량은 비슬산 아래 터를 잡았다.

춘양목을 베어다가 집도 지었다. 전주 본가에 비할 바는 아니지만 스무 칸 남짓 되어서 홀어머니까지 모셔올 수 있었다.

좌우대립은 결국 남북분단을 불러왔다. 스승 진태을과 득량 자신이 예상했던 것처럼 강토의 허리에 38선이 가로놓이고 자유왕래가 어려웠다. 이제 머잖아서 전란이 터진다는 건 알만한 사람이면 적잖이 알았다.

"형님, 저와 함께 가시죠? 금년과 내년, 이렇게 한두 해만 피난갔다 다시 오시면 되잖습니까."

득량은 세량과 함께 가고 싶었다.

"이 큰 집과 재산을 누구에게 맡기고 가겠는가. 나는 장손이야. 사당을 두고 떠날 수 없어. 내일 죽더라도 내 할 일은 다 해야 하는 거네."

의젓한 사람이었다. 세량에 비하면 득량은 홀가분했다. 그래서 이참에 살림을 따로 나고 피난을 갈 수 있었다.

서울에 유학간 자식들도 모두 휴학시키고 불러내렸다. 비슬산 새집에서 공부하며 시간을 넘기도록 했다.

한편, 봉화 산골에 들어간 지청오 청년은 산공부에 큰 진전을 보이고 있었다. 득량이 마이산에 입산하여 명사 진태을을 사사한 것과는 조금 다른 공부방법이었다. 그는 주로 산 기도를 통해서 영성을 얻었다. 낮에는 책에 파묻혔고 주로 저녁에 산에 올라가서 의식을 맑혔다. 집안 대대로 잡과에 나가서 서운관의 천문학 교수나 지관을 지내서였을까. 왕대밭에서 왕대 난다고 첫 단계의 개안이 3년만에 찾아왔다. 놀라운 진전이었다.

지루하던 장마가 그친 어느 여름날이었다. 모처럼 만에 별자리를 보려고 산에 올라갔다가 내려오니 주인댁에 소란이 나 있었다. 박씨의 손녀딸이 디딜방아를 찧다가 넘어져 한참 동안 눈을 까뒤집고 입에 거품을 물었다는 것이다. 흔히 지랄병이라고 하는 간질병이 생긴 것이다. 의원을 불러왔다. 그러나 간질은 약이나 침술로 나을 수 있는 병이 아니었다. 오죽했으면 하늘이 내린 벌, 천형(天刑)이라고 했을까. 손녀딸은 사흘이 멀다고 한 번씩 그 일을 치렀다. 셋방을 얻어 살고 있던 청년 지청오가 용기를 내어 주인 박씨 댁의 안방 문을 두드렸다. 그때까지도 이름조차 내밀 수 없는 가난뱅이 거덜충이에 지나지 않았다.

"어르신, 혹 윗대에도 이런 병이 있었습니까?"

"뭔 소린가? 없었네. 집안이 망할 조짐이야."

박씨는 버럭 화를 내면서 땅이 꺼지라고 한숨을 쉬었다.

"산소를 좀 볼 수 있겠습니까? 심중에 짚이는 것이 있습니다."

"이름난 지관 불러다 쓴 자린데 무슨 탈이 있겠는가? 또, 탈이 있대도 자네가 그걸 봐서 어찌하려고?"

박씨는 내키지 않았지만 지청오를 선친의 산소로 데리고 갔다. 밑

져야 본전이라는 계산이었다. 청오가 산서를 읽은 뒤, 처음으로 남의 묏자리를 감정하는 순간이었다. 청오는 영채어린 눈빛으로, 쓴 지 몇 년 되지 않은 박씨의 산소를 살폈다. 경험이 전혀 없었으므로 산서에 나와 있는 원론을 중심으로 하나하나 따져보기 시작했다. 내룡을 보고 수구를 보고, 황천살이며 좌향을 따졌다. 그러다가 문득 이것이로구나, 하는 대목을 발견했다.

옥룡자가 남겼다는 산서 《옥유결》에 가로되, 곤신룡지경태(坤申龍之庚兌)면 막위언지수법(莫謂言之水法)이요, 인간풍지일충(寅艮風之一沖)이면 풍질급어간질(風疾及於間疾)이라.

이런 자리에 묻혔으니 증손녀가 간질을 앓는 건 너무도 당연했다.
"이장을 하시지요. 자리는 제가 정성을 다해 잡아드리겠습니다."
지청오가 자신 있게 말했다.
"글쎄. 어찌하는 게 좋을지."
박씨가 지청오를 훑어 내리며 미심쩍어했다. 셋방사는 이 조그맣고 새파랗게 젊은것이 뭘 알까보냐, 하는 눈치였다. 같잖게 보는 게 틀림 없었다.
"두고 보십시오."
한 번도 묏자리를 잡아본 적이 없는 풋내기였다.
"자네가 어디로 도망칠 사람은 아니니 한 번 이장해보세."
선친의 산소를 이장한 박씨는 여전히 못 미더워서 이제나저제나 손녀딸의 간질병이 도지기만을 기다렸다. 사흘이 지났는데도 손녀딸은 무사했다. 한 주기를 넘긴 것이다. 닷새가 지나고 엿새가 왔다. 그날도 아무 탈 없이 지나갔다. 열흘, 한 달이 지나고 두 달이 지나도 손녀딸은 아무렇지도 않았다. 과연 지청오의 말이 틀림없었다. 박씨는 청년의 손을 부여잡았다.

"이 사람, 불철주야로 공부에 매달리더니 급기야 깨쳤군. 젊은 사람이 상지술이 귀신같네. 자네를 오늘부터 명풍으로 대접하겠네."

 박씨는 당장 닭을 잡고 술과 떡을 대접했다.

 '봉화고을에서 청년 명풍수가 나왔다더라.' 소문은 삽시에 울타리를 넘고 마을을 벗어나 봉화고을 전역으로 퍼져갔다. 청년 명풍수 지청오의 파문은 대단했다. 고요한 호수만 같던 산골에 느닷없이 풍수바람이 불기 시작한 것이다. 일제가 강제로 묘지 쓰는 일을 제한해서 그간 명당을 잊고 살았다가 비로소 발단이 시작된 것이다.

 지청오가 곁방살이를 하고 있던 박씨 댁 문전에 사람들이 뻔질나게 드나들었다. 안동, 예천, 영주, 울진에서까지 사람이 왔다.

 지청오는 산일을 해주면서 한탄을 금할 수 없었다. 세상에 풍수를 본다는 이가 그 수를 헤아릴 수 없으리만큼 많아도 제대로 장법(葬法)을 알고 쓰는 풍수는 드물었다. 포태법도 모르고 형국만을 따져서 쓰는 풍수가 있는가 하면, 우선룡 좌선룡, 우선수 좌선수도 보지 않고 묘를 쓰는 얼풍수들이 셀 수 없이 많았다. 산과 물은 음양이 맞아야 쓸 수 있었다. 그 기본도 모르고 돈벌이 수단으로 풍수쟁이 노릇을 하니까 병폐가 생겼다.

 하루는 지청오가 안동고을 남씨 상가에 초청받고 다녀오는 길이었다. 버스를 타려고 신작로로 나오는 길목에 때마침 길옆에서 벌초를 하고 있는 사람이 있었다. 사내는 뙤약볕 아래서 땀을 뻘뻘 흘리며 무덤에 더부룩하게 웃자라 있는 풀들을 깎았다. 완만하게 경사져 있는 구릉에 자리잡은 산소였다. 지청오가 그 옆을 지나치다가 자못 심각한 얼굴을 하고서 멈춰 섰다. 말쑥한 청년이 가던 길을 멈추고 서서 남의 산소를 바라보자, 벌초를 하던 사내가 낫질을 계속하면서 말을 걸어왔다.
"상갓집에 다녀가시는 손님인교?"
"그렇습니다만, 귀하께서는 지금 어디를 벌초하고 계시는 겁니까?"
"우리 아재 산소 아니겠습니껴. 학도병으로 끌려갔다가 다리 하나 잃고 제 명에 못 살고 간 양반아입니껴."
"제 말씀은 누구 산소냐고 묻고 있는 게 아니라 왜 빈 무덤을 벌초하느냐는 것이올시다."
"뭐라꼬요? 비다니, 와 이 무덤이 빘다는 거라예?"
사내가 낫질을 멈추고 핏대를 올렸다.
"이쪽 아래를 깎으시오. 댁의 아재는 이 아래에 누워 있소."
지청오가 봉분이 있는 곳에서 두어 길 밑 쪽을 가리키며 말했다. 지청오가 가리키는 곳은 뗏장 대신에 무성한 가시덤불 속이었다.
"이 사람 미친 누마 아이가? 뭔 소리를 그리 방정맞게 하는교?"
사내는 잔뜩 화가 나 있었다. 자기 손으로 매장하고 봉분을 만들었는데 관 속에 든 아재가 어떻게 두어 길 아래로 내려와 누웠다는 것인가. 사내는 낫을 그러쥐고 몸을 일으켜 세웠다. 길 쪽으로 내려와 대거리라도 할 기세였다. 그때 뿌연 흙먼지를 일으키며 트럭 한 대가 요란하게 달려오고 있었다. 청년이 손을 들자, 트럭이 멈췄다.
"봉화까지 좀 타고 갑시다."
청년이 소리치자 콧수염을 기른 운전사가 고개를 끄덕였다.
"그 산소는 도시혈(盜屍穴, 시신이 이동하는 자리)이오! 내 말 믿고 한 번 파보시오!"
청년이 훌쩍 트럭에 올라타며 산소 쪽을 향해 외쳤다. 사내는 신작로로 내려오려다 청년이 트럭에 올라타자 닭 쫓던 개처럼 우두커니 멈춰 서서 얼굴을 찌푸렸다. 곧 자욱한 흙먼지가 사내의 시야를 가렸다.

"미친 놈! 가다가 빵꾸나 펑 나버려라."

요란한 엔진소리를 토해내며 멀어져 가는 트럭에 대고 사내가 악담을 퍼부었다. 묘가 길가에 있다 보니 별스럽게 참견하는 놈도 다 있구나 싶었다.

한 달가량 뒤, 사내의 입에서는 전혀 다른 말이 붙어 다녔다.

"그 젊은 선생님 참말로 영통한 분입디다!"

상갓집 남씨한테서 그 청년이 명풍수라는 말을 전해 듣고 나니, 자꾸 아재의 묏자리가 맘에 걸렸고 마침내 파헤쳐 보니 봉분 밑은 텅 비어 있고 가시덤불 밑에까지 관이 내려가 있었던 것이다. 땅의 겉가죽은 멀쩡해도 속으로 지각변동이 일고 있다는 걸 알아차린 지청오가 도시혈임을 일러주고 간 것인데 그 소문이 열 배로 튀겨져서 백 리 밖으로 내달아가기 시작했다.

풍수지리에 밝은이들이 입버릇처럼 하는 말이 있다.

하늘의 순리에 따르고 우선 덕을 쌓는 일이 명당을 차지하는 전제조건이라고. 제아무리 돈이 많고 세도가 하늘에 미쳐서 천하 명풍들을 데려다 구산(求山)한다 한들 하늘이 점지해주지 않으면 절대 명당에 들어가지 못한다는 것이다.

돈과 권력에 눈이 어두워지면 덕은 멀고 욕심만 앞서기 마련이다. 자신이 살아온 본바탕은 따지지 않고 명당을 집착하다가 송사도 곧잘 벌어진다. 묏자리로 인해 벌어진 송사가 산송(山訟)이었다. 옛날에는 송사의 3할이 산송이었다. 산송은 혈투까지 불사한다. 가문의 번성과 영화가 걸린 문제라서 더 그랬다.

해방이 되면서 그 까다롭던 묘지취체령에서 풀려난 사람들이 해묵은 명당을 두고 싸움을 벌이는 사건이 속출했다.

경북 선산고을에 사는 우경화라는 사람은 고려말의 성리학자요, 역학연구로 일생을 보낸 역동(易東) 우탁(禹倬, 1263~1342)의 후손이었다. 그가 남긴 〈백발가〉는 너무도 유명하다.

한 손에 가시 들고 또 한 손에 막대 들고
늙는 길 가시로 막고 오는 백발 막대로 치렸더니
백발이 제 먼저 알고 지름길로 오더라.

세월 앞에 늙어갈 수밖에 없는 인생을 재밌게 그려낸 시조였다.
그런 우탁의 후손 우경화는 끔찍이 선영을 돌보는 사람이었다. 비록 얼마 되지 않는 땅에 농사를 지어서 목숨을 부지하고 사는 형편이었으나 가문에 대한 자긍심이 여간 아니었다.
갓 결혼한 처지의 우경화는 마지막 가는 조부를 좋은 곳으로 모셔야 한다고 결심했다. 소문을 전해 듣고 봉화로 지청오를 찾아간 그는 다짜고짜 노력봉사를 하기 시작했다. 시키지도 않은 땔나무를 해 나르고 구들을 새로 놔주는 등 못 말릴 일만 골라하는 그였다. 그러면서도 먹고 자는 일은 다른 집에서 적당히 해결했다. 조금도 폐를 끼치지 않으려는 배려였다.
"뉘신데 이러시오. 동년배끼리 너무 부담을 주시는 것 같소이다 그려. 아무것도 없는 저를 위해 왜 이런 봉사를 해주시는 건지 이유나 좀 아십시다."
지청오는 송구스러울 지경이었다.
"묻지마입시더. 그냥 해드리고 싶어서 그런 거니까니."
우가는 꼬박 한 달간을 귀 없고 입 없는 머슴노릇을 했다. 지청오는 더 이상 놔두고 볼 수가 없었다. 팔을 걷어붙이고 말리며 이유를 물었다. 그제야 우가가 저간의 사정을 털어놨다. 지청오를 감동케 하는 말이었다.

"우형, 역동 선생은 우리 해동역학의 선구자요. 역학을 공부하는 내가 역동 선생 후예의 덕을 입고 가만 있을 수 있겠소?. 가서 구산을 해보십시다."

두 사람은 선산으로 향했고 구산한 지 이틀 만에 혈자리 하나를 찾아내기에 이르렀다. 한데 자리를 정해주면서 하는 지청오의 말이 야릇했다.

"우형, 이 자리에 조부를 모시고 나면 후손 가운데 고을 군수쯤은 뜸하지 않게 나올 것이고 욕심을 조금 부리자면 고위 관직도 내다볼 만하오. 헌데 문제가 하나 있소."

"문제라니 무슨 문제가 있단 말씀입니꺼, 청오 선생님."

"이 묘를 쓰고 나면 3년 안에 감옥살이를 하게 될 것이오. 그래도 원망하지 않겠소? 만일 원망한다면 산소를 쓰게 할 수 없고 상관치 않는다면 써볼 만한 자리요."

"누가 감옥살이를 얼마나 한다는교?"

우경화는 포기할 생각이 거의 없는 눈치였다.

"우형이 갈 것이나 오래는 아니오."

"쓰겠심더. 조부를 편히 모신다카믄 감옥인들 어떻겠습니꺼?"

묘 쓰고 불과 6개월도 안 돼서 우경화가 경찰서에 연행돼 가는 일이 벌어졌다. 해평손씨들이 우경화의 조부 묘 바로 옆에 붙여서 이장을 해온 것이다. 혈자리를 훔쳤다고 본 우가는 곧장 달려가 봉분을 파헤쳐서 유골을 끌어내 백일하에 널어놓았다. 그리고 이 사실을 손씨 집안에 알렸다. 손씨들이 무리를 져서 쳐들어와 우경화를 안 죽을 만큼 두들겨 팼다. 그들 가운데 한 패는 산으로 가서 봉분을 다시 조성해

놓았다. 명당자리라는 걸 아는 그들이 쉽게 물러날 리 없었다. 자리보전을 하고 있다가 몸을 회복하고 난 우가는 또다시 산으로 가서 손씨들 묘를 파내버렸다. 지난번에는 곱게 놔둔 유골을 이번에는 묘 근처에 산산이 흩어놓아 버렸다.

  손씨들이 이를 알고 경찰에 고발했다. 우가는 사흘 동안 경찰서에서 묵으며 조사를 받은 뒤, 상당한 벌금을 물고 나왔다. 나와 보니 손가들이 묘를 다시 조성해놓은 상태였다. 우가는 손가들의 묘를 파헤쳐서는 두개골을 제외한 모든 유골을 바숴버린 뒤 뿌려버렸다. 두개골은 싸서 편지와 함께 손가들 집으로 보냈다. 어서 다른 데로 이장하지 않는다면 죽는 한이 있어도 모든 유골을 없애버리겠다는 내용의 편지였다. 손가들이 경찰에 고발하여 우가는 급기야 6개월 동안이나 감옥을 살게 되었다. 감옥 안에서도 이를 부득부득 갈며 나가는 그 날에 두개골마저 가루로 만들어놓겠다고 벼르는 우가였다. 이쯤 되니 손가들은 선인세족형 명당을 포기하지 않을 수 없었다. 그들은 다른 곳으로 면례했다.

  그 즈음 서울에서도 지독한 산송 하나가 벌어진다. 영조대왕도 풀지 못한 윤관 장군과 심 정승의 묘 때문이었다. 양대 가문이 그야말로 박 터지게 싸웠다.

  윤용주의 주창으로 5인조 결사대를 조직한 윤씨들이 심 정승의 묘를 강굴해 버리기로 한다. 이에 심씨들이 이장비용을 주면 이장하겠다는 뜻을 내비쳐왔다. 양가의 묘소가 있는 박달산은 윤씨들의 소유로 있었다. 하지만 산은 윤씨 문중 것이라 하나 묘는 남의 묘이므로 함부로 손을 댈 수가 없었다. 윤씨들은 남의 묘를 강굴하고 징역을 살게 될 5인조 가족의 생계비를 대줄 돈으로 이장비용을 대주는 게 낫다고 보고 심 정승의 종손되는 이를 찾았다.

심 정승의 12대 종손 심용식은 마포에서 살고 있었다. 심용식의 집에서 윤·심이 회동하여 타협이 시작되었다. 윤씨집안에서는 종친회를 열어 전국에서 돈을 모아 대비했다.

"심 정승이 우리 윤관 도원수의 산소에 압장해 묘를 쓴 이래 윤·심 두 가문이 300년 이상을 원수로 내려왔소이다. 훗날 우리 윤가들 집에서는 장살까지 당한 분이 있기 때문에 철천지원수가 바로 심씨들이오. 우리 윤가들은 심 정승 묘를 파서 원수를 갚아야 자손노릇을 똑바로 하는 일이라고 입을 모으는 실정이오. 옛날에는 동산소하라는 왕명이 있었기로 거역할 수 없어서 놔뒀지만 지금은 왜정 때와 법이 달라서 굴총죄를 범한다 해도 불과 징역 몇 달이면 될 것이오. 우리 윤가들은 그것을 불사하겠다는 사람이 줄 서 있소. 다행히 그대들 심씨들이 이장할 뜻이 있다 하니 반갑소."

윤문의 대표 윤필훈이 심용식에게 말했다. 듣고 있던 심용식이 대꾸했다.

"도리상 이장함이 옳다고 보오. 내가 종손이니 내 마음대로 하라면 오늘이라도 당장 이장할 것이오만 이름 높은 조상의 산소를 나 혼자 함부로 천동할 수 없고 문중사람들을 달래야 할 것이니 적잖은 경비가 필요할 것이오. 그쪽에서는 얼마를 생각하고 있소?"

"얼마면 되겠소?"

"창피하오만 우리는 위토(位土)가 없고 묘막이 없으니 면례를 모시고 남은 돈으로 위토를 장만하고 묘막을 짓자면 못 가져도 100만 원 정도는 있어야겠지요."

"좋소. 계약서를 쓰십시다."

윤필훈이 즉석에서 쾌히 승낙했다. 7월중에 이장하는 조건으로 약

조금 10만 원을 건네고 계약서를 썼다.

　7월이 다 갈 무렵 심용식이 윤필훈을 찾아왔다. 그는 자못 면구스런 표정이었다.

　"애기를 꺼내보았습니다만 지파(支派)들의 반대가 너무 심하여 이장이 어렵게 되었소이다. 너무 부끄럽소."

　"무슨 말씀을 하시는 거요, 심 생원! 계약서를 쓰고 돈까지 받아놓고선?"

　윤필훈이 관자놀이를 당겼다.

　"윤 생원, 내 다른 생각이 있어요. 지파들이 성묘를 다녀간 추석 다음날 밤에 나 혼자서 면례를 강행하리다."

　"그럴 수 있겠소?"

　"물론이오."

　이렇게 하여 다시 계약을 맺었다. 파묘시에 동참하여 40만 원을 주고 관을 옮길 때 가서 나머지 50만 원을 건네겠다는 내용의 계약서 두 통을 써서 나눠가졌다.

　그런데 일이 또 어긋나버렸다. 심용식이 윤씨들이 보는 앞에서 묘를 팠으나 심씨들이 들고일어나는 바람에 끝내 면례를 못하고 도망치고 말았다. 제 조상 묘를 팠다고 때려죽이려 들었기 때문이다. 심씨들이 심 정승의 묘를 개봉축하고 윤필훈과 심용식을 고소했다. 담당 검사의 소환장으로 두 사람과 양가 대표들이 검찰청에 출두했다.

　검사 : 본소의 내용을 심사해본즉 윤필훈은 범죄혐의가 없고 심용식도 선조의 묘를 남의 산에 두고 시비를 받느니보다 비용을 받고 자기 산에 이장하는 것이 종손의 자격으로 할 수 있는 일인데 심문에서는 어떤가?

심문 : 용식이가 종손이 아니다. 종손은 죽은 형 광식이고 광식의 처인 종부가 생존해 있다. 광식이 후사가 없으므로 종부가 양자를 들인다면 그가 종손이다. (심씨 대표가 호적등본을 제시했다.)

검사 : 윤필훈은 심용식이가 종손이라 했질 않았는가.

필훈 : 확실한 종손이다. 심광식은 무자식으로 사망했고 그의 처가 개가한 지 십수 년인데 차자인 용식이 종손이 아니면 누가 종손인가. 이 나라의 예법에 부모 없는 양자를 못하는 법이니 광식의 양자가 있을 수 없고 법에 형이 죽으면 동생이 대신하는 것이니 이 마당에 용식이 종손이 아니면 누가 될 수 있다는 것인가.

심문 : 그럼 종손이 없는 것이지 용식이 종손이 될 수 없다.

검사 : 봉사(奉祀)는 누가 하는가.

심문 : 종중에서 한다.

검사 : 하면 묘주를 종중으로밖에 볼 수 없는가.

필훈 : 우리 예법에 5대조 이상은 종손의 유무를 따지지 않고 제사만은 전 종중이 받들게 되어 있고 4대 이하만 종손이 봉사하는 법이다. 용식은 6대를 봉사하는 사람이다. 당연히 용식이 종손이다.

검사 : (심문 사람들을 퇴정시키고 용식에게) 필훈에게 받은 돈이 50만 원이라는데 지금 돌려 줄 수 있겠는가.

용식 : 5전도 없다.

검사 : 이장도 아니하고 돈도 돌려주지 않으면 사기죄로 처벌당할 것인데 어찌할 것인가.

용식 : 이 달 안으로 이장하겠다.

검사 : 양가 모두 명문가이니 서로 다른 사람들의 본보기를 생각해서 좋은 도리대로 화해하라.

검사로서도 더 이상 나설 수 없어서 화해를 권했다. 심씨가 이장을 하면 그것으로 깨끗이 문제가 해결되기 때문이었다. 결과가 이렇게 되자 법정에서 나온 심문사람들이 용식을 시켜서 이장비용 100만 원을 다시 청구하였다. 윤씨들은 비용이 더 첨가된 것 때문에 선뜻 응하지 않았다. 뿐더러 심씨들이 말만 그렇게 할 뿐 기실은 이장하지 않을 것이라 하여 돈만 낭비할 수 없다는 의견이 지배적이었다.

그뒤 춘천에 사는 윤병순이 올라왔다. 그는 문중사람들에게 말했다.

"내가 지난번에 강원도 지방에서 문중사람들한테 돈을 걷어왔소. 헌데 문중사람들이 돈만 걷어가고 심정승의 묘를 이장시키지 못했으니 뭐하는 짓이냐고 심히 원망을 샀지요. 문중의 원망도 원망이오만 자손된 도리도 있으니 징역을 가는 한이 있더라도 즐겁게 여기고 내가 강제이장시켜 버리겠소. 선영을 위하는 일인데 징역을 살아도 떳떳하고 명예스런 일이지요."

비장한 결심이었다. 돌아간 선영을 모시는 일이라면 살아 있는 자신의 몸이 고달픈 것쯤은 달게 받겠다는 말이었다.

문중의 도움을 받은 윤병순은 서울에서 인부 20명을 사가지고 파주로 가서 아침부터 심 정승의 묘를 파헤치기 시작했다. 마침 박달산 너머에 심씨들 산이 있었다. 그곳으로 적당히 이장시킬 생각이었다.

"멈추시오."

유골을 막 꺼내려는데 지서에서 순경 두 사람이 올라와 제지했다.

"뭣 때문에 멈추라는 거요?"

윤병순이 대차게 항의하고 나왔다.

"타인의 묘 아니오?"

순경들이 말했다.

"심용식이 우리네한테 돈만 50만 원이나 사기쳐 먹고 이장을 않고 있는 걸 당신들도 잘 알고 있지 않소? 또, 검사 앞에서 이장하겠다고 확답해 놓고 풀려난 놈이 100만 원이나 되는 돈을 더 내라 하니 내가 파내는 것이오. 이제 당신들이 관계할 바가 아니오. 징역을 가야 하면 갈 테니 말리지 마시오."

윤병순이 인부들에게 명하여 굴총 일을 계속하도록 했다. 순경들도 이렇게 나오는데 막을 도리가 없었다. 순경들은 멀거니 구경이나 하고 서 있었다.

일이 다 되어가려던 차에 윤씨문중에서 보낸 사람이 올라왔다. 편지 한 통을 전하는데, 읽어보니 그만 중지하고 내려오라는 것이었다. 굴총작업은 중단되었고 윤병순은 그날 저녁에 구속되어 개성감옥으로 송치되었다.

윤병순이 개성감옥에 갇혀 있을 때, 심용식에게 검찰청으로부터 소환장이 날아왔다. 심용식은 8월 27일 이장하겠다고 말하고 이장비용을 재청구했다. 얼마 뒤, 윤씨들이 체신부장관 윤석구의 집에서 회동하고 비용을 만들기로 합의할 때, 별안간 심용식이 사망했다는 전갈이 왔다. 좌중은 아연실색하지 않을 수 없었다. 아무 대책도 마련하지 못하고 산회했다.

이튿날 윤필훈이 심용식의 초상집으로 가 조문하고 심문대표에게 편지를 냈다. 심용식이 죽었으니 이장비용을 추가로 받아가서 이장을 하든지 그렇지 못하겠으면 이미 받아간 50만 원을 돌려주든지 양단간에 속히 결정해달라는 내용이었다. 그러나 심문대표는 아무런 연락이 없었고 유야무야 세월이 흐르게 되었다. 심씨문중에서는 떳떳하지 못하게 여겨 심 정승의 산소에 제사를 모실 때도 윤씨들을 피하느라 전날 저녁에 갔다가 이른 새벽에 제를 올리고 내려가곤 했지만 이장만은 좀처럼 하지 않았다.

6·25 전쟁 때는 근거리로 붙어 있는 산소 삼위 가운데 유독 심 정

승의 산소에만 폭탄이 떨어져 봉분이 파헤쳐진 일이 두 차례나 있어서 기이한 일이라 여기기도 했다.

잠룡과 비룡의 만남

정득량은 비슬산에서 천문을 보았다. 하늘의 별자리는 물론 현묘수경 자배기를 보고서 전쟁을 예감했다. 5월 어느날, 동방칠수 가운데 하나인 방수를 꼬리 긴 혜성이 범하는 영상이 떴다. 이는 분명 병란이 일어나서 나라가 위태로울 징조였다.

이런 일은 은비학(隱秘學)에 속했다. 같은 하늘을 보고도 저마다 그 해석이 달랐다. 오직 신명한 사람만이 알 수 있는 하늘의 조짐이었다. 어떤 사람에게는 우연한 일이 다른 어떤 사람에게는 필연이다. 어떤 사람에게는 단순한 천변현상이 어떤 사람에게는 미래를 읽어내는 비밀코드다.

정득량은 전주 세량에게 전화를 걸었다.

"형님, 절 믿으시죠? 곧 병란이 일어납니다. 문서와 비상식량을 마루 밑이나 정원 같은 데다 묻어두십시오. 그리고 웬만하면 이곳으로 내려오세요."

"알았네. 더 지켜보다가 상황에 따라서 움직이겠네."

다른 사람들 같으면 기가 막혀서 코방귀도 안 뀌었겠지만 세량은 아우 득량의 내공을 믿었다. 잡신을 믿거나 엉뚱한 소리를 할 사람이 아니었다. 세상에 이름나기를 원치 않아서였지 높은 경지에 다다라 있었다. 그런 재주를 지녀놓고도 숨어 지내기를 원하는 동생 득량이었다.

깊은 못 속에 잠긴 용〔潛龍〕의 마음, 그 속을 누가 알겠는가.

한편, 지청오는 부산으로 대구로 부지런히 출장을 다니고 있었다. 사람들은 아직 서른도 안 된 그에게 대가급에게나 붙이는 장(丈)자를 붙이고 있었다.

"청오장, 그 분 소문 들었나? 비슬산에 그 유명한 진태을 도인의 수제자가 은거하고 있다네."

부산 출장에서 돌아오는데 마을사람들이 기다리고 있다가 물었다.

"진태을요? 저는 그 분이 누군지 모릅니다."

지청오로서는 금시초문이었다. 그럴 수밖에 없는 것이 일본에서 살다가 귀국해서 공부만 한 사람이었다. 요사이 풍수일로 좀 돌아다녔지 귀머거리나 다름없었다.

"그 분을 곧 알게 될 것이네. 구한말과 일제 때, 그 분 모르면 조선 사람이 아니었네. 땅속을 거울처럼 훤히 보았다고 하네. 그 분 제자는 경성제국대학을 다녔던 수재야. 한 번 가서 만나보면 큰 도움이 될 거네."

"그런 분이 저 같은 피라미를 만나주시기나 하겠습니까?"

지청오는 겸손한 사람이었다. 배우기 좋아했고 아무리 하찮은 사람이라고 해도 절대로 무시하는 법이 없었다.

마침, 밀양 출장길에 하루 먼저 나서서 비슬산 정득량의 집을 찾았다. 그리고는 거기서 운명적인 재회를 했다.

"아니! 선생님!"

바로 해방되던 해 봄에 명치신궁에서 만났던 그 신사였던 것이다. 지청오는 정득량을 보자마자 넙죽 엎드려서 큰절을 올렸다. 이제까지 살아오면서 이분처럼 영통한 분은 없었던 것이다. 그때 그의 거부할 수 없는 말을 듣고 곧바로 사직서를 제출한 뒤 귀국했고 지리공부를 하게 된 지청오였다. 이 분이 없었더라면 오늘의 자신도 없었다.

"자네가 올 줄 알았네. 여기 봐요! 아까 준비해둔 술상 좀 들여와요."

정득량은 수려한 얼굴 가득 웃음을 띠며 일렀다.

"얼마나 후회했는지 모릅니다. 그때 일본에서 선생님을 따라나섰어야 했어요. 주저하다가 그만 놓쳐버렸거든요."

지청오는 특유의 눈빛을 빛내며 말했다.

"그랬으니까 혼자서 그 어려운 공부를 해냈지. 나를 따라 왔으면 내 그늘에 묻혀서 더 힘들었을 게야."

정득량은 저간의 이쪽 사정을 훤히 아는 사람 같았다. 지청오는 정득량이 워낙 비범한 인물이니 능히 그럴 수도 있겠다 싶었다.

"그때 선생님께서 주신 패철 이렇게 잘 쓰고 있습니다. 정말 귀신같으신 분이라고 늘 마음속에 담아둬 왔습니다."

지청오는 양복주머니에서 손때 묻은 패철을 꺼내 보였다. 그때 술상이 들어왔다. 오리에 솔잎과 약초를 넣고 찐 안주가 올라와 있었다. 사람이 찾아올 줄 알고 아침부터 미리 준비해놓았던 것이 분명했다.

"자, 이렇게 좋은 날 술이 없을 수 없지. 나는 잠룡, 그대는 비룡! 부디 내 몫까지 마저 날아서 나라의 일을 하시게. 소소하게 개인의 묏자리를 잡는 일은 웬만하면 다른 풍수들에게 맡기시고."

두 사람은 기분 좋게 취했다. 지청오는 체구가 작아도 말술이었다. 놀라운 정력이었다.

"선생님! 부족한 저를 거둬주십시오."

"허허, 자네는 이미 공부가 다 됐네. 내가 가르칠 게 없어."

득량은 지청오의 눈빛에 영기가 서렸음을 진작 알아보았지만 오늘 다시 보니 스승의 눈빛이 떠올랐다. 또 한 학생의 눈빛도 겹쳤다. 바로 금오산 밑 박정희의 눈빛이었다. 저런 눈빛을 가지고 태어나면 어느 분야에 몸담건 최고가 된다. 저런 눈빛이 아니고는 수장이 될 수 없다. 만일 눈빛이 흐린 사람이 수장이 되었다면 그것은 난세이거나 집단의 앞날이 평탄치 못하다.

"저는 이제 겨우 지리에 눈을 떴어요. 하지만 초개(初開) 단계입니다. 국(局)이 큰 대지를 볼 수 있으려면 아직 멀었어요. 가르쳐 주십시오."

지청오는 무릎을 꿇었다.

"큰 국은 역시 천문을 알아야 해. 그리고 지상에서는 기운이 넘치되, 박환이 잘된 산을 볼 줄 알아야 하고 물이 감아 도는 이치를 알아야 해. 나라의 지도자 관상을 보면 그 나라의 운세도 함께 읽어낼 수 있는 거고."

득량은 간략하게 말할 뿐 세세한 설명은 하지 않았다.

"그 모든 것을 짐작조차 못합니다. 가르침을 주십시오, 선생님!"

지청오는 여전히 무릎꿇은 자세로 간청했다.

"그만 편히 앉으시게. 잘 듣게나. 자네도 짐작은 하고 있겠지만 다음달 양력 하순에 전란이 터지네. 자네가 봉화에 있다고 했나?"

"네, 선생님."

"그곳이 십승지라서 찾아들어간 모양이네만 그곳도 위험하네. 마침 내일 밀양에 간다니까 그쯤에다 터를 잡고 내게 와서 조금 배워보던지. 천문과 관상은 좀 일러줄 게 있을 것도 같네."

정득량 역시 겸손한 사람이었다. 뭣 좀 본다고 천하를 다 아는 사람처럼 풍을 치는 사람이 아니었다. 열 개를 말해놓고 그중 한 둘을 맞추고선 신통 어쩌고 지청구를 떠는 술객(術客)이 아니었다. 숨어살면서 우주의 비밀을 관조하는 자연철학자였다.

봉화로 돌아온 지청오는 마을사람들에게 곧 난리가 나면 피난갈 곳을 일러주고 솔가하여 밀양에 터를 잡았다. 그는 자전거를 사서 타고 다니며 정득량의 가르침을 받았다.

《주역》도 다시 읽었고 여러 지가서와 천문, 관상도 익혔다. 특히 득량이 지청오에게 이른 것은 경전의 필사였다. 뜻을 파악한 뒤, 원본과 똑같이 베끼다 보면 이치가 저절로 알아졌다.

"여보게, 전쟁이 터지면 수많은 인명이 떨어지네. 군인들도 많이 죽을 테고. 그럼 나라에서 국립묘지를 만들게끔 돼 있네. 자네가 그 자리를 잡아야 하네."

정득량은 이미 영성이 열린 사람이었다. 우선은 세상이치를 따져서 생각하고 다음에는 영성으로 점검하는 식이었다.

"그런 대지는 선생님께서 잡으셔야죠."

지청오가 숨어살기를 원하는 스승 정득량에게 제안했다.

"나는 시대를 잘못 타고난 사람이네. 내 사상은 21세기 중반에나 먹히는 것이야. 그런데 내가 아무리 오래 살아도 그때를 볼 수 없지. 나는 자손이나 자네 같은 후학의 밑거름이 되는 걸로 족하다네."

1950년 6월 25일 새벽, 급기야 전쟁이 터졌다. 북한은 파죽지세로 밀고 내려왔고 수도 서울이 떨어졌다. 전선은 속수무책으로 밀려서 대구와 영천까지 인민군들이 쳐들어왔다.

득량은 전주 형님 가족을 비슬산 아래로 불렀다.

"저들이 집을 접수해서 사무실로 쓰고 있다네. 설마 총을 쏘거나 폭탄을 터뜨리지는 않겠지?"

세량은 신경이 온통 전주 본가에 가 있었다.

"형님, 목숨이 보뱁니다. 형님이 거기 남아 계셨으면 지주 반동분자라고 인민재판을 받았을 겁니다."

"시숙어른, 맘 편히 잡수세요. 그래도 우리 가족들은 모두 무사하네요. 저 녀석들은 올봄부터 서울학교 못 가게 했다고 입이 한 자씩 나와 지내더니 이제야 아버지가 무서운 사람이라고 해쌓네요, 글쎄."

득량의 아내는 위로인지 남편자랑인지 분간할 수 없는 말을 했다. 무슨 일을 해도 남편 뜻에 따르던 아내 이숙영은 자신의 판단이 옳았음을 내심 기뻐하고 있었다.

"그럼요, 제수씨. 우리 아우는 아무도 넘어설 수 없는 태산입니다."

형 세량이 진심으로 인정한다는 뜻을 그처럼 거창하게 표현했다. 하지만 득량은 부끄럽기만 했다.

"형님, 제가 죄가 많습니다. 조상님이 물려주신 머리를 바탕으로 가문을 빛내야 하는데 은자처럼 지내기만 해서요. 대신 우리 자식들 대나 손자들 대에서는 아주 잘 될 겁니다."

"아우가 어때서? 일본인들 앞잡이를 했나, 양민들 갈취를 했나? 공부하고 수양해서 이처럼 식구들 안위를 지켜냈으니 충분하네. 나는 우리 아우님을 절대 보통사람으로 보지 않네."

유엔군이 인천으로 상륙했다는 소식이 전해졌다. 젊은 피로 물들었던 낙동강 전선은 더 이상 밀리지 않았다.

동작동 국립묘지와 뼈피리

유엔군의 참전으로 서울이 수복되고 전쟁이 소강상태에 빠졌다. 지리산 일대에는 미처 쫓겨 올라가지 못한 인민군들이 파르티잔이 되어 저항하고 있었다.

득량은 세량과 함께 차를 타고 전주 본가에 갔다.

집이 없었다. 본채고, 별채고, 사랑채고 하나도 남아 있질 않았다. 사당까지 모조리 불타버리고 검은 재만 수북히 쌓여 있었다. 허망했다. 도깨비들 장난도 아니고 이게 뭐란 말인가. 전쟁은 이런 것인가.

두 형제는 절망했다. 조상의 영정과 신주, 땅문서는 비슬산 득량의 집으로 가져다 놓았기 때문에 그나마 다행이었다.

"곳간 지하실이 어디였지?"

세량이 불현듯 정신을 차리고 잿더미를 뒤졌다.

"정원 왼쪽이었잖아요."

세량이 그쪽을 찾아서 흙을 파려고 했다. 그런데 삽 한 자루가 남아 있질 않았다. 이게 과연 전주갑부 솟을대문집이란 말인가. 김 기사도, 최 서방도 모두 뿔뿔이 흩어져서 생사를 몰랐다.

한참 떨어진 옆집에서 삽을 빌려왔다. 자신들은 피난을 가지 않고 눌러 살았다고 했다. 그들의 증언에 의하면 인민군이 퇴각하면서 불을 싸질렀다고 했다. 사흘 동안이나 연기가 났단다.

곳간 바닥 아래 지하실을 찾아야 했다. 옆집 사람들이 와서 거들어 주었다. 그나마 인심을 잃지 않고 산 덕분이었다.

"무엇이 있간디요?"

"피난가면서 책들과 고서화, 값나가는 살림살이를 넣어놓고 갔었지요."

지하실 문을 막았던 얇은 돌이 나왔다. 그것을 밀쳐냈다. 책들이 어지럽게 흩어져 있었다. 고서화며 골동품, 그 밖의 사람살이가 하나도 없었다.

"누군가 털어갔군요."

득량이 도리질을 쳤다.

"아냐, 이곳은 아무도 몰라. 내부 사람들 짓이야. 김 기사는 절대 그런 사람이 아니고 충복이던 최 서방도 아니지. 머슴들 소행일까? 그런데 이곳을 아는 사람은 김 기사와 최 서방밖에 없는데."

세량은 책들을 잘 간수하며 추리해보았다. 전쟁은 사람의 성정을 바꾼다. 사람 목숨이 죽어 나자빠지는 판에 무슨 생각인들 못하랴. 분명 두 사람 가운데 하나가 이 물건들을 털어갔다. 피난갔다가 다시 만나자고 섭섭지 않게 돈도 쥐어 주었건만 사람 욕심이 그게 아니었다.

전쟁은 잔인했다. 조상이 물려준 집이 불탔고 숱한 생목숨들이 동족의 총탄과 칼날에 쓰러졌다. 온 산하에 피비린내가 진동했다. 남한의 경우에만 사망자가 15만, 행방불명 20만, 부상자 25만 명이나 되었으니 진달래 산천은 피로 물들고 원혼의 산하가 된 셈이었다.

유엔군의 참전으로 서울이 수복되고 전쟁이 소강상태에 빠진 1952년 11월 3일, 국군묘지설치위원회가 발족됐다. 전쟁중에 희생된 수많은 장병들을 안장할 데가 없었던 것이다. 국군묘지 후보지를 정하는 문제가 닥쳤다. 나라를 위해 꽃 같은 넋을 바친 호국영령들을 모시는 자리였으므로 국이 큰 길지를 물색해야 했다. 그러자면 우선 땅을 잘 보는 풍수가 필요했다.

이승만 대통령령이 떨어졌다. 각도에 공문을 내려보내 전국의 명풍수들을 추천해 올리도록 했다. 정득량은 경무대 비서관으로 가 있던 경성제국대 동기생에게 전화를 걸었다. 저쪽이 깜짝 놀라며 죽은 줄로 알았다고 했다. 사실을 말했고 국군묘지를 잡을 사람으로 제자 지청오를 추천했다.

밀양고을에서 무사히 난리를 피하고 돌아와 봉화에 머무르고 있던 지청오가 경무대로 불려간 것은 이듬해인 1953년 9월이었다. 그야말로 초야에 묻혀서 쌀가마 값이나 받으며 묏자리를 잡아주던 그가 옥룡자 도선국사나 무학대사처럼 국사지관(國師地官)의 첫발을 내딛는 순간이었다.

사실 지청오는 영문도 모르고 경무대에 불려갔다. 비서실 사람들이 워낙 은밀하게 일을 처리했던 터에 국군묘지의 터 잡는 일을 의뢰할 거라는 생각은 꿈에도 하지 못했다.

비서실을 거쳐 곧 이승만 대통령과 독대하기에 이르렀다. 첫눈에 위엄이 하늘같은 분이라는 걸 간파할 수 있었다. 지청오는 무섭기까지 했다. 이 대통령이 특유의 떨리는 음성으로 그에게 뭐라고 말을 했다. 그러나 너무 긴장한 지청오의 귀에는 아무런 말도 들리지 않았다. 얼떨떨한 상태로 그저 꿔다 놓은 보릿자루 마냥 앉아 있는 지청오에게 바투 다가온 이 대통령이 따뜻하게 손을 잡아주면서 안심시켰다.

"왜 그렇게 어려워 해. 그냥 할아버지 만났다고 생각하면 괜찮아질 게야."

그제야 무슨 말인지를 알아들을 수 있었다. 지청오가 다소 긴장을 푼 것을 안 이 대통령이 다시 운을 뗐다.

"젊은 사람이 언제 풍수를 그렇게 공부했어? 사변중에 목숨을 잃은 장병들의 유해를 한 곳에 모아 국군묘지를 만들 생각이야. 자네가 터를 잡아줬으면 해. 필요한 건 다 지원해줄 테니까."

아하, 풍수?

풍수라면 자신이 있었다. 지청오는 영채어린 눈을 빛내며 유창한 달변으로 서울 근교에서 후보지가 될 만한 곳들을 얼추 꼽았다.

"헬기로 답사하면 더 용이하겠지?"

"물론입니다, 각하."

곧 원용덕 헌병사령관과 헬기에 탑승하여 서울과 경기도 일원을 돌며 적합한 곳을 물색하는 작업이 시작됐다. 이 땅을 더듬다 간 역대의 풍수들 가운데 공중을 날아다니며 터를 잡은 풍수로는 지청오가 처음이었다. 유력한 후보지로 거론된 곳들이 수유리, 팔당, 동작동 등이었다. 이 대통령이 현지를 직접 둘러본 후 급기야 여러 후보지 가운데서 최종 선정된 곳이 동작동이었다. 동작봉(銅雀峰) 아래 묘지가 들어설 대지에는 논밭이 질펀했고 초가집 몇 채가 들어서 있었다. 중종의 후궁이었던 창빈안씨(昌嬪安氏, 1499~1549)의 능도 있었지만 그대로 두고 활용할 수 있었다. 공중촬영을 함으로써 선정작업이 마무리됐다.

"동작동 이 자리는 어떤 자리요?"

헬기에 동승한 원용덕 사령관이 발 아래를 굽어다보며 물었다.

"공작새가 아름다운 날개를 쭉 펴고 있는 모양인 공작장익형(孔雀張翼形) 대지이자, 장군이 군사를 거느리고 앉아 있는 모양인 장군대좌형 길지입니다. 호국 영령들이 이곳에 묻히면 이 겨레 모두에게 길이길이 발복할 자리지요."

"풍수를 모르는 내가 봐도 명당같이 보이오."

"서울 시내에 이런 자리가 있다니, 저도 이번에 알았습니다. 실로 명당이자 성역이랄 수 있는 자립니다."

지청오가 세세한 설명을 덧붙이기 시작했다.

동작봉의 주산은 과천 관악산이다. 이 관악산은 서울의 조산으로서 불꽃이 타오르는 모양의 화산이다. 관머리와도 같다 하여 관악산이라는 이름이 붙었다. 동작봉은 이 관악으로부터 맥이 뻗어 나와서 기복과 과협하여 수려하고 방정한 품을 만들었다. 그곳에 국군 희생자들을 안장했다.

국군묘지를 잡고 나서 지청오는 대구 비슬산 정득량을 찾았다.

"내가 뭐라고 했나? 자넨 나랏일을 할 사람이었어. 옛날로 치면 국사지관이네. 그 자리도 아주 잘 잡았어."

정득량은 칭찬을 아끼지 않았다.

"워낙 갑작스럽게 불려가는 바람에 연락도 못 드렸습니다."

"그런 줄 다 아네."

정득량은 그렇게 흘려버렸다. 지청오는 자신을 정득량이 추천했다는 사실을 알지 못했다. 전국에 지관이 어디 한 둘인가. 그들 가운데 작대기 풍수만 있는 게 아니었다. 더러는 고수도 숨어 있었다. 그들을 물리치고 새파란 지청오가 선택된 것은 개인적인 복이지만 정득량의 숨은 공이 있었다.

"자네가 조선풍수의 맥을 이었네. 이거 받게나."

작은 오동나무 상자를 건넸다. 풍죽(風竹)이나 그려 넣은 합죽선 부채로 생각했다. 철 지난 부채를 왜 주실까. 워낙 생각이 깊으신 분이니 뜻이 있을 거였다.

"열어봐."

지청오가 받아두고만 있자, 득량이 말했다. 예상치 못했던 물건이 들어 있었다. 붓 대롱만한 피리였다.

"피리가 아닙니까?"

단순한 피리가 아니었다. 구월산 자하도인으로부터 받은 신선들이 지니는 보물이었다. 학의 다리뼈를 울려서 소리를 내는 사람이 어디 속인일까. 득량은 그 피리가 지닌 뜻을 잘 설명해줬다.

"자네는 아마 제자를 두기가 어려울 걸세. 만일, 대를 이을 만한 제자를 만나거든 그에게 전하고 없거든 옥함을 만들어서 깊은 산공부 터에 묻게. 경지에 든 사람이 그 터에 오면 선인이 현몽(現夢)하여 일러줄 걸세."

득량으로서는 제일 값진 선물을 한 셈이었다.

전쟁은 휴전상태로 끝났고 수많은 청춘들이 꽃잎처럼 떨어져갔음에도 민족분단의 연대가 시작되었다. 휴전협정이 맺어지고 그와 때를 같이하여 이 땅의 허리에는 촘촘하게 쇠말뚝이 박혀버렸다. 일제 때, 일본인들이 마을의 주산에 쇠말뚝을 박아 이 땅에 인물이 나오지 못하도록 한 만행이 엊그제 일인데 이 땅 사람들 스스로 허리에 수천 수만 개의 쇠말뚝을 박게 된 것이다. 남이 박은 쇠말뚝 한 개에도 땅을 치며 통분했던 사람들이 어찌하여 수만 개의 쇠말뚝을 이 땅의 허리에 스스로 박아야만 하는 것인가. 그것은 식민지와는 또 다른 민족분단의 역사를 예고하는 사건이었다. 백두산의 기운 찬 맥이 치달려 한 동아리가 된 이 땅의 산하가 허리 잘림으로써 민족정기 또한 양분되고 만 것이었다.

옛날에 눈물이 있었다.

어느 전설적인 풍수가 임진강에서 흘린 눈물이 있었다.

정득량은 스승 진태을의 그 눈물을 기억했다.

대장부가 울면 하늘이 운다.

천하의 도인이 운 것은 이처럼 아픈 역사를 미리 보았던 때문이다.

이런 이인(異人)들이 있었건만 세상은 그런 참사람은 기억하지 않는다. 남 앞에 나서서 정치를 하고, 없어도 있는 체하는 허명(虛名)들만 기억한다. 하진 그깟 기억이 무슨 대수인가. 우주 안에서는 참과 거짓이 여실히 드러난다.

하지인의 무지개 돌다리

10년의 세월이 다시 흘렀다.

정득량은 자식들 공부시키고 짝지어 줘서 손자까지 보았다. 세량은 불타버린 집터를 정리하고 서울로 이사했다.

득량은 여전히 비슬산에서 살았다. 대구에 작은아들이 교편을 잡고 있어서 가끔 나와 묵어갔다.

아침신문을 보던 정득량은 '아침시단'에서 하지인의 시를 보았다. 그녀의 시는 하나같이 그리움을 담고 있었다. 득량은 《고문진보》에 나와 있는 시들을 외우면서도 현대시는 전혀 쓸 줄 몰랐다. 하지인이 쓰는 현대시는 정말 낯이 간지러워서 읽는 것조차 거북했다.

시는 그렇더라도 한 번 만나보고 싶었다. 그녀가 근무하는 학교 이름도 나와 있어서 서울가면 쉽게 만날 수 있었다. 해방 전에 백두산에서 만나고 20년이 다 되도록 연락 한 번 없었다.

장손의 소학교 입학식이 곧 있었다. 일곱 살 나던 겨울에 직접 가서 천자문을 떼어줬다. 작은손자도 그 무렵이면 그렇게 해줄 작정이었다. 체계적인 한자교육은 두뇌를 활성화시킨다. 풍부한 어휘력이야말로 모든 공부의 기초이자 인생을 향유하는 수단이다. 득량은 자손들을 그렇게 지도했다.

득량의 큰아들은 판사로 있었다. 누가 시킨 것도 아닌데 제가 알아서 법대에 진학했고 재학시절에 고시에 붙었다. 제 어미는 아버지를 대신했다고 말하지만 득량은 그 방면에 아무런 미련이 없었다. 부모의 삶과 자식의 삶은 별개였다. 자식에게 대신 이뤄달라고 주문할 이유가 없었다.

손자의 입학식에 갔다가 점심을 먹고 나서 하지인의 학교로 찾아갔다. 오십이 넘은 그녀는 여전히 단발머리를 고집하고 있었다. 하지만 사람은 많이 달라져 있었다. 톡톡 튀던 모습은 사라지고 차분한 국어 교사이자 시인이었다.

"이렇게 안 찾아주셔도 되는데 그랬어요."

별반 반기는 기색도 아니었다.

"며칠 전에 신문에서 하 시인의 시를 봤지. 그냥 한 번 보고 싶었소."

득량은 먼저 손을 내밀었다. 예전에는 이런 적이 한 번도 없었다.

"당신도 변했네요."

진작 다정하게 대해주지 그랬냐는 뜻이었을까. 단발머리 곳곳에 흰머리가 섞였다. 염색하지 않는 것만 봐도 그녀가 얼마나 자존심이 강한 성격인지 짐작할 수 있었다.

"내가 저녁을 사고 싶은데."

"그럴 거 뭐 있어요. 우리 집에 가십시다. 내가 밥 지어 드릴게요."

아직도 혼자라는 얘긴가.

그러고 보니 득량이 그녀에게 해준 것이 너무 없었다. 사랑은 엇박자였다고 해도 잘 살았을 적에 무엇 하나 장만해준 것이 없었다. 그 흔해 빠진 시계 하나 사주지 않았다. 다른 사람 같으면 안쓰러워서라도 집인들 못 사줬을까. 이제 재산이 축나고 자식들 공부시키느라 그

마저도 모두 팔아치웠다. 비슬산 10여 정보와 집이 전부였다. 대구집은 작은아들 몫으로 이전해줬다.

"백화점에 들렀다 갈 수 있겠소?"

"왜요?"

"옷이라도 한 벌 사주고 싶어서 그러오."

하지인은 잠시 망설였다.

"내가 추워 보여요? 겨울 다 갔는데 외투라도 사주시려고?"

"아니오. 하 시인은 목련꽃 같은 사람이오. 산뜻한 봄옷 한 벌 삽시다."

"어쩌죠? 내 옷을 일일이 참견하는 사람에게 묻고 사야 하는데."

득량은 남편이라고 생각했다.

"그럼 그분과 함께 사구려. 내가 돈을 좀 줄 테니."

득량은 지갑을 열었다.

"아니에요. 그냥 가서 사주셔요. 얼마나 잘 고르는지 볼래요."

두 사람은 종로 화신백화점에 들러서 옷을 샀다. 하지인의 집은 돈암동이라고 했다. 택시를 타고 집에 가보니 아무도 없었다.

"이따 올 거예요. 제발 그 사람이 잘 골랐다고 해야 할 텐데."

득량은 다소 긴장하여 양복 상의도 벗지 않았다.

저녁상이 차려지니까 건장한 사내 하나가 들어왔다. 득량보다 더 큰 청년이었다. 가방도 그렇고 대학생으로 보였다.

"사랑하는 아드님 오셨어? 인사 올리고 씻으셔. 엄마 백두산 사진에 있던 그 선생님이셔."

절을 받고 보니 하지인을 빼다 박았다.

"하득중입니다."

스무 살이고 상대 2학년생이라고 했다. 그렇다면 그 옛날 백두산에

왔을 때, 홀몸이 아니었다는 것인가. 득량은 백두산을 등반했던 때를 기억하고 셈을 해보았다. 이상했다. 게다가 성씨는 왜 또 하씨인가. 아버지도 하씨란 말인가. 그렇다면 아버지는 어디에 있는가?

"제 아들 잘 생겼죠?"

하득중이 씻으러 들어간 사이 하지인이 득량더러 물었다.

"아버지는 어디 있소?"

"멀리 있어요. 자, 엉뚱한 생각 그만 하시고 어서 손 씻어요. 김치찌개밖에 없지만 정성을 생각해서 많이 들고 가요."

밥을 입으로 먹었는지 코로 먹었는지 몰랐다. 분명 뭔가가 있는데 물어볼 자리가 아니었다. 득량은 저녁을 먹고 나자마자 몸을 일으켰다. 그래야 하지인과 둘이 있는 시간을 만들 것 같았다.

하득중은 무덤덤하게 득량을 문 앞에서 배웅했다. 집 앞 공터까지 나와서 득량이 물었다. 여자만 직감이 있는 게 아니었다.

"하득중, 무슨 무슨 자요? 얻을 득(得)에 가운데 중(中) 자요?"

"호호, 도는 그냥 폼으로 닦은 게 아니로군요. 정확히 맞았어요."

"하지인 하(河)에, 정득량 득(得)이오? 중(中)은 가운데니 반반일 테고. 그런 거요?"

득량은 진지하게 따져 물었다. 이것은 핏줄에 관한 일이었다.

"참, 당신도! 엉뚱한 생각하지 말라고 했죠? 쟤는 내 아들이에요. 정가가 아니라 하가라고요. 좋아요. 당신이 이상한 생각을 하니까 바른 대로 대지요. 목포 세관에 우리 오빠가 있어요. 아들이 여럿이어서 제가 너무 쓸쓸하다며 양자로 달라 했어요. 됐어요? 목포 세관에 확인해도 좋아요."

하지인이 분명하게 말했다.

"그렇다면 미안하오."

"당신 아들이나 다름없지요. 우리는 이별 없는 관계이고 당신은 부인할지 모르지만 내 생각에 난 당신과 하나예요. 그러니까 내 자식이 당신 자식이지요."

하지인은 그렇게까지 얘기하고 있었다. 득량으로서는 찜찜해도 도리가 없었다. 세상에는 비밀이 너무 많았다.

무지개는 잡을 수 없다. 하지만 영리한 현대여성 하지인은 무지개 잡는 방법을 알고 있었다. 어렵지만 한 번 돌로 만들어 놓으면 영원한 다리가 되었다.

용이 되어 하늘을 날다

정득량의 제자 지청오는 을지로 6가 2층 건물에 상담소를 개설했다. 1인자 정득량은 비슬산 자락에 숨고 그의 제자가 서울 한복판에 나와 활동했다.

"선생님, 제가 알량한 재주로 죄나 짓지 않는 것인지요."

사무실을 낸 지청오는 스승 득량을 모셔서 여쭈었다.

"아닐세. 자네는 이렇게 활동해야 할 팔자야. 더러는 실수도 있겠지만 그만하면 됐어. 전혀 실수가 없으면 귀신이게?"

"그럼 선생님만 믿고 해보겠습니다."

"이 대통령도 자넬 아끼는데 뭐가 문젠가?"

하지만 그것도 오래가지 못했다. 3·15 부정선거로 4·19 학생혁명이 일어나 이 대통령은 하야(下野) 하기에 이른다.

이승만 박사는 하야하고 나서도 국민의 비난이 잦아들지 않자 머물러 있던 이화장을 떠나 하와이로 망명한다. 그는 망명길에 오르면서 살아서는 고국 땅에 돌아오지 못할 것임을 알고 있었다. 망명길에 오르기 며칠 전, 이 박사는 지청오를 이화장으로 불렀다.

"청오장, 내가 이번에 떠나면 살아서는 못 돌아오네."

특유의 떨리는 음성이 깊은 동굴 속의 습기마냥 축축하게 배어 나왔다. 이 박사는 더 이상 위엄어린 독재자가 아니었다. 한없이 지치고 초라한 노인일 뿐이었다. 그것도 살던 집마저 떠나야 하는 비운의 노정객이었다.

"드릴 말씀이 없습니다."

일찍이 지청오는 이런 날이 올 줄 알고 있었다. 그래서 몇 년 전에 문건을 하나 보냈는데 그게 반영되지 않았다. 그것이 못내 아쉬웠다.

"청오장, 내가 한이 세 가지 있네. 자식이 없는 것, 일국의 대통령으로 외국인 아내를 맞은 것, 통일을 못 시킨 것일세. 해서 말인데 내 아들의 후사를 부탁하네. 결혼을 못 시켰어. 물론 내가 묻힐 자리도."

이 대통령은 쓸쓸히 말했다. 노안에 슬픔이 젖어들어 있었다. 그의 아들이란 양자 이인수를 가리켰다.

이 대통령은 자식이 없었다. 그래서 전주이씨 종친회에서 양자로 추천한 사람이 이인수였다. 그와는 절친하게 지내는 지청오였다.

"아무런 걱정 마십시오."

지청오는 노정객을 안심시켰다.

"청오장, 하나 묻겠네. 양자를 들이면 풍수에서 발복이 어떻게 되는가. 동기감응이 원칙이니 직계혈손으로 받아 내려가지 않겠나?"

누구나 궁금해하는 문제였다. 지청오는 스승 정득량에게 들었던 말씀과 이제까지 겪었던 바를 사실대로 올렸다.

"전국 각지에는 길에 뒹구는 무연고 유골을 거둬 양지바른 곳에 묻어주고 복을 받았다는 풍수설화가 많습니다. 하물며 생전에 정을 나눈 양자인데 어찌 감응이 없겠습니까? 동기감응이 원칙이지만 마음이 가는 곳에 기운도 따라 갑니다."

동기감응 문제는 해석하는 사람에 따라 달랐다.

세상은 또 혼란스러웠다.

1961년 벽두, 사복차림의 다부진 사내 일곱 명이 지청오의 사무실로 찾아왔다. 첫눈에 군인들임을 알 수 있었다. 그 가운데 검은색 선글라스를 낀 키 작은 사내가 대표자 같았다.

"선생, 선생의 역술이 귀신같다기에 이렇게 찾아왔소. 거두절미하고 본론만 말씀드리겠소. 우리가 곧 나라를 위해 큰일을 하려는데 과연 성공할 것 같소?"

쇳소리가 나는 어투였다.

"안경을 벗으셔야 상을 보지요."

대표격인 사내가 선글라스를 벗었다.

눈.

저 형형한 눈.

활활 타오르는 저 서리한 눈!

지청오는 가슴이 떨려왔다. 내심 놀라면서도 침착하게 상을 봤다. 분명 군주(君主)의 상이었다. 그것도 국운을 좌우할 상이었다. 지청오는 그 말을 감췄다. 천기누설을 하지 않으려는 뜻이었다. 오직 마음으로만 전해야 하는 극비사항이었다.

"뭔지는 모르겠으나 분명 성공합니다. 걱정 안 해도 될 것이오."

좌중의 머리 짧은 사람들이 서로 의미깊은 시선을 교환했다. 모두 보통 눈들이 아니었다. 사람의 얼굴에서 가장 중시되는 게 눈이었다.

관상은 얼굴을 보는 것이지만 외모 그 자체만을 보는 게 아니라 그런 외모를 서려놓게 한 마음을 보는 법이었고, 그 마음이 가장 잘 나타나는 곳이 눈이었다. 눈만 잘 보면 절반은 다 본 셈이었다.

"정말 잘 되겠소?"

서리한 눈을 가진 사내가 다시 물어왔다.

"두말하지 않으리다. 나머지 분들은 곧 장관들이 되시겠군."

지청오가 그 정도로만 흘렸다.

그때, 서리한 눈을 가진 사내가 지청오의 손을 붙잡았다.

"선생, 저 젊은 사람들이 어찌 장관이 되겠소. 터무니없이 엉터리 같은 말이니 안 들은 걸로 하리다."

다부지게 입을 닫는 사내였다. 돌 같다는 느낌이 들었다. 안에 불을 머금었으나 겉은 차갑기만 한 돌.

지청오가 사내를 정면으로 주시했다. 두 시선이 부딪쳐서 빛을 날렸다. 찰나에 걸친 교감이었다. 6·25 때던가. 스승 정득량은 말했다. 당신의 스승 진태을의 눈이 그랬고 금오산 아래서 본 어느 학생의 눈이 그랬다고.

"하늘이 무너져도 오늘 일은 다시 입 밖에 나가지 않을 것이오."

지청오가 약속했다.

"고맙소."

사내는 다른 여섯 부하들을 거느리고 총총히 사라졌다.

하도 가슴이 떨리는 일이어서 지청오는 사무실 문을 닫아걸고 대구 비슬산 정득량을 찾았다. 낮에 왔던 군인들 얘기를 말했다.

"분명 군주의 상이었습니다. 쿠데타를 일으키려는 것 아닐까요?"

"그럴 수도 있지. 이름이 누구라던가?"

"미처 묻지 못했습니다. 묻는다고 알려줄 사람들도 아니었어요."

"그랬겠지. 그 사람 아내를 보면 금방 알 수 있는데. 학(鶴)의 상을 지닌 부인이 아니면 이런 때 대통령이 될 수 없어."

과연 몇 달 뒤 쿠데타가 터졌다. 예전에 찾아온 눈이 서리한 군인의 이름은 박정희였다. 그는 지청오에게 사람을 보내 감사를 표시했고 그로써 20년 교류의 장이 열렸다. 나중에 총탄에 맞아 서거했을 때도 두 내외분을 동작동 국립묘지에 모셨던 것이다.

일찍이 진태을이 금오산 정총골 조모의 묘와 상모리 집터를 보고 군왕이 나는 자리라 말했고 정득량도 관심을 갖고 지켜보았다. 그리고 득량은 제자 지청오에게 박정희가 등용문을 뚫고 올라가는 과정을 전해 들었다. 지리와 관상이 적중할 때는 이처럼 분명한 것이다.

1965년 4월, 국회에서 법안을 통과시켜 기왕의 국군묘지를 국립묘지로 승격시켰다. 군인이 아닌 이 대통령을 모셔야 했기 때문이다. 그해 7월에 이승만 박사가 영면하여 귀국한다. 망명 5년 만에 불귀의 객이 되어 고국 땅에 돌아온 것이다. 이 박사는 국립묘지 가운데 가장 빼어난 명당이랄 수 있는 자리에 묻혔다. 영구음수형(靈龜飮水形) 자리로 목마른 거북이 한강 물을 마시려고 내려오는 길지였다.

청계천 비화

청계천(淸溪川)은 서울의 명당수로서 서출동류(西出東流, 서쪽에서 동쪽으로 흐름)한다. 북악산, 인왕산, 남산 등의 여러 골짜기로부터 흘러나온 물이 합수되어 동으로 흐르는데 도성 가운데를 관통해 중랑천으로 빠져나간다. 도성 중심가를 통과하는 까닭에 예부터 오물들이 버려져 수질이 맑지 못했는데 왕조실록을 비롯한 여러 기록에 이 명당수를 두고 풍수논쟁이 분분했던 예가 나와 있다. 그만큼 풍수적으로 중시되는 개천이다.

이 청개천을 복개공사하기 시작한 것은 1957년이었다. 개천이 지저분하고 냄새가 나니 복개를 함으로써 도로로 이용할 수 있다는 편리를 염두에 둔 것이다. 미려한 돌다리인 수표교가 장충단공원으로 옮겨지고 곧이어 복개공사가 시작되었다.

지청오가 이것을 알고는 밤을 새서 급하게 문안을 작성했다. 풍수를 무시하고 편리만을 뒤쫓다가 큰일이 나고 말 것임을 불 보듯 헤아렸기 때문이다. 청오는 지금이라도 복개공사를 중단하라고 경무대의 이승만 대통령에게 간절하게 상신했다. 경무대 비서실로 문건을 보낸 것이다. 대통령을 직접 찾아뵙고 여차여차 설명할 수도 있는 입장이었지만 가뜩이나 국사로 번거로운 대통령임을 아는 터수에 서면으로 올린 것이다. 그런데 서면으로 올린 청계천 복개공사 문건은 아무런 효용가치가 없었다. 어찌된 노릇인지 복개공사는 중단되는 기미 없이 계속되고 있었다.

"각하께서 돌이킬 수 없는 일을 저지르고 계시는군."

지청오는 실망을 감추지 못했다. 아무리 일러줘도 듣지 않으면 그만이었다. 역사의 뒤안길로 사라진 모든 패자가 처음부터 길을 몰라서 그리 된 건 아니었다. 스스로 고집을 버리지 못하다가 종당에는 패배를 자처하게 되는 것이었다.

청계천은 명당수다. 육안으로 보이던 명당수가 복개공사를 함으로써 암천(暗川)이 되면 서울의 지리에 변화가 생긴다. 눈앞의 당장 이익보다 나중에 입는 화가 훨씬 더 크다.

각하, 청계천 명당수 복개공사를 속히 거두어주소서. 아뢰옵기 황감하오나 이 명당수는 절대 각하 혼자서는 복개할 수 없습니다. 군주 셋의 힘으로라야 능히 복개할 수 있는 지난한 일입니다. 수도의 지리에 변화를 가해서 국운이 쇠하는 것을 사전에 예방코자 하는 충정에서 이 글을 올리는 것입니다.

각하께서 집무를 하시는 경무대는 그 좌향이 자좌오향(子坐午向)으로 남향판입니다. 청계천 명당수는 신득수(申得水) 진파(辰破)로 서에서 나와 동으로 흘러나갑니다. 이는 주인이 있고, 나그네가 있고, 파가 있으니 신자진(申子辰) 삼합이온데, 이에 변화를 가져와 나그네와 파를 보이지 않게 하는 건 그 일을 시작하는 군주, 진행하는 군주, 마무리하는 군주 등 셋을 반드시 필요로 하는 국가대사입니다.

그깟 지저분한 개천 하나 덮는 일이 뭐가 그리 큰일이라고 그러느냐고 대수롭지 않게 여기시는 일이 없기 바랍니다. 특히 동대문에서 을지로 6가로 가는 길목의 개천에 놓여 있는 나무다리는 다섯 간의 길이로서 예부터 오간수교(五間水橋)라 하여 풍수적으로 매우 중시된 다리입니다. 명당수가 나가는 파구(破口)이기 때문입니다. 차제에 청계천을 복개하게 되면 그 오간수교까지 덮게 되고 말 것입니다. 그렇게 되면 참으로 상상치 못할 일이 벌어질 것입니다. 파구가 막혔으므로 반드시 이 나라 군대가 국경 밖으로 출병하는 일이 생깁니다.

각하, 미천한 풍수쟁이의 고언을 부디 저버리지 말아주소서. 소생은 미천하나 풍수의 오묘한 법술마저 미천한 것은 아니옵니다. 본시 풍수적으로 두루 구색이 갖춰진 복지에 짜임새 있게 세워진 도성이 곧 서울입니다. 우선 당장 목전의 편리만을 뒤쫓다가 나중에 크게 화를 입을 일이 없기를 바랍니다.

정성을 들여 붓으로 쓴 글이었다.
경무대 비서실에서는 한바탕 웃음바다가 출렁거린다.

"이건 너무 황당해. 세상에 그깟 오물단지 같은 개천 하나를 덮는데 군주가 셋씩이나 필요하다구. 대통령 세 사람이 있어야 완공된다는 얘긴데 이건 각하께 너무 불충한 망언 아닌가. 지청오가 아니면 당장 잡아다가 물고를 낼 일이야."

비서진 가운데 하나가 쇠토막 부딪치는 소리를 냈다.

"그래도 명풍수 지청오가 올린 문건이니 각하께 올려나 봐야지 않겠습니까? 각하께 웃음보따리를 선물하는 격이 될 테니까요."

다른 하나가 농담조로 제안했다.

"안돼, 어지간해야 올려나 보지. 당장 폐기처분해 버려."

지청오가 밤을 새서 작성해 올린 문안이 불쏘시개감이 될 찰나였다.

"공을 많이 들인 문건 같으니 버릴 수 없겠군. 내가 보관하고 있다가 나중에 기회를 봐서 각하께 한 번 귀띔해보지."

그렇게 말하며 문건을 챙긴 이는 곽영주 경호실장이었다.

청오가 올린 문건은 곽영주의 책상 서랍에 쑤셔 박혀 햇빛을 보지 못하고 사장(死藏)된다. 그리고 얼마 있다가 3·15 부정선거로 4·19 혁명이 일어나 이 대통령은 하야한다. 물론 청계천 복개공사를 끝내지 못한 채였다. 다음에 들어선 정부가 민주당 정권으로, 윤보선이 대통령직을, 장면이 총리직을 맡아 국정을 운영하지만 곧 일어난 5·16쿠데타로 불과 1년도 채우지 못하고 물러난다. 이런 이유로 청계천 복개공사는 여러 차례 중단과 재개를 반복한 끝에 박정희 정권이 거의 저물어가던 1979년 말 마장동 주변 복개공사를 끝으로 마무리되니 세 군주의 힘으로라야 가능하다는 지청오의 말이 백일하에 증명된 셈이었다.

청개천 복개공사가 완공되자 세 군주 가운데 마지막에 해당하는 박대통령이 시해를 당했으니 그것은 우연이기만 할 것인가.

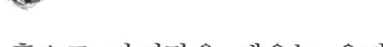

흙으로 마지막을 채우는 욕망

돈은 이상한 마력을 지녔다.

돈은 없는 사람은 철저히 외면하고 부자에게만 자석처럼 붙으려 했다. 먹고 죽으려 해도 그렇게 없던 돈이 한 번 붙기 시작하니 셀 수가 없었다. 한 푼 두 푼 세는 돈을 모아서는 절대로 부자가 될 수 없었다. 자기도 모르는 사이에 목돈이 들어와 줘야 돈이 벌렸다.

명동 사채시장에 뛰어든 조영수는 돈을 굴려서 떼돈을 벌어들였다. 1961년 그가 사둔 강남땅이 경기도 광주군에서 서울시로 편입되면서 막대한 돈이 되었다. 하지만 아직 한강을 건너는 다리가 건설되지 않아서 본격적인 개발은 되지 않고 있었다.

"이제 다 되었다. 앞으로 10년 가량만 있으면 금싸라기가 될 게야. 그 전까지는 무슨 일이 있어도 땅을 팔지 마라."

조영수는 자식들에게 귀에 딱지가 내려앉도록 당부했다.

신당동 진흙구덩이 할매는 오래 전에 세상을 떴다. 죽기 전에, 조영수가 화학공장 같은 걸 세우면 재벌이 될 거라고 예언했다. 다만, 쇠를 다루는 건설이나 자동차공장 같은 건 절대로 하지 말라고 일렀다. 형체를 바꾸며 조화를 잘 부리는 일이 좋다고 했다.

"권력은 불과 같아. 너무 멀면 춥고 너무 가까우면 타버려. 거리조정을 잘 해야 살아남아. 권력가진 놈들은 부자들을 이용하려 들거든. 자네가 그 좋은 수완으로 그들을 이용해."

진흙구덩이 할매는 그렇게 당부하고 숨을 거뒀다. 같은 종씨라서 의남매를 맺었지만 그렇게 큰 은인은 없었다. 신기(神氣)로 점을 쳐서 한 시대를 풍미했던 그녀는 조영수의 눈이요, 귀요, 후견인이었다. 조영수에게 그녀가 없었다면 한낱 풍수쟁이에 불과했을 것이다.

조영수는 호상(護喪)이 되어 장례를 치렀다. 할 수만 있다면 금으로 관을 짜서 명당에 모시고 싶었다. 하지만 그것은 풍수를 모르는 어리석은 짓이었다. 석관이나 금관은 물을 불렀다. 목관도 될 수 있으면 하지 않는 게 좋았다. 혈토에 그대로 묻고 흙으로 채운 다음, 백회로 잘 다지면 물이 차지 않았다.

이제 조영수도 칠순이 넘었다. 죽을 날을 받아놓은 입장이었다. 대구에 살았던 본처는 환갑도 못 넘기고 시름시름 앓다가 죽었다. 자식들은 화병으로 죽었다고 쑥덕거렸다. 그러나 막강한 힘을 가진 조영수 앞에서는 찍소리도 하지 못했다. 그것이 돈이 가진 또 하나의 마력이었다. 만일 눈에 벗어나면 상속받는 재산이 줄어들기 때문이다.

조영수는 인천에 화학공장을 세웠다. 석유화학을 시작으로 특수 기능액까지 사업을 확장했다. 공해가 많은 산업이었다. 정화시설을 갖췄지만 가동하자면 경쟁력이 떨어졌다. 공장장은 비 오는 날 바빴다. 그날은 단속하는 공무원들도 배가 불룩하게 부르는 날이었다. 1960년대 화학공장의 이면이었다.

금융업도 승승장구했다. 부도날 회사만 피하고 돈을 빌려주면 틀림이 없었다. 아쉬운 것은 강남에 그 많은 부동산을 가지고 있으면서 건설업을 하지 못한다는 점이었다.

풍수쟁이 노릇은 기억조차 깨끗이 지워버렸다. 조영수의 화학공장에서 만든 과산화수소가 얼룩을 지워버리듯 그렇게 부끄러운 기억들을 지워버렸다.

골동품 일도 그만 두었다. 절친했던 장일곤과 결별한 뒤, 의욕을 잃었다. 확실히 동업은 할 게 못 되었다. 동고동락(同苦同樂)이라는 말이 있다. 다른 데는 몰라도 동업자끼리는 절대로 맞지 않았다. 어려운 시절에 같이 고생하는 동고는 가능했다. 하지만 돈을 벌어서 같이 누리는 동락은 불가능했다. 처음 먹었던 마음을 바꾸면서 마음이 변하기 때문이다.

장일곤은 분명 성실하고 실력 있는 친구였다. 처음에는 월급이 너무 많다고 돌려주던 사람이 나중에는 자기 물건을 사고팔았다. 혼자 이익을 취하는 길을 택한 것이다.

결정적인 사건이 바로 전주 정 참판 댁에서 올라온 골동품이었다. 장일곤은 6·25 전쟁이 끝난 직후, 그 집 청지기로부터 도거리로 헐값에 매입했다가 대학박물관에 고가로 납품했다. 이쪽 시장이 워낙 작아서 뻔했다. 나중에 추궁했더니 개인적으로 알고 지내던 사람이라서 소개비만 받고 해준 일이라고 둘러댔다.

"내가 너무 오랫동안 자네를 붙들고 있었네. 진작 그쪽 일은 자네에게 넘겼어야 했어."

조영수는 선한 사람이라고 할 수는 없어도 사나이였다. 인사동 가게 값만 받고 물건값은 하나도 받지 않고 사업을 그대로 넘겨주었다. 사실, 가게보다 물건들이 훨씬 더 값나갔다.

장일곤은 그리 고마워하지 않았다. 일제 때까지는 몰라도 해방 이후부터는 혼자서 매달려온 일이었다. 조영수 자신은 신용조합을 세워서 막대한 돈을 벌어들이느라 월말보고만 들었다. 물건을 해오면 일일이 펼쳐보고 판로를 모색하던 옛날의 조영수가 아니었다. 그렇다면 절친한 죽마고우에게 이쪽 사업은 진작 물려줬어야 했다. 그런데 어떻게 된 일인지 꼬박꼬박 이익금만 챙기고 환갑이 넘도록 월급으로 때우려 했다. 그랬으니 장일곤으로서는 딴 주머니를 차는 게 당연했다.

사정이 서로 이렇게 달랐다. 처음 먹었던 마음을 끝까지 지니고 가기란 정말 어려운 일이었다. 그래서 성공한 다음에는 함께 즐길 수 없다는 말이 나왔다.

진흙구덩이 할매에, 친구까지 잃은 조영수는 허전했다. 뜨거웠던 아내 최민숙도 이제 오십 줄이었다. 혹시 젊은 여자나 보는가 싶어서 감시하느라 바빴다. 늙어 꼬부라진 남편이 아까워서라기보다 돈이 샐까봐서 그랬다.

1969년 제3한강교가 개통되었다.

그것을 기점으로 강남에 땅투기 바람이 일었다. 조영수는 천문학적인 돈을 거머쥐었다. 그 자신이 가회동 집을 정리하고 강남 방배동에 양옥저택을 지어 이사했다. 강북은 이제 기운이 쇠해졌다. 돈의 흐름이 강남으로 간다는 판단에서였다. 팔십이 돼서도 동물적인 감각은 전혀 녹슬지 않았다.

그는 용인에 산을 사서 죽으면 들어갈 곳을 직접 잡았다.

"지청오라는 분이 지리는 제일 잘 본답니다. 그 분께 소점해 달라고 하지요."

국회의원이 된 큰딸 자영이 제안했다.

"제깟 게 뭘 알아. 넓은 터는 잘 잡는지 몰라도 일점영광 혈자리는 날 따라올 수 없어."

조영수는 그 나이에도 남에게 지지 않고 반드시 이기려는 호승지벽(好勝之癖)이 있었다.

"옛날 시골서 총독부 사람들 좀 도와주신 것 가지고요?"

큰딸은 과거 행적을 죄다 알고 있었다.

"쉿! 너 사돈이 알면 어쩌려고 그런 말을 꺼내느냐!"

"아버지, 저희 시아버지는 일제 때 군수를 지낸 분이랍니다."

"하긴 그 험난한 시절을 건너오면서 때 안 묻은 사람이 몇이나 될꼬.

대통령부터 일본군 장교출신 아닌가. 우리는 살아남기에 바빴던 세대야. 세월이 죄지 사람이 무슨 죄야. 과거사에 매달려 소모적인 논쟁을 하거나 청군백군 가려서 싸우지 말고 미래로 나아가야 해."

조영수는 이듬해 눈을 감았다. 풍수의 아들로 태어나 피걸레가 되도록 두들겨 맞고 버려진 아버지를 장대빗속에서 업고 뛰었다. 밤 봇짐을 싸서 가야산 밑으로 줄행랑을 쳤고, 남의 산소를 훔쳐서 복을 받았다. 숯가마에서 어깨에 굳은살이 박이도록 통나무를 날랐다. 일본인 끄나풀 노릇을 하다가 기회를 잡았고, 풍수를 응용하여 골동품사업으로 기반을 잡았다. 엿장수 노릇도 했고 무수한 거짓말도 일삼았다. 그렇게 해서 거둔 성공이었다.

주머니 없는 수의를 입은 그의 주검이 들어간 광중에 빈 공간이 남았다. 아무리 욕심 많은 부자도 마지막 입고 가는 옷에는 주머니가 없었다. 넣고 갈 물건이나 욕망은 아무것도 없었다. 네 귀퉁이에 빈 공간, 무엇으로 이 욕망 덩어리 사내의 곁을 채우랴. 돈도 여자도 아니었다. 네 귀퉁이가 꽉 차도록 흙으로 채워야 했다. 마지막 못다 펼친 욕망은 흙으로 채워야만 하는 것이었다.

누가 그의 무덤에 침을 뱉으랴.

절묘한 대화법

오래 사는 것은 미덕이다.
누구는 굵고 짧게 살겠다지만 거짓말이다.
모른다. 난세라면 안중근 의사처럼 침략의 원흉을 쏘고 죽는 삶도 아름답다. 하지만 평화시에는 우리네 인생이 싸워야 할 대상이 고작 가난이나 사고, 혹은 질병이다. 그러면서 우리는 시간과 화해하며 오래오래 사귀어야 한다.

정득량은 노구를 이끌고 서울에 와서 88서울올림픽 개막식을 보았다. 그의 손에는 상아에 용을 양각한 구룡장(九龍杖)이 들려 있었다. 그 옛날 스승 진태을의 무덤 속에 부장했던 것과 같은 것이었다. 그의 곁에는 지청오와 하지인의 아들 하득중이 있었다. 아내 이숙영도, 슬픈 연인 하지인도 이미 저 세상에 돌아가고 없었다.

"아버님, 굉장하지요?"

"그렇구나. 이것은 한민족이 융창하려는 조짐이다. 이후로 한국은 모든 방면으로 세계에 두각을 나타내게 될 게야. 그리하여 다음 갑자년인 2044년 무렵 때까지는 세계를 이끄는 역할도 해내게 되지. 안 그런가, 청오장?"

"여부가 있겠습니까, 선생님!"

정득량의 노안 가득 눈물이 고였다. 그의 스승 진태을이 그리웠다. 당신께서도 하늘에서 이 광경을 지켜보신다면 흐뭇해하실 거였다.

올림픽 경기장을 나온 세 사람은 강남 어느 한정식집에서 늦은 저녁을 먹었다. 정득량은 본래 술을 많이 하지 못했고 하득중 역시 득량을 모셔야 할 처지여서 술을 거의 마시지 않았다. 오직 지청오만 두주불사(斗酒不辭)로 마셔댔다.

"자네, 칠순이 다 된 사람이 아직까지도 그렇게 술을 많이 마시나? 나보다 오래 살다가야지. 술 이기는 장사는 없네."

정득량은 지청오를 걱정했다. 팔십 넘은 스승이 예순 넘은 제자를 염려해 주고 있었다.

"오늘같이 기분 좋은 날 어찌 한 잔 하지 않을 수 있겠습니까. 좀 있다 밴드도 불러서 노래도 하지요."

　지청오는 소년처럼 들떠 있었다. 맑은 눈, 청아한 목소리, 짓궂은 표정하며 그 나이에도 귀염성이 남아 있었다. 지청오는 음식을 소식하는 사람이었다. 그는 얼음조각 위에 양주를 부어서 언더락으로 마셨다. 칠순이 다된 나이에 국산양주 한 병은 혼자서도 거뜬했다.

　밴드가 오고 시중드는 아가씨들과 어우러져 춤을 추었다. 지청오는 〈청춘고백〉을 불렀다.

　　헤어지면 그리웁고 만나보면 시들하고
　　몹쓸 것 이내심사… 죄 많은 내 청춘

　득량은 마이크 없이 〈진국명산〉을 불렀다. 전주 사람답게 판소리 단가였다.

　　진국명산 만장봉이요 청천삭출 금부용과
　　거벽은 흘립하여 북주로 삼각이요,
　　기암은 두기 남안 잠두로다.
　　좌룡 낙산 우호 인왕 서색은 반공 응상궐인데
　　숙기종영 출인걸이라. 미재라, 동방산하지고여 ….

　하득중은 북을 치고 지청오는 '좋다, 얼씨구!' 하면서 추임새를 넣었다. 올림픽 개막식 날 심야, 정말 보기 좋은 사제와 부자간의 잔치마당이었다. 목이 아프면 술자리에 앉아서 다시 목을 축이며 담소했다. 밤새도록 놀이를 계속할 작정이었다.

　"지 박사님, 지기가 쇠했네 어쩌네 하지만 서울만한 자리도 없지요?"

하득중이 정득량의 명산 북한산 예찬 노래를 듣고 나서 물었다.

"여부가 있습니까?"

"박정희 대통령 때, 행정수도 이전문제가 나왔다면서요?"

"그랬지요. 계룡산이 거론됐고 제가 의뢰받아서 둘러보았어요. 작은 소도시 하나는 만들 만한 터가 있지요. 행정도시가 클 필요가 없으니까. 박정희 대통령께서는 인구 50만을 생각하셨어요."

그때 정득량이 나섰다.

"혁명이나 개혁세력들은 기득권을 흔들어놓기 위해서 천도를 단행하지. 하지만 속단은 금물이야. 우리는 북방을 포기해서는 안 돼. 나는 만주나 바이칼을 다녀온 사람이야. 명당이 뭔가? 무게중심 잡기와 같은 것이네. 형국을 무시하고 기운이 어디로 흘렀네, 해쌓지만 무게중심에서 벗어난 것은 예외이고 괴혈(怪穴)이지. 그런 자리는 극히 일부야. 우리가 아까 보았듯이 서울은 올림픽을 개최한 세계적 도시야. 그대로 있다가 통일되면 북쪽에다 행정도시를 세워야지. 더구나 지구온난화가 심각해. 옛날에는 에어컨이 뭐고 냉장고가 뭐야. 그런 것 없어도 여름을 잘 났어. 우리는 북쪽을 개척해야해. 5백 년, 천 년 미래를 보고 국책사업을 벌여야 하는 게야. 가볍게 움직이면 반드시 낭패를 봐."

정득량의 모습에서 언뜻 진태을과 자하도인의 영상이 겹쳤다. 거구의 노익장이 힘있는 어조로 소론을 펼쳤다. 83세 노 철학자의 혜안이 담긴 말씀이었다.

"여담 하나 더 하지요. 박 대통령 내외 묏자리를 두고 말들이 많더군요. 자리가 나빠서 자식들이 잘 안 되는 자리라고요."

하득중이 지청오의 약점일 수 있는 곳을 건드렸다. 악의는 없었다.

"허허, 그래요! 남아 있던 자리 중에서는 그래도 거기가 괜찮아요.

육영수 여사가 먼저 돌아가셔서 그 자리를 먼저 잡았지요. 최모 씨와 남모 씨가 나보다 먼저 와서 소점했어요. 1974년 8·15 경축행사장에서 문세광의 총격으로 육 여사가 세상을 뜨자, 나는 속이 상해서 만취 상태로 잠적해 버렸어요. 내 손으로 묻기가 싫었지요. 군자산 아래 고향집에서 숨어 있는데 청와대 비서실에서 난리가 났어요. 결국 뒤늦게 동작동 현장에 와서 보니 나보다 먼저 두 풍수가 와 있었던 거지요. 결과는 내가 잡은 걸로 됐지요. 동조했으니까요. 그리고 대표성도 내가 있고 해서."

"그랬군요. 나중에 박 대통령도 그 옆에 모셨던 거로군요."

"맞아요. 5년 뒤인 1979년 10월 27일, 새벽같이 청와대 비서실 직원이 집으로 들이닥쳤어요. 간밤에 박 대통령이 서거했다는 겁니다. 청와대로 들어가서 김계원 비서실장과 장례절차를 의논한 뒤, 곧바로 국립묘지로 갔지요. 제가 잡은 대전 국립묘지가 아직 완공되지 않은 까닭에 자연히 육 여사 옆자리에 안장하기로 한 겁니다. 용이 빈약한 자리지요. 그래서 수백 트럭의 흙을 날라다가 보룡(補龍)을 했어요. 물이 차지 못하게끔 방지도 했고요."

지청오가 상황을 자세히 설명한 후 득량에게 물었다.

"제가 선생님께 바로 말씀 올리지 않았던가요?"

"그랬지. 그 자리에 물이 찼네, 자리가 나빠서 자식들이 잘 안 되네, 하는 말들은 지리의 근본을 모르는 자들의 소행이야. 그곳은 국립묘지야. 아무나 들어갈 수 있는 터가 아니지. 국가유공자만 들어가는 영광스러운 자리야. 분명히 말해서 그 넓은 영역에 혈토가 나온 정혈 자리가 몇 자리나 될까? 대통령은 정혈에 묻혀야 하고 이름 없는 장병들은 개골창을 돋워서 만든 평지에 막 묻어야 한단 말인가?"

득량이 목청을 돋웠다. 그는 물을 마신 다음 다시 말을 이었다.

"박정희는 시대가 불러낸 인물이야. 분명 부정적인 면도 많았지. 민주세력을 압살하고 독재했지. 하지만 그것도 상대적으로 봐야 하는 거야. 이북 김일성은 어떠한데? 박정희는 역사 속의 그 오랜 보릿고개를 넘게 만들었어. 종막은 측근에게 시해당하는 것으로 끝났지만. 이북 김일성 정권은 어떤데? 저들은 인민을 굶겨 죽이면서 대를 물려가며 권력을 독식해. 남한은 곧 민주세력들이 집권하게 돼 있어. 그럼 세상이 달라지겠지만 내용을 뜯어보면 별반 다를 것도 없을 것이네. 그게 정치권력의 속성이야. 두고 보게들. 오히려 민주세력이 정권을 잡으면 박정희를 그리워하는 사람들이 더 많아질 테니까. 그렇게 되면 자식들도 자연 부상하게 돼. 그게 명당의 진짜 의미야. 민심을 얻지 못하고 땅기운만으로 뭐가 되는 줄 아나!"

득량은 철저하게 지청오를 두둔했다.

그의 사상의 기초는 역시 《주역》이었다. 상대적으로 평가하고 순환론으로 역사를 보고 있었다. 무슨 주의보다는 사람들을 편안하고 행복하게 하는 것이 중요했다. 무슨 주의나 보수 진보의 시각으로 세상을 볼 수는 있다. 하지만 그것도 행복으로 가는 길 가운데 하나일 뿐이다. 거기에 너무 집착하다 보면 반드시 적이 생긴다. 분파가 되고 어지러운 싸움이 벌어진다. 그 또한 난세다. 개인의 행복을 보장하지 못하는 개혁은 고통일 뿐이다. 도대체 역사의 응달을 지켜온 대부분의 사람들이 어느 특정세력을 위해서 계속 희생해야 한다는 것인가. 국민을 정권의 희생자로 만드는 권력이 바로 개혁대상이다. 역사는 그렇게 흘러간다.

83세 정득량의 역사관이었다. 그는 보수도 진보도 아니었다. 그는 역사 순환론자였고 자연철학자였다.

정득량은 며칠 뒤, 하득중과 함께 무안 승달산에 올랐다. 구룡장을 짚고서였다. 4년 전, 하원갑자 원년인 1984년에 하득중과 함께 와서 치표해 놓은 자리에 섰다. 건너편에 하지인의 묘가 마주 보였다. 나중에 득량이 묻히게 되면 언제까지고 서로를 마주 대하고 있을 것이었다. 그 둘 사이에 일월(日月)이 있고 바람이 있고 물이 있었다. 그리고 하지인이 눈을 감기 전에 고백했던 정득량과 하지인의 무지개 돌다리, 하득중이 있었다.

4년 전, 하지인은 눈을 감으면서 정득량을 찾았다. 그리고 무지개 돌다리 이야기를 털어놓았다. 득량의 뜨거운 눈물이 그녀의 야윈 볼에 떨어졌다. 그녀는 그 눈물이 강물 같았다. 그 강물에 하얀 배를 띄우고 노를 저었다. 뿌연 안개를 헤치고 가다보니 보석 같은 은하수였다.

하지인은 득중을 백두산 산신이 내린 선물로 여겼다. 그녀의 호적에 올릴 수 없어서 정말 오빠의 호적에 올렸고 양자 들이는 형식을 취했다. 득량에게는 절대 비밀에 부쳤다. 부담 주지 않기 위해서였다. 하지만 득량은 장손 입학식 날 만났을 때, 짐작한 바가 있었다.

시인 하지인은 그리움으로 점철된 삶을 살다 갔다. 백두산의 선물은 축복이었다. 득중이 있어서 젊은 날의 그리움을 끝까지 순도 높게 지켜냈던 것인지도 모른다.

그게 무슨 의미가 있느냐고? 세상은 의미 없는 것들이 모여서 의미가 되는 그런 무엇이다. 그처럼 작은 사연이 무의미하다면 광대한 우주 또한 무의미하다. 왜냐하면 그 어떤 의미가 됐건 지극히 사소한 개인의 마음속에서 찾아지는 것이기 때문이다.

득량은 아들 득중과 함께 하지인이 묻힐 터를 잡았다. 그때 자신이 들어갈 자리도 잡았다. 이미 오래 전에 개안이 돼 있던 그는 어디가 천하대명당 호승예불형의 정혈인지 알고 있었지만 하원갑자 원년, 하지인이 죽은 시점에서 치표를 했다.

목포에서 토건업을 하던 득중이 인부들을 데리고 왔었다. 득량이 소점한 자리를 파보니 기막힌 혈토가 나왔다. 그리고 거기서 구룡장과 작은 옥함(玉函)이 나왔다. 이미 누군가가 정혈자리에 치표를 해둔 것이었다.

"이게 뭘까요? 누가 벌써?"

득중이 놀랐지만 득량은 빙그레 웃기만 했다.

"옥함을 열어라. 내 스승 진태을의 글씨가 있을 게다."

시간을 뛰어넘고 우주를 건너는 고수들의 대화법이 이랬다. 스승 진태을이 선화한 지 어언 54년이 흘렀다. 과연 옥함에는 진태을의 글이 들어 있었다.

우규 선생. 그대가 어쩌다 나를 만나 고단한 일생을 살았구려.
하지만 후회는 하지 않으리. 법관을 살고 장관을 지내고 자네 조부 정 참판의 소망대로 대권을 잡았다고 해서 뭐가 그리 행복했을꼬. 무한 우주에서 자신의 별을 찾아내고 그 별을 묵묵히 밝혀온 우규 선생은 이 못난 진태을의 유일한 제자요, 조선 도학의 맥을 이은 사람일세. 자네는 천수를 누릴 사람이니 이 땅이 융창하는 모습을 보고 있겠구 면. 일본인들은 물러가고 국토의 허리는 잘렸는가. 금오산의 눈빛 타오르던 그 학생은 하늘을 나는 용이 되었던가.
자네가 찾아낸 이 자리가 호승예불혈 진혈일세. 자네가 이곳에 들어가되 다른 데다 가매장하여 한 번 깨끗하게 육탈시키고 면례하도록 하시게. 자네가 이 자리에 들어가면 꼭 자네 자손이 발복하는 게 아니라는 걸 자네는 잘 알고 있으리. 이 자리는 개인이 차지하는 자리가 아니네. 사심 없는 사람이 들어가서 곤륜산의 동쪽 가지 끝, 백두산의 기운을 받는 이 땅에 새로운 정신문화의 꽃이 피도록 힘을 보태시게. 이 땅은 유불선과 기독교의 핵심을 그대로 머금고 있는 곳이라네. 《주

불멸의 혼 235

역》에서 말하는 종만물 시만물의 성지로세. 사회주의가 망하고 자본주의만 남는다고 인류의 구원이 될 수 있을까. 아닐세. 자본주의 또한 오래 가는 진리는 아닐세. 하원갑자 연간(1984~2043)에 이 땅에서 반드시 세계정신을 바꿔놓을 성자가 출현하여 인류의 희망을 노래할 것이네. 그 날을 위해 인종과 종파와 주의와 정파를 떠나 누구나 하나 되는 중심자리에 서도록 우리 모두 힘을 보태줘야 하네. 나를 버리지 않고 상대방만 이쪽으로 오라고 하면 그것이 독선이요, 독재네. 내가 한 발 가면서 상대에게 다가오라고 해야 중심점을 잡을 수 있다네.

자네와 마지막 명당순례를 하고 나서 나는 자하도인이 계신 하늘 길을 건너가려네. 자네의 저력을 믿기에 굳이 이 자리를 알려주지는 않을 셈이네. 내 정신의 유일한 적자인 자네는 충분히 찾아낼 수 있을 거야. ― 경오(庚午, 1930) 초여름, 진태을 쓰다

득량은 구룡장을 거두며 하늘을 향해 두 손 모아 기도했다. 스승 태을에 대한 감사였다. 1930년 초여름이면, 1차 답사에서 돌아와 집에서 쉬던 때였다. 스승께서는 남원에 내려가 계셨는데 예정보다 훨씬 일찍 올라오셔서는 시간이 없다며 다시 답사를 떠났다. 그 전에 이미 옥함을 묻어두시고 올라오셨던 것이다. 그리고 먼 훗날에야 정혈을 찾아내게 되리라는 것도 죄다 알고 계셨다.

우규라는 호를 내렸고 아내가 아이를 잉태한 것을 아시고는 더 이상 반말을 쓰지 않으셨다. 하게 투로 바꾸셨던 것이다.

"얘야, 득중아!"

"예, 아버님."

"지리는 이런 것이니라. 명당은 이런 교감이 가능한 곳이니라. 하늘과 땅과 사람, 시간과 공간과 인간, 이렇게 삼간의 합일점으로 과거와 현재와 미래가 교통하는 자리니라."

쉬우면서도 어려운 말씀이었다.

그날, 건너편에서 하지인이 잠들 자리를 잡고 그곳에 매장했다. 그녀가 남긴 시집 세 권과 백두산에서 득량과 함께 찍은 사진을 넣어주었다.

그리고 4년이 지난 지금 다시 그녀의 무덤 앞에 섰다. 아들 하득중, 아니 정득중과 함께였다.

"득중아, 네 어미가 시인은 진짜 시인이었다."

구룡장을 짚고 선 득량이 모자를 벗어서 시원한 이마를 쓸어 올렸다. 득중이 손수건을 내밀어 땀을 닦도록 했다.

"왜 새삼 그런 말씀을 하세요?"

뒤늦게 만난 부자는 자주 만나서 남몰래 천륜의 정을 나누고 있었다. 득중은 지극정성으로 아버지를 시봉했다.

"네 이름을 두고 하는 말이다. 득중, 중용을 얻는다. 얼마나 멋진 이름이냐? 시인 하지인 선생이 아니면 좀처럼 지을 수 없는 이름이다. 《주역》을 공부한 것도 아닌데 말이다."

《주역》에서 중을 얻었다고 하는 것은 하괘의 중앙 2효와 상괘의 중앙 5효를 두고 이르는 말이었다.

"아버님, 제 이름이 어디 어머님께서 지으신 이름인가요? 두 분 성함에 이미 나와 있던 것이지요."

"하긴 그렇구나."

정득량은 올림픽이 끝난 후로도 장장 16년을 더 살았다. 그의 제자 지청오가 먼저 세상을 떠났다. 득중은 뒤늦게 아버지를 찾았지만 득량이 장수했기 때문에 충분한 시간을 갖고 효도할 수 있었다.

두 사람은 일찍이 정득량이 젊었을 적에 스승 태을과 함께 순례했던 지역을 돌아보았다. 아직까지 남북이 가로막혀서 북쪽은 가볼 수 없음이 아쉬웠다.

전주 득량의 솟을대문집이 있던 터는 한옥보존지구가 돼 있었다. 마이산은 관광지가 되어서 인산인해를 이루었고 탑골은 군청과 소유권을 놓고 재판이 진행되고 있었다. 이갑룡 처사가 머물던 산막은 탑사(塔寺)라는 절이 돼서 증손이 주지로 있었다. 정신개혁의 일환으로 남학운동을 펼쳤던 김명봉이 있었던 아빠봉 정명암은 은수사로 이름이 바뀌었다. 특이한 것은 산태극 수태극 중앙혈답게 태극전(太極殿)이 세워진 것이다. 누가 시키지 않아도 때가 되면 저절로 되는 것이 세상 이치였다. 김명봉이 나중에 검은 비단이 깔린다던 운일암 반일암 계곡 바위벼랑길은 2차선으로 확장되어 아스팔트가 깔렸다. 스승 진태을이 전주 기린봉에 올라서 말했던 용담댐은 예언처럼 막혔다. 그 물을 도수터널로 넘겨다가 전주시민들이 먹고 있었다.

나는 산이 되고 싶었다.
언제나 자기 자리에 묵묵히 서 있는 그런 산이 되고 싶었다.
계절의 봄날이 꽃 피고 지는 것을 그저 관조하는 것처럼 구름이 오고 가는 것을 산은 다투지 않는다. 눈 먼 세태와 변덕스런 인심은 산 아래 인간의 마을에서 벌어지는 일, 때로는 아버지의 웅숭깊음으로, 때로는 어머니의 온유함으로 산은 인간의 마을을 보듬고 어루만진다.
살아서 산이 된 사람을 성자라 부른다.
나는 성자가 되지는 못했지만 죽을 때까지 산을 닮아가고자 애썼다. 산 넘고 구름길에 올라 저 하늘 궁륭에 가 닿으라고 스승 태을은 우규라는 호를 내렸다. 기러기가 하늘 길을 열면서 수만 리를 날아가는 경지를 바라셨다. 나는 내 방식으로 하늘을 날았으나 세상에 이름 남기기를 원치 않았다.

머지 않은 훗날, 이 땅에 오는 진인이 있어 그가 대신 훨훨 날아가 준다면 나는 그것으로 족하다.

2004년 가을 어느 날, 정득량은 눈을 감았다. 좌우명이었던 낙천지명 그대로의 삶을 살았다. 운명을 받아들이고 천도를 오래도록 즐기다 간 은둔의 철학자요, 자유인이었다. 향년 99세였고 자손들은 번성했으며 명문가 후예들답게 각자 자기 능력에 맞는 자리를 얻었다. 그들 가운데 한 자손은 같은 동래정씨이면서도 진주하씨로 살게 되었다. 성씨를 초월한 동기감응의 의미를 생각해 보게 하는 점이었다.

득량 역시 스승 진태을이 그랬던 것처럼 풍수술법을 활용한 절묘한 대화법을 썼다. 비슬산 가매장지에 후손들에게 전하는 말씀과 첩지를 묻어서 이장할 곳과 하득중의 연락처를 남긴 것이다. 하득중에게 바로 시키지 않았던 건 다른 자손들이 당혹스러워 할까봐 한 배려였다.

22
천하명당은 어디에

정득량 재단

부자도 권력자도 모두 힘겨운 세상.

초강대국 미국도 더 이상 안전지대가 아니다. 우리에게 과연 낙원은 있는가. 큰 욕심 부리지 않는 소시민들이 그저 편안하게 살 수 있는 그런 마을은 만들 수 없는 것인가.

강 박사가 정득량의 삶을 정리하는 동안, 앨빈과 정한수 교수는 십승지 여행을 끝냈다. 십승지는 그야말로 병란이나 질병, 기근을 피하는 비상시 삶의 현장이었다. 때문에 평화시에는 살기 좋은 터가 될 수 없었다. 실제로 십승지에 살던 사람들은 대부분 도시로 나와 살았고 십승지는 쇠락을 면치 못했다.

사연 많은 과거를 딛고 말끔하게 복원된 청계천변을 산책하고 돌아온 저녁, P호텔 객실에서 앨빈과 정한수 교수가 마주 앉았다.

"십승지는 모두 남조선에만 있군. 넓게 봐서 70여 곳 되는 터가 모두 오대산 이남이야. 그 이유가 뭐지?"

앨빈이 물었다. '남조선'이라는 명칭은 《정감록》에 나와 있는 말이었다.

"십승지 개념이 조선왕조에 들어와서 생겨서야. 성립시기가 대략 임진왜란 이후가 아닌가 싶어. 조선은 북쪽 오랑캐들의 침입을 많이 받았네."

정한수 교수가 나름대로 분석했다.

"일본 해적들의 약탈도 많았잖은가?"

"그러니까 해안가에는 없지. 중부 내륙 깊숙이 그야말로 궁궁을을 모양인 산 속에 주로 있는 거야. 변산은 유일한 예외로 서해와 접해 있는데 가봤지만 천혜의 산 속이야. 마치 소의 내장 속 같잖아."

앨빈이 고개를 끄덕였다.

"십승지의 현대적 의미를 찾는 게 중요해. 삼재라는 관점도 우리시대에 맞게 수정해야 해. 의학의 발달로 전염병은 큰 문제가 아니지. 차라리 암이 문제야. 자네 아버지도 췌장암으로 돌아가셨잖아. 기근도 이제는 문제가 아냐. 오히려 잘 먹어서 탈이지."

앨빈이 자료를 정리하면서 말했다.

"그럼 병란에 해당하는 문제만 남네. 전쟁은 물론 테러나 각종 사고를 포함해서."

정 교수가 병란의 범위를 확장했다.

"물론이지. 나는 소비구조와 종교분쟁, 산업공해 정도로 보고 싶어. 소비수준이 높은 나라가 선진국이지만 행복지수는 오히려 낮거든. 미국, 영국, 일본, 한국이 대표적인 예야. 행복지수가 가장 낮은 나라들이거든. 돈 잘 쓰기 위해서 죽으라고 일하느라 불만인 사람들이 많다는 얘기야. 잘 사는 게 아닌 셈이지. 소득이 낮은 나라에서 마음 편하게 사는 사람들이 정말 잘사는 것인지도 모르지. 종교분쟁이나 산업공해는 뻔한 거고."

뉴욕의 억만장자 앨빈이 왜 돈이라는 달콤한 마의 사슬로부터 벗어났는지 알 수 있는 말이었다. 사실 그는 죽을 때까지 마음대로 소비하고 살아도 충분한 사람이었다. 그런 그가 생의 이면을 보고, 함께 사는 이상향을 세우려 하기 때문에 뉴욕의 성자라는 별명이 붙었다.

"한국은 안 좋은 것도 꼭 세계적인 수준이로군."

정한수 교수가 멋쩍게 웃었다.

"솔직히 그래서 내가 한국에 관심을 갖게 되었거든. 정말 특이한 나라 아닌가? 자생적이든 중국에서 받아들였든 풍수사상을 가장 잘 논리적으로 체계화시킨 사람들이 한국인이지. 자연을 어머니의 품으로 보고 거기에 깃들여 꿈꾸는 삶을 살았거든. 그런데 그런 사람들이 불과 백 년도 안 되는 기간에 정반대의 삶으로 방향을 선회해버렸어. 돈벌이로 대체시킨 거지. 그리고 그 방면에서도 세계사에서 유례가 없을 만큼 발 빠르게 목적을 이뤄냈어. 하여튼 산업화 속도에서도, 반풍수적 환경파괴 정도도 세계 1등이야."

드디어 앨빈이 한국의 아킬레스건을 건드렸다. 그는 무조건 한국을 사랑한 사람이 아니었던 것이다. 스스럼없이 전생에 한국인이었다고 말하지만 부정적인 면을 고스란히 꿰뚫어보고 있었다.

"그래서 우리는 자네가 이 땅에 이상향을 세우겠다는 걸 안 믿고 있네."

정 교수가 속내를 털어놨다. 특히 강 박사가 더 부정적이었다. 젊은 세대일수록 한국적인 것을 신뢰하지 않았다. 그들은 유럽이나 미국문화를 더 좋아했다.

"이보게, 명당집 자손!"

앨빈이 정색을 하며 정 교수를 불렀다. 깊은 눈이 반짝였다.

"미안하네. 친구를 신뢰하지 못해서."

"강 박사 말대로 미국이나 캐나다가 훨씬 환경이 좋지. 미국의 콜로라도에 있는 포트 콜린스, 미시시피 강변의 미니애폴리스 같은 작은 도시들이 얼마나 살기 좋은지 내가 몰라서 이러겠나? 한국인들이 목을 매는 교육여건도 좋고 지역경제나 치안, 레저시설, 환경도 빼어나네. 자네, 자전거 타는 거 좋아하지? 나와 언제 포트 콜린스에 가세. 자전거 동호인들에게는 천국이니까. 한국의 풍수사랑이 바람과 물의 노래를 듣는 것이지? 꿈속 같은 물의 도시가 바로 미니애폴리스네. 아까 본 청계천은 정말 아이들 물장난 친 것에 불과해. 모두 잘했다고 박수 치네만 나는 좀 달라. 이왕 복원하는 거 그렇게 번갯불에 콩 구워먹듯이 해치우지 말고 신중했어야 했네. 물도 그래. 그렇게 깊숙이 낮게 하지 말고 시민들이 천변에서 손을 담글 수 있게 물을 가득 실었으면 좀 좋았나? 황포돛단배도 띄우고 말일세. 수상택시로 이용할 수도 있었단 말이지. 그랬더라면 세계적인 명소가 됐을 것이네. 도심에 수량이 풍부하니 열섬현상도 줄일 수 있었을 거고."

은발의 신사 앨빈은 속이 많이 상해 있었다. 하지만 청계천 문제는 정말 탁견이었다. 조경학 전공교수인 정한수도 미처 생각하지 못했던 것이었다. 중간 중간에 놓인 다리문제가 걸렸지만 대안을 생각하면 될 문제였다. 앨빈은 역시 생각이 깊고 세계를 여행한 사람이라 사고영역이 달랐다.

"왜 이제야 그 말을 하는가?"

"내가 그럼 내정간섭이라도 하란 말인가? 아쉽지만 청계천을 복원한 것은 정말 잘한 일이야. 정득량 선생의 제자 지청오 박사가 복개공사

할 때 한 예언을 역으로 뒤집어본다면 좋은 쪽으로 국운이 달라질 테니까."

앨빈은 냉장고에서 캔맥주를 꺼내 마셨다. 정 교수가 과일을 룸서비스 시켰다. 앨빈은 사귈수록 내공이 드러나는 사람이었다.

"자네 그럼 한강을 저렇게 두는 것도 불만이겠군."

"말이라고 하나? 풍수에서 물이 뭔가? 재물 아닌가?"

"그렇지."

"그거 사실이네. 한국은 정말 물이 좋은 나라야. 금수강산 아닌가? 강변에 고층빌딩을 세워서 스카이라인을 높이고 환상적인 야경을 연출해내는 거야. 건물을 높인 만큼 넓은 공터를 만들어서 시원하게 하고. 사람은 땅 기운만 받고 사는 땅강아지가 아니잖아? 천기도 받아야 하거든. 그걸 왜 못하게 하는지 몰라. 성냥갑처럼 똑같은 아파트들만 멋대가리 없이 늘어선 풍경이라니. 우주에도 명당이 있다며 인공위성 자리를 다투는 시대야. 지도자의 열린 사고 없이 국민의 행복은 불가능해. 지역적 특성에 맞게 개발해야지 무턱대고 규제만 하니까 돈 있는 사람들이 자꾸 외국으로 빠져나가는 걸세."

앨빈은 미국으로 밀려드는 한국인을 많이 본 사람이었다.

"그런 한국인데 자네 같은 억만장자는 한국을 좋아하는군."

"난 전생에 한국인이었다니까 그러네."

"캐나다도 자연과의 조화를 생각하며 사는 좋은 나라 아닌가?"

정한수 교수는 캐나다 밴쿠버에만 며칠 가본 적이 있었다. 큰 도시인데도 환경이 뛰어났다. 숲과 호수를 끼고 있는 작은 소도시들은 너무 편안하고 살기 좋다고 했다.

"리자이나, 에드먼트, 위니펙 같은 소도시들은 지상천국이지. 《산해경》에 나오는 소국가의 현실재현이 그곳들이라고 생각하네."

앨빈은 캐나다에 훤했다.

"동방의 샹그릴라 모델이 그곳들인가?"

"아닐세. 그곳에는 산들이 올망졸망 모여드는 맛이 전혀 없어서 꿈을 꿀 수가 없네. 나는 풍요로움보다 편안함을 선호하잖은가. 풍수적으로 잘 짜여진 자연 속에서 꿈을 꾸며 사는 삶이 이상적이야. 소유와 소비의 욕망은 바닥 없는 함정이라네."

앨빈은 미국에 한 달가량 다녀왔다.

디자인의 메카라는 미니애폴리스에서 건축가와 함께였다.

그 이후로 발 빠르게 일이 진행되었다. '정득량 재단'이 설립되었고 관련분야 석학들을 초청하여 연일 세미나가 열렸다. 서울을 피하고 지리산과 제주도, 봉화, 변산에서 소규모 발표와 토론이 이어졌다.

"풍수의 현대적 해석과 활용법", "십승지를 다시 생각한다", "종교의 다원주의와 일원주의의 한계", "역사 속에서 시도된 동서양의 이상향", "인간정신을 고양시키는 현대건축", "우주시대와 첨단산업의 미래", "《주역》에서 말하는 종만물 시만물의 땅과 인류의 미래", "진태을과 정득량의 삶을 통해서 본 한국인의 자연지리 인식" 등 다양한 주제를 다루었다.

그 기간이 마침 음력으로 입춘이 두 번 든 쌍춘년(雙春年) 윤달이었다. 그래서 어떤 일을 해도 무방하다고 했다. 시기적으로 뭔가 잘 맞아들어 가는 조짐이었다.

윤달은 태음력에서 달력이 계절과 어긋나는 것을 막기 위해 3년에 한 달, 혹은 8년에 세 달씩 끼워 넣는 공달을 말했다. 옛날에는 썩은 달이라고 했다. 그러니까 덤과 같은 기간이었다. 역법의 차이에서 온 재밌는 풍습이었다.

사람사는 세상에 어느 하룬들 생명활동이 그치는 날이 있겠는가. 길흉을 떠난 공짜 같은 날이 있을 수 있겠는가. 하나의 태양과 하나의 달이 순환하는 우주 아래서 모두 숫자놀음에 불과했다.

풍습에 지나지 않는 것이지만 모든 사람들이 그렇게 믿으면 정말 그렇게 되는 것이었다. 사람들은 윤달을 하늘과 땅의 신(神)이 인간에 대한 감시를 쉬는 기간으로 이해했다. 때문에 윤달에 궂은일이나 불경스런 행동을 해도 신의 벌을 피할 수 있다고 믿었다. 이 때문에 윤달에는 이장을 하거나 수의를 하는 풍습이 생겨났다.

어디가 천하명당인가.

이제 택지선정 문제만 남았다. 이상적인 작은 도시 계획안은 이미 나와 있었다. 첨단산업 타운, 교육시설, 레저시설, 주택가, 그리고 맨 중앙에 옴파로스공원을 만들 계획이었다. 이기적인 욕심을 승화시켜서 인류를 위해 빛과 소금이 된 성자들을 기리는 공간이었다. 종파를 초월한 일종의 통합성소 같은 곳이었다. 은둔의 자연철학자 정득량이 그랬던 것처럼 정치나 이념, 종교, 가족을 넘어선 세계정신과 우주정신이 서린 공간이었다.

시민들의 국적문제는 굳이 한국국적을 취득하지 않아도 되게 할 방침이었다. 세계평화시로 만들어 비자 없이 자유왕래가 가능하게 해야 본래 목적에 맞았다. 일종의 소도(蘇塗) 같은 곳이었다.

"마지막 분단국가 안에 이상적인 평화시! 필연 같지 않나?"

"자네가 하면 가능하지. UN의 도움인들 못 받아내겠는가. 이제 우리 모두 대찬성이야."

정한수 교수는 기금이 300억 달러나 되는 재단 이름이 정득량이라는 데 감격했다. 설립취지와 기초가 튼튼했다. 무안 승달산의 호승예불형 천하대명당 바람이 이미 불고 있었다. 10년 혹은 수십 년 후라도 동방의 샹그릴라 세계평화시가 만들어지면 인류 미래의 한 가능성이 열리는 셈이었다. 그곳의 지도자가 누가 될지는 모르지만 그가 곧 현대인들이 요구하는 성자였다. 한 사람이 아니라 복수지도자 체제가 될 가능성이 많았다. 앨빈과 정 교수, 강 박사 등은 기초를 다져놓는 일꾼들에 불과했다. 인류 최고의 고전(古典)인 《주역》과 동아시아의 풍수사상은 토양이었고 진태을 정득량의 삶은 씨앗이었다.

다이아몬드가 된 사랑

자본주의 사회에서 부자들을 욕하면 무지한 짓이다. 설령 부도덕함이 있더라도 모든 사람이 돈을 좇는 사회에서는 그것을 인정해줄 수밖에 없다. 패러다임이 바뀌면 그때 가서 매도해도 충분하다. 더구나 세상의 부자들 가운데는 왕왕 앨빈 같은 기부자가 나타난다. 부자들을 욕하는 소시민 수억이 모여도 할 수 없는 일을 해내는 것이다.

가을 어느날, 제니퍼가 찾아왔다. 정 교수와 그의 아내는 윤서의 옛 여자친구를 기쁘게 포옹하며 맞이할 여유를 되찾았다. 봉사생활과 정득량 재단 설립이 그들의 상처를 사뭇 치유했다. 특히 정 교수 아내의 태도가 많이 달라졌다. 제니퍼를 아들을 잡아먹은 여자로 취급했던 지난 초여름의 그녀가 아니었다.

호텔에 묵겠다는 걸 평창동 집으로 들였다. 아들 윤서의 방을 내주었던 것이다. 제니퍼도 예상 밖의 환대를 매우 기쁘게 받아들였다.

생기를 되찾은 제니퍼는 매력적인 아가씨였다. 도도했던 아들 윤서가 흠뻑 빠질 만했다. 파일에 담긴 기록에 의하면 윤서가 거의 여신처럼 숭배했던 여자였다. 그런데 그것은 이 아가씨의 경우도 마찬가지였다. 윤서, 곧 스니퍼를 작은 신으로 불렀다.
그녀는 앨빈과 달리 와스프는 아니었다. 유태계였다. 유태계 아가씨와 한국청년 간의 불같은 사랑은 결실을 맺지 못했다.
"윤서가 살아 있었더라면 얼마나 좋았겠니?"
정 교수의 아내는 앨빈과 강 박사, 정 차관 등을 집에 초대해서 저녁을 먹으며 아쉬워했다.
"나의 작은 신 윤서는 우리 재단이 있는 한 영원한 삶을 살아요. 그를 위해 건배!"
앨빈이 슈피겔라우 와인잔을 치켜들었다. 잔 부딪치는 소리가 통랑했다.
"그럼요. 스니퍼는 영원한 별이자 보석이에요."
제니퍼는 건배하고 나서 차고 있던 목걸이 펜던트를 들어보였다. 화이트골드 줄로 매단 별모양의 펜던트였다. 그 안에 작은 다이아몬드가 박혀 불빛에 빛나고 있었다.
"얘야, 스니퍼가 뭐니? 우리 앞에서는 윤서라고 불러주렴."
정 교수의 아내가 주문했다.
"윤서! 그래요. 그렇게 부를게요."
어머니의 모성본능 때문이었을까. 아니면 착시현상이었을까.
생전에 여신처럼 떠받들던 제니퍼의 목에 아들이 매달려 있었다. 다이아몬드의 쨍한 빛 속에서 아들 윤서의 얼굴이 보였다. 아들은 환하게 웃고 있었다. 그의 죽음이 단지 몸의 부재일 뿐이지 전혀 슬픔의 영역이 아니라고 시치미 떼는 짓궂은 표정이었다.
"지난 초여름에 제가 윤서의 분골을 가지려 했던 건 이렇게 다이아몬드로 만들기 위해서였어요."
제니퍼가 그렇게 말하자, 좌중이 모두 소스라치게 놀랐다. 특히 정 교수 부부와 강 박사가 더 그랬다. 아들의 유골로 다이아몬드를 만들었다니?

모든 생물은 탄소체로 구성돼 있다. 다이아몬드는 바로 이 탄소로 만들어진다. 유골을 섭씨 3천 도 진공 유도로에서 정화한 후, 16주 동안 엄청난 압력과 열을 가하면 인공 다이아몬드가 된다.

강 박사는 최초로 달에 유골을 묻은 천문학자 유진 슈메이커를 떠올렸다. 정득량이 언급했던 바로 그 천문학자였다. 달에 묻힌 그는 명당에 들어간 것일까. 정득량의 생각처럼 명당에 묻힌 거라고 강 박사는 생각했다. 살아서나 죽어서나 자신이 원하던 곳에 있으면 그게 곧 명당이기 때문이다.

세상에는 수많은 장례법이 있다. 그토록 사랑하던 여인의 장신구로 남은 정윤서는 전혀 새로운 장례법으로 명당을 차지했다. 그리고 혈토에 묻혀서 오래 보존되는 것보다 훨씬 더 오래가는 한 조각의 다이아몬드가 되었다.

정윤서를 목에 걸고 나타난 제니퍼의 등장은 정 교수 부부를 크게 변화시켰다. 극적인 삶을 살다간 조부 정득량의 일대기에 못지 않은 영향이었다. 가족은 타인과 타인이 만나서 만들어지는 혈족관계였다. 혈족이 아니라도 얼마든지 가족이 될 수 있었다. 길어야 백 년인 몸뚱이를 놓고 혈족인가 아닌가를 가려서 사랑하는 낡은 방식만을 고집할 이유가 없었다. 혈족은 정말 소중한 것이지만 피가 섞이지 않았어도 혼이 통하면 영원성은 확보된다. 명문거족이라도 양자로 대를 이은 가문이 대다수였다.

장애아들을 돌보는 일로 봉사해오던 정 교수의 아내는 정 교수와 의논 끝에 한 아이를 입양했다. 소아마비로 잘 걷지 못하는 사내아이였다. 정 교수 부부의 사랑이 절대적으로 필요한 아이였다. 이제 이 장애아가 그 잘나고 건장했던 아들을 대신하게 될 것이었다.

제니퍼 또한 딸로 삼기로 했다. 관계의 끈이란 보이지 않는 것이었다. 굳이 문서로 기록하여 호적에 올리지 않아도 그 관계는 사랑만으로 충분했다.

철학 수첩 종장

강 박사는 방대한 분량의 정리작업을 마쳤다.

민속학자도 아닌 그가 진태을과 정득량의 특이한 삶을 정리하면서 거의 반풍수가 돼 있었다. 천지인 삼재사상을 연구한 적은 있었지만 이렇게까지 집중적으로 풍수를 연구해 보기는 처음이었다. 풍수사상을 통해서 머리에 이고 있는 하늘과 발 딛고 선 땅의 의미, 그리고 인간으로 살아가는 삶의 의미를 다시 깨닫게 된 유익한 시간들이었다.

강 박사는 작업을 마치며 소감을 다음과 같이 정리했다.

정득량은 현묘수경이라는 영성체험을 했고 개안이 됐지만 그것을 써먹지 않았다. 시절과의 운대가 맞지 않았다고 보았음이다. 그리하여 아끼고 남은 복을 후손에게 무한한 가능성으로 물려주었다. 성자의 모습이다.

개인적으로 인간 조영수에게 매력을 많이 느꼈다. 자료가 많지 않아서 더 조명할 수 없었음이 안타깝다. 숨어 있는 기상천외한 이야기가 얼마든지 있었을 터이다. 그는 질곡의 한국 현대사에서 출세한 인물상의 전형이다. 기회가 닿으면 꼭 더 추적해 보고자 한다.

정득량의 또 다른 혈손 하득중이 구룡장을 보내왔다. 재단에서 세우게 될 평화시안에 풍수박물관이 건립되면 그곳에 전시하라는 주문이었다. 정득량은 왜 그 구룡장을 지청오 박사에게 전하지 않았을까. 단지 제자 지청오가 먼저 세상을 떴기 때문일까.

한국 현대 풍수계의 거장 지청오에 관해서는 더 취재가 필요했다. 조선풍수의 맥을 이은 '진태을 - 정득량 - 지청오'를 사승(師承)관계로 자리매김할 수 있는지도 분명치 않다. 또한 그 이후로 풍수현장에서는 현공풍수와 기(氣)풍수가 유행하는데 전통적으로 형기를 중시한 한국 풍수와는 다소 동떨어진 것들이었다. 순기능을 할지 역기능을 할지 귀추가 주목된다.

지난 5월이던가. 400년 가까이 끌어온 윤씨와 심씨의 묘지다툼이 화해로 결말을 보았다. 영조대왕도, 대한민국 법원도 풀지 못한 산송을 두 가문이 대화로 풀어낸 것이다. 청송심씨는 파평윤씨 가문이 마련해준 2,500평의 터에 심 정승 등 19기의 종중 묘를 이장하게 된다.

두 가문은 명당의 본질을 비로소 알게 된 셈이다. 명당이란 한마디로, 좋은 기운이 통하는 자리다. 발복이란, 곧 인화(人和)를 주관하는 위치에 서게 된다는 것을 뜻한다. 정치계나 관계에서 지위를 얻건, 회사의 장이 되건, 각 분야에서 일가를 이루며 유명세를 날리건 결국은 인간관계에서의 제자리 찾기다. 진정한 명당은 역시 인간관계에 있다고 본다. 조상과 계보와 좌우에서 도와주는 측근들과 미래의 희망이 있는 중심자리가 바로 명당이다.

명당은 또한 종교적인 면도 있고 심리적인 면도 있다. 하나의 세계관이며 예법이기 때문에 전혀 다른 세계관과 풍습을 지닌 사람들과는 직접적인 소통이 어렵다. 명당집 자손이라는 자긍심은 높은 성취동기를 자극한다. 또한 비타민을 먹고도 병세가 호전되는 플라세보 효과(*Placebo effect*)도 있다. 쉽게 긍정할 수도, 부정할 수도 없는 은비학의 영역이라는 관점은 그대로 두고서라도 말이다.

동기간이라는 말은 동기를 지녔다는 말이다. 그것이 반드시 피를 나눈 혈손이기만 한 것은 아니었다. 직계조상보다 존경하는 위인이나 스승을 더 닮고 큰 영향을 받는 예가 아주 많다. 동기는 뜻이 같거나 마음이 통해도 성립된다. 풍수에서의 동기감응론도 의미를 확대해야 보편성을 얻는다.

지구는 둥글다.

때문에 삶을 영위하는 주체인 사람이 선 곳은 어디나 중심이 된다. 패철로 잡는 좌향, 하도낙서(河圖洛書)에서 온 구궁도(九宮圖, 가로세로 3칸씩으로 된 9칸의 배치도)의 응용은 자신이 선 자리에서 돈벌이와 인간관계를 형성하기 위한 하나의 방법론이다. 때문에 시대상황과 처지에 따라 달라진다. 여러 지가서에 나와 있는 이기법을 그대로 따를 필요가 전혀 없다.

한국에서 적용되는 주요 좌향법의 발상지는 모두 중국 장강(長江) 연안이라고 한다. 장강은 상업과 경제활동의 중심지였다. 돈이 들어오는 방향, 귀인 혹은 도둑이 찾아오는 방향이 거기서 유래했다. 장소와 시간, 그리고 주체가 바뀌면 당연히 방향도 바뀔 수 있다. 어떤 봉우리는 어느 방향에 있어야 하고 물은 어디서 얻어서 어디로 빠져나가야 한다고 하는 것은 산의 순세를 따져서 결정해야지, 일관된 법칙을 정해놓고 맞추는 것은 각주구검(刻舟求劍)이다. 배에 타고 있다가 강물에 보물을 떨어뜨렸는데 그 자리에서 찾아야지 배의 나무판자에 표시해 놓았다가 나루터에 다다라 찾아서야 가당치도 않는 일이다.

끝으로 우리가 즐거이 그렇게 부르는 '뉴욕의 성자' 앨빈의 주장이다.

"한국의 묘지들은 단순한 주검의 최종 처리장이 아니다. 그것은 인간존중과 효도와 예법과 미래의 소망이 어우러진 하나의 집적회로와 같은 것이다. 제대로 혈자리를 찾아서 매장하면 휴대폰이 터지는 것처럼 그대로 감응한다. 마치 라디오 주파수를 맞추는 행위와 같다. 유골은 파동을 불러온다. 모든 형체가 있는 것들은 저마다 고유의 파동을 지녔다. 형체가 사라져도 그 기운은 우주 어딘가에 남아 있다. 기가 모여 형체를 이루는 것을 존재라고 하고 흩어지는 것을 무(無)라고 하지만 우주에서 무는 없다. 기는 형체만 달리할 뿐 영원히 존재하는 것이다. 한국의 명혈들은 반드시 유네스코에 등록해야 한다. 그것은 동아시아인들이 그들의 아름다운 사유를 체계화한 인류 문화유산이기 때문이다."

강 박사는 이번 가을학기부터 시간강사를 그만 두었다. 대신 정득량 재단의 이사로서 테헤란로에 있는 재단사무실에 나갔다.

그의 생각에는 여전히 의문점이 남아 있었다. 앨빈이 헬기와 인공위성 사진을 이용하여 터를 잡고 이 땅에 세우려고 하는 동방의 샹그릴라에 관해서였다.

순화된 자연과 생존논리에서 벗어난 도시가 결합할 수 있을까. 풍수에서 말하는 명당에 친환경적인 도시를 건설하면 된다지만 거기서 과연 남과 비교하고 다투는 인간의 생활양식을 벗어날 수 있을까. 인간의 욕망이 그렇게 간단하지가 않다. 먹고 자고 입는 문제에서도 서로 취향과 격이 다르고, 속된 권력욕은 식을 줄 모른다. 문화나 종교적 가치를 실현하고자 하는 높은 단계에 이르면 더 차별화된다. 때문에 불만과 갈등과 다툼은 필연적이다. 바로 그런 곳이 세속도시다. 그렇다면 평화시라는 이상향도 낙원이라는 이름의 또 다른 세속도시를 건설한 셈이 되지 않을까.

사랑의 찌꺼기를 최종적으로 버리는 거대한 쓰레기통!

이것이 강 박사가 그전까지 생각해온 무덤의 정의였다. 풍수 역시 죽음의 미화작업으로 생각했었다. 철학자다웠다.

세계적인 9·11 테러 사건을 체험한 이래, 삶의 목적을 바꾼 앨빈을 만나고 진태을과 정득량의 일생을 정리하면서 그는 다소 개념을 수정했다.

무덤 : 불멸의 정신들이 시간과 공간의 벽을 넘어서 교감하는 볼록렌즈 형태의 성소!
풍수 : 마음의 생태학. 우주가 이 지구에 남긴 보물을 찾는 법술. 지가서와 명당도첩, 비결들은 보물지도, 패철은 보물찾기에 도움을 주는 방향 탐지기. 죽은 자의 유골을 매개로 한 원초적인 대화법. 바람의 얼굴, 물의 노래, 땅의 말을 알아듣지 못하면 그 대화는 성립되지 않는다.

서울역 지하의 노숙자 친구는 남원 운봉 지리산 자락에 자리를 잡았노라고 연락이 왔다. 밥 한 끼를 구걸하며 연명하던 도시를 떠나 지리산의 약손을 찾아간 것이다. 그가 도시에서 받은 상처를 치유하고 건강한 자연인이 된다면, 그리하여 산처럼 너그러운 가슴을 지니게 된다면 그에게도 동방의 샹그릴라에 입주할 수 있는 기회가 주어질 것이다. 그것이 바로 진화된 영혼이기 때문이다. 평범하게 그리고 너그럽게 살기도 정말 어려운 세상이 돼버렸다.

　강 박사의 삶에도 큰 변화가 생겼다.

　더 이상 비밀집회를 그만두고 결혼이라는 아주 낡은 제도를 받아들이기로 한 것이다. 물론 이제까지 부정적이었던 아이도 불러올 생각이었다. 우주 어딘가에 아름다운 기운으로 떠돌고 있을 영혼이었다. 사랑하는 사람과 함께 창조자를 흉내 내어 그 작은 영혼에게 인간의 모습을 빚어주기로 했다. 천상에서 죄 짓고 추락한 신이 인간이라고 한다. 하지만 바람불고 물 달리는 이 인간의 대지에 여행 와서 한 번쯤 살다가게 하는 것도 의미 있는 일이 아닐까.

《풍수》 전 5권 끝

박경리 대표장편소설

김약국의 딸들

본능의 숲에서 교배한 필연은 비애의 씨앗을 뿌리고 통영의 밤바다 바람 속에서는 다섯 딸들의 숙명적 사랑과 배신, 죽음, 원초적 몸부림이 넘실댄다. 삼베처럼 질긴 한의 씨줄과 설움의 날줄은 비극의 천으로 약국집 다섯 딸들을 옭아매는데…
신국판 / 값 9,500원

파시

낯선 땅에 버려진 채 사악한 인간들의 먹이가 될 수밖에 없는 수옥, 광녀인 모친을 둔 명화의 근원적인 절망과 그러한 명화를 사랑하는 응주의 고뇌, 몰락한 지주의 딸로 꿈을 잃고 타락의 길로 들어선 학자… 6·25의 상흔으로 얼룩진 이들의 상처와 절망!
신국판 / 값 12,000원

시장과 전장

결혼의 굴레에서 뛰쳐나와 전쟁의 소용돌이 속에 휘말린 위기의 여인 지영. 어느 빨치산을 향해 맹목적인 사랑을 바치는 백치 같은 여자 이가화. 소박한 시장의 행복을 꿈꾸는, 그러나 추악한 전장에 의해 철저히 짓밟히는 여인들…
신국판 / 값 12,000원

가을에 온 여인

숲 속의 푸른 저택에 살고 있는 신비스런 미모의 여인. 그녀의 절대 고독과 끝없이 위장된 삶이 엮어내는 검은 그림자. 자의식의 울에 갇힌 이 여인은 과거의 그림자로 자신의 마음을 한없이 몰아간다.
신국판 / 값 9,000원

 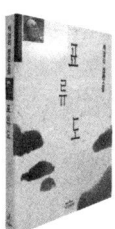 

표류도

전쟁통에 남편을 잃고 다방 마담으로 살아가는 인텔리 여성 강현회. 신문사 논설위원 이상현과 불륜의 사랑에 빠져 허우적대던 그녀는 마침내 우발적인 살인을 저지르고 마는데… 그녀는 죄를 범하는 천사인가? 인생이란 저마다 서로 떨어진 채 떠내려가는 외로운 섬인가?
신국판 / 값 7,500원

우리들의 시간 박경리 시집

"구름 떠도는 하늘과 같이 있지만 없고, 없는 것 같은데 있는 우리들 영혼, 시작에서 끝나는 우리들의 삶은 대체 무엇일까. 끝도 가도 없이, 수도 없이, 층층으로, 파상처럼 밀려오는 모순의 바다, 막대기 하나 거머잡고 자맥질한다. 막대기 하나만큼의 확신과 그 막대기의 왜소하고 미세함에서 오는 막막함…"
46판 / 값 7,500원

나남출판

www.nanam.net   TEL: (031)955-4600 FAX: (031)955-4555

김종록 장편소설

내 안의 우주목

글·그림 김종록

누구에겐가 한 그루의 나무이고 싶다!

사람이 나무와 오랜 세월을 함께하면 어느새 그 사람은 나무를 닮고,
나무 또한 그 사람을 닮아갈 수 있다는 참별이 가족의 전설 같은 이야기를 세상에 전한다.

천 년의 나무와 인연 맺은 참별이 가족 3대의
아름답고 따뜻한 이야기가 감동적인 전설로 살아온다.

4×6판 양장(올컬러) 값 8,500원

* 우주목(宇宙木)은 생명의 나무, 세계수 또는 신단수라고도 한다. 우주의 기원과 구조, 생명의 원천을 상징하며 세계의 중심축으로, 〈내 안의 우주목〉에서는 주목과 마가목은 물론 주인공 참별이를 의미한다. 이는 사람 또한 저마다 우주의 중심축이며 나무라는 뜻을 내포한다.

NANAM 나남출판
www.nanam.net
Tel:031) 955 - 4600